검의 저편 ②
시부야 미즈나리
일러스트 : 이토 소이치
디자인 : 스즈키 토오루

검의 저편 2

BEYOND THE SWORD

Contents

BEYOND THE SWORD

검의 저편 2

시부야 미즈나리 지음
이토 소이치 일러스트
김성래 옮김

BEYOND THE SWORD

시작 등불을 가슴에

꿈을 꾸고 싶다는 자그마한 바람.

시합장의 떠들썩한 소리 속, 번쩍번쩍 빛나는 성화처럼 불타오르는 한 남자의 등을 보고 미나카미 유우는 미소 짓는다.

저 남자는 커다란 몸을 감색의 도복과 호구로 두른 채 왼손으로 힘주어 죽도를 쥐고 있다.

쭉 위를 쳐다보면서 단지 묵묵히 제자리를 지킬 뿐.

하지만 등이 대변해주는 삶의 자세는 이곳의 어떤 소리보다도 큰 웅변이었다.

유우는 저 등을 향하여 조용히 오른손을 내밀었다.

세게, 격하게 타오르는 화염과 열기를 붙잡아 쥐듯 주먹을 쥔다. 그러고 나서 심장에 가져다 댔다.

등불을 가슴에 품어서 머리 숙이고 눈을 감는다. 검을 바쳤던 남자에게 마음까지도 바치듯이.

"이긴다."

유우는 같이 어깨를 나란히 하고 선 사내들에게, 검을 바친 전우들에게 말을 건넨다.

눈 뜨고 둘러보자 모두들 믿음직하게 웃고 있었다.

"당연함다. 저 자식들 죄다 박살을 내고 빨랑 부장이랑 다음 시합 준비나 하죠."

야시로 미사오가 코웃음을 친다. 호면 안쪽으로 누구든 물어뜯을 기세의 송곳니를 삐죽 드러내며.

“진 선배한텐 조금 미안한데, 우리한테는 딱히 아무 상관이 없는 상대이기도 하고!”

키노사키 슌스케가 가볍게 뛰어오른다. 호완을 벗고 오른쪽 중지를 척 세워 보이며.

“난 빨리 끝내버리고 돌아가고 싶단 말이다. 돌아가는 길에 또 고기나 먹을 테냐?”

쿠로세 마코토가 조롱하듯 히죽 웃으며 안경을 쓱 밀어 올린다.

그래, 더 이상 자신은 혼자가 아니다. 이 행복의 끝은 영원히 거부해주마.

넷이서 마음을 하나로 모아 주군이 올려다보는 시선의 끝을 똑같이 좇아간다.

깃발이 보였다. 슈스이 대학 부속 고등학교에서 걸어 놓은 오만불손한 흑색의 깃발이.

『상승(常勝)』.

마침내 에사카 진이 웃었다. 반역의 엄니가 뒷모습에서 엿보인다. 그래, 짖어라, 마음이 부르짖는다.

“너희들. 저 깃발, 지금 실컷 봐 둬라.”

예리하게 연마된 칼날과 같은 집게손가락이 적을 가리켰다.

“이제는 두 번 다시 못 걸어 놓을 테니까.”

자, 제대로 된 사투를 벌여보자. 저 말을 기필코 현실로 만들어 보일 테다.

한 남자에게 바치는 검의 저편.

그곳에서 지금, 꿈을 꾼다—.

BEYOND THE SWORD

제1합 대장은 누구냐

무엇인가 마음 편안한 꿈을 꾸었을 테지.

충전이 다 끝난 것처럼 유우는 개운하게 잠에서 깨어났다. 곧장 몸을 일으키고 커튼을 걷어 창문을 열었다. 붉은색을 띤 자줏빛 아침노을 하늘과 작은 새의 지저귐 소리, 그리고 청량한 공기 안쪽에서 두 주먹을 쥐고 힘껏 기지개를 켠다.

이누이 카이세이와 결전을 치른 뒤 헤아려서 이틀 후 아침이 찾아왔다.

어제는 강제 휴일을 통보받았으나 덕분에 몸 상태는 만전이었다. 몸에 아주 약간의 뻐근함도 없다. 오히려 빨리 움직이고 싶어서 근질근질했다.

져버렸다. 다만 그것은 동시에 자신이 아직 더 강해질 수 있음을 의미하기도 한다.

카이세이와의 대결은 앞으로 평생 이어질 테고, 조만간 단체전도 예정되어 있다.

지금 할 일과 하고픈 일은 단 하나. 훈련이다!

"그래. 좀 빠른데 얼른 나가볼까!"

입고 다니는 것이 완전히 익숙해진 교복으로 금세 갈아입고 어머니를 깨우지 않게 조용히 등교 준비를 했다.

실내 건조대에 걸어 둔 도복을 가지러 거실에 갔는데 문득 식탁 위쪽에 놓여 있는 못 봤던 메모지를 발견했다.

『아침 식사는 냉장고에 주먹밥 만들어서 넣어 놨어. 학교 잘 다녀오렴. 엄마가.』

“다녀오겠습니다……. 엄마.”

오늘은 좋은 하루가 될 것 같았다.

× × ×

장마철 6월에도 이른 아침의 공기는 산뜻하고 선선하니 자전거로 쭉 달려 나가면 상쾌한 기분이 든다. 자신은 역시 시골뜨기인 터라 사람이 꽉 찬 전철을 타기보다는 10킬로미터도 넘는 자전거 통학이 성미에 잘 맞았다.

체육관 옆 자전거 보관소에 멈춰 선다. 빈자리의 개수를 봤을 때 아마도 1등 도착일 것이다.

유우는 짐칸에 묶어 둔 호구 주머니를 풀어낸 뒤 어깨와 자전거에 절묘하게 걸쳐 놓았던 죽도를 손에 들었다. 이어서 곧장 체육관 안으로 달려 들어가 막 신발을 벗던 도중이었다.

따악, 딱.

복도 안쪽의 문에서 높이, 멀리, 딱딱하게 울려 퍼지는 소리가 유우를 유혹한다.

저 소리의 정체는, 본가에서 줄곧 울려왔었던 만큼 잘 기억하고 있다. 유우는 짐을 짊어지고 검도장으로 직행했다. 도장의 문 자물쇠는 역시 풀려 있었다. 문을 열기 전 이번에는 더욱 커다래진 높은 소리와 함께 바닥이 묵직하게 진동했다.

누가 있는지는 곧장 깨달았다.

이 소리는 높은 타점에서 깔끔한 궤도로 때려야만 울릴 수 있다.

유우는 슬며시 문을 열고 안으로 들어갔다.

도복 차림의 커다란 등이 보였다.

굳세게 솟아오른 어깨 근육은 토대가 되어 두 팔꿈치가 그리는 아름다운 마름모꼴을 받쳐준다. 꾹 붙들지도 떼어 놓지도 않은 절묘한 힘 조절로 얹은 오른손과 철심이 들어가 있는 것처럼 굳세게 쥐어 중심이 되는 왼손. 모든 것이 하나가 되어 상단 자세가 만들어진다. 낚싯줄 인형처럼 위로 뻗은 중심이 아름다웠다.

신기하게도 저 자세를 보고 유우는 쇠락한 유적에서도 끝내 자리를 지키며 서 있는 석상을 떠올렸다.

"흡!"

표적을 절단하는 한 손 머리 치기가 호면을 씌운 철제 타격 인형을 가격한다. 광석 갈라지는 듯한 소리가 다시 한번. 이어서 남자는 거듭 머리 위로 죽도를 치켜들었다.

"4분의 1만큼 한 걸음, 거리 더 벌려도 됩니다. 부장이라면 제대로 때릴 수 있어요."

"그런가……."

말에 따라서 물러나지만 자세는 변함이 없다. 그렇게 에사카 진은 또다시 한 차례 검을 휘두른다.

딱, 울려 퍼졌다.

"뭔가, 부장은 좀……,."

내일 세계가 멸망하더라도 여기에서 쭉 검을 휘두를 것 같다.

"음? 할 말이 있나?"

"아뇨……. 아무것도 아니에요. 이렇게 자기 한 발짝을 못 깨달아서 저한테 지는 겁니다."

"훗. 간격을 깨달아라? 누구한테 진 녀석이 할 말은 아니군."

고개 돌리지 않고 받아치더니 에사카가 자세를 취한 채 코웃음 치는지라 유우는 입술을 한일자로 꾹 다물었다.

호구 주머니를 그 자리에 내려놓고 죽도 주머니를 풀어서 꺼내 든 죽도에 코등이와 코등이 받침을 달고 양말을 벗었다. 놀이 준비는 완료다.

아킬레스건을 풀어주고 다시금 한 차례 검을 가격한 에사카의 등을 보면서 야유를 날린다.

"이번엔 오른손을 너무 뺐는데. 속도는 2할쯤 줄여야겠고. 어휴, 아직도 엉성하다니까~."

"뭐냐, 놀아달라는 거냐? 솔직하게 말을 해라. 집착하는 여친처럼 구는군, 이 녀석."

"에이~ 자기보다 약한 녀석은 취향이 아니라, 서요!"

쭉 뻗었던 다리를 중단세의 보폭으로 바꿔 순식간에 바닥을 스쳐 가듯이 걸어 간격을 벌렸다. 하복의 소매가 바람을 가르고, 그 기세에 머리카락이 솟아오른다. 예리하게 치켜 올라간 눈으로 상대의 등을 찌르자 기다리다가 지쳤다고 말하는 듯이 변함없는 상단 자세로 에사카가 몸을 돌렸다.

제자리에서 발 구르는 소리 두 개가 겹쳤다. 예리한 곡선으로 거듭거듭 잔상을 그리며 에사카를 꾀어낸다. 머리 위 칼을 어서 내리치라고. 다만 꼬임수는 간파당한다. 순간, 상대가 두 손으로 손목을 찍어 휘두르지만— 미끼였다.

필살의 궤도가 잔인한 호를 그린다. 에사카가 막 들이닥치는 좌면 허리 치기를 방어하기 위하여 왼쪽 허리를 숨기고자 움직였다.

쿠웅, 세계가 느려진다.

"네, 죽었네요."

오른쪽 손목, 종이 한 장의 간격. 유우의 죽도가 바짝 다가붙어서 멈춰 있었다.

"후……. 귀염성 없는 후배군."

"감사요~. 근데 카이세이한테는 이게 들켰거든요."

빙글, 곡예처럼 검 끝을 돌리며 유우는 납도 동작을 수행했다.

"좋아, 살짝은 만족이 됐어. 그나저나, 들어온 줄 알았다면 말이나 좀 걸어주시죠."

"미안하군. 목소리가 들릴 때까지 평소처럼 타치바나라고 생각했다."

"마토이 선배……? 평소처럼?"

"그래. 가끔씩 아침부터 도복 차림으로 와서는 짜증 나니까 한 대 때려주겠다며 떠들곤 하지."

유우는 심장에 찌름을 한 방 먹은 기분으로 오른손을 가슴에 꽉 대고 저 발언을 음미하며 몇 번이나 고개를 흔들었다.
“진짜 기특한 벽창호구나……. 아니, 도대체 왜 깨닫지를 못하는 겁니까?”
“음? 뭘 말이지?”
“안 가르쳐줍니다……. 어차피 못 알아들을 테니까 부장은 검도 생각이나 열심히 하십쇼.”
“하하, 시끄럽다. 너 요즘 나한테 입버릇이 나빠졌구나.”
“어. 그, 그랬나요? 죄송합니다!”
움찔, 몸이 떨렸다. 바닥에 놓아둔 호구 주머니에서 도복과 호갑, 갑상 세트를 꺼내 들던 손이 멈춘다. 정좌한 채 머리 숙였는데 에사카는 고개를 갸웃거리며 웃고 있었다.
“왜 사과를 하지? 기쁜 마음이 들어 한 말이다만.”
“바보에다가 변태라니……. 구제 불능이군요, 부장도.”
“이 녀석아. 무슨 말이든 다 들어준다는 것은 아니다.”
“죄송합니다. 거짓말을 잘 못해서요.”
웃음 짓고 호구 주머니에서 모든 물품을 다 꺼낸 뒤 유우는 응, 고개를 끄덕거리고 교복을 벗기 시작했다. 그러자 거울 앞에서 자세를 취하려 하던 에사카가 눈살을 찌푸리고 고개 돌렸다. 비쳐서 보였나 보다.
“이놈아, 여기서 옷 갈아입지 마라. 탈의실이든 어디 들어가서 입어.”
“엥~ 그치만 시간이 아깝다고요. 같은 남자니까 딱히 상관없잖아요?”

"후……. 그런가. ……쿡쿡, 그렇군."

에사카는 무엇이 우스운지 키득거리더니 거울 앞에서 또 상단 자세를 만들었다.

"뭐가 재밌어서 저렇게 웃어……?"

도복으로 갈아입고 정좌한 채 호갑과 갑상을 착용하며 생각해봐도 알 수가 없다. 곰곰이 생각해보면 에사카와 알게 된 지가 아직껏 불과 3개월 정도였다.

저 남자에 대해 모르는 부분이 꽤 많다.

이미 부 활동을 시작하고 3년은 족히 지난 기분까지 드는데도.

지금은 2학년 6월.

에사카를 비롯한 3학년들과 함께 지낼 수 있는 기간은 이제 2주도 남지 않았다—.

"아니지……. 전국 대회 나갈 테니까, 한참 멀었어."

유우는 호갑의 허리끈을 전부 꽉 묶고서 숨을 쭉 내뱉었다. 준비 만전이다.

일어서서 아직껏 거울을 향해 자세를 취하고 있는 에사카를 봤다.

넓고 두꺼운 강철 같은 남자의 등이 변함없이 저곳에 있다.

거울을 마주 보는 날카로운 시선은 무엇인가를 일심으로 주시하는 듯 보이기도 했다.

아름다운 마름모꼴을 그리며 치켜든 타오르는 듯한 자세의 저편. 그것이 신기루처럼 일렁인다.

"음……."

유우가 무심코 눈을 비볐다.

거울 너머에서 뭔가 환영이 보인 것 같았다. 하지만 그냥 착각이라며 넘긴 뒤 고개를 끄덕인다.

유우는 뺨을 두 손으로 찰싹찰싹 두드려서 새롭게 결의를 다지고 에사카에게 걸어 다가갔다.

“좋아, 힘 좀 써볼까!”

단체전을 앞두고 새로운 나날이 시작된다―.

“아, 미나카미. 한 가지, 전달 사항이 있다만.”

“예……?”

“오늘 방과 후 연습은 쉰다. 잘 전해줘라.”

× × ×

“으에엥―?! 연습 쉰다꼬?! 뭐라카노!”

본고장의 뭐라카노를 듣게 되니까 조금 흥분된다. 점심시간 중 유우는 히죽거리며 자기 자리에서 편의점 주먹밥을 빠른 속도로 먹어 치우고 있었다.

빈손으로 앞자리에서 뒤를 돌아보며 앉은 치히로의 쇼트헤어를 쓰다듬고자 했는데 찰싹 때려서 쳐낸다. 진짜 만담의 버럭 외침을 들은 것 같아서 조금 흐뭇했다.

“뭐꼬…… 뭐꼬! 단체전까지 2주도 안 남았다 아이가?! 놀 틈이 없는 기라!”

씩씩 귀엽게 화낸다. 자신과 완전히 같은 반응이라는 것이 만족스러워서 또 머리에 손을 뻗었지만, 역시나 찰싹 얻어맞았다.

"에잇! 아까부터 자꾸 뭐라 케쌌노!"

"그치만 칫히는 좋은 녀석인걸. 귀엽고."

"귀엽지 않타, 얼가이!"

"귀여워."

"귀엽지 않타!"

"진짜 귀여워, 치히로."

"으으읏……! 입 다무리라! 얼가이야!"

좋아, 오늘도 이겼다. 빨개져서 몸을 퍽퍽 때려도 기꺼이 맞아주며 유우는 이유를 설명했다.

"아침 훈련 때 부장한테 들었어. 오늘 사사키 선생님이 급한 볼일 있어서 학교를 쉰다더라. 부고문 선생님도 출장 나가서 없고. 감독자 없이는 연습을 못 하는 게 규칙이래."

"글치……. 으휴, 우짤 수 없나. ……진짜가, LINE 메시지 왔데이. 학교 끝나믄 잠깐 미팅한다고 써 놔따."

"아. 그러후나. 그언 모랏네."

우걱우걱 막판 힘내기로 씹어 먹으며 대답했더니 치히로가 마침 잘 걸렸다는 듯이 웃는다.

"뭐라 카는지 몬 알아듣게따. 유우 군이 더 귀엽구로!"

"그치. 자우 드는 마리야."

"하나도 안 부끄러운 기가……? 억수로 짱 나네. 야 도대체 뭐꼬……."

또 꿍얼꿍얼하며 치히로가 뾰로통하게 고개 숙였다.

"그나저나, 아침 훈련도 하는 기가? 말해줬으믄 나도 아침에 빨리 깨나서—."

"좋아! 잘 먹었습니다!"

무슨 말인지 전혀 소리를 들을 수 없었던지라 두 손으로 박수를 짝 쳐서 중단시켰다. 깜짝 기습을 당한 치히로의 눈이 휘둥그레진다.

"어, 엉? 벌써 다 먹었따고?"

"응! 다녀오겠습니다!"

방과 후 시설을 못 쓴다면 하다못해 점심 훈련을 하자. 유우는 쭉쭉 달려서 교실을 나가 검도장으로 향했다.

아침에 에사카와 같이 훈련했던 것은 운이 좋았지만, 역시 큰 시합을 끝낸 다음에는 홀로 되새기고 싶어지는 때도 많았다.

재빨리 도장의 자물쇠를 풀고 들어가서 가볍게 걸레질한 뒤 양말을 벗고 죽도를 들었다.

잠시간 거울 앞에서 죽도를 휘두른다. 응, 고개를 끄덕거리고 이번에는 호구를 씌운 타격용 인형을 드륵드륵 밀어서 도장 한가운데로 가져왔다.

간격을 맞춘 뒤 자세를 잡아서 눈을 감는다. 뇌리에 그리는 것은 그저께 패배를 겪어야 했던 최강의 남자.

깊숙이 숨을 들이마신다. 시간이 멈춘다. 마음은 명경지수—지금!

"하아앗!"

둑을 무너뜨린 시간이 홍수처럼 쏟아져 흘러나온다. 참격의 폭풍은 흡사 총기와 같이 상대를 덮쳤고, 네 군데 급소를 정확하게 노려서 거푸 가격한다. 잔상을 남겨 놓으며 마지막으로 접근, 퇴격 허리 치기와 동시에 뛰어서 일족일도의 거리.

예리하게 치켜 올라간 눈으로 주시하며 저편에 상기하는 것은 그날 마지막의 상격 머리—.

"머리이이——이이쌰야아아아앗!!"

묵중한 질풍, 일직선, 충격을 동반하여 인형의 옆을 주파한다. 눌어붙는 듯한 마찰 소리와 함께 바람을 두른 유우가 고개 돌렸다. 도장의 현판 및 신단이 태풍을 떠나보낸 것처럼 흔들리고 있다.

잠시 차분하게 잔심. 그리고—.

"끙……. 답이 없군!"

얼굴을 찌푸리며 유우는 죽도를 든 채 큰대자로 털썩 드러누웠다. 눈을 감는다.

상상 속에서 또 종이 한 장 차이로 져버렸다.

속도와 힘, 이쪽은 카이세이가 확실하게 우위에 있다. 하지만 저런 요소는 예측과 기술 및 순간의 기지로 어떻게든 대처할 수 있다. 딱히 심각한 문제는 아니었다.

체력 차이는 어떠한가. 이것이 마지막 상격 머리에서 패배를 한 주된 요인일 테지. 공백기가 길었던지라 어쩔 수 없을지언정 복귀 이후부터 매일 아침마다 거르지 않고 다녀오는 러닝 및 거친 훈련의 연속 덕분에 점점 격차가 메워지고 있다.

따라서 이 문제도 괜찮겠다.

"다만 문제는 그 녀석의 사기에 가까운 눈인데……."

그냥 기막히다는 말밖에 안 나오는 변태적인 동체 시력과 반사 신경.

그것이 지상 최강의 남자 이누이 카이세이의 최대 강점이다. 어찌어찌 허를 찌르거나 의도를 예측하는 데 성공하더라도 가위바위보에서 반칙을 하듯 이미 낸 손을 바꾸거나 휙휙 피해버린다. 악몽이다.

아무튼 천재인지라 공략 방법은 쉽게 떠올릴 수 있었다.

알고도 미처 피하지 못할 만큼 신속하고도 강한 힘으로 카이세이의 검 끝에 맞춰 휘어박으면 된다!

"바보냐……."

유우는 거한 한숨과 함께 왼손으로 죽도를 놓아버리고 눈을 감았다. 생각해 보니 아침부터 일찍 일어나서 움직였던 터라 벌써 졸음이 온다. 그러던 때였다.

"왜 이런 데서 낮잠을 자는 거야. 변태."

말캉, 무엇인가가 얼굴을 밟고 있다.

두 눈을 뜨자 순백의 양말 저편에 트레이드마크, 요란한 머리카락이 보였다.

"마토이 선배, 얼굴은 좀 심하지 않나……?"

"진 벌이야. 그냥 얌전히 밟혀."

꾹꾹 문댄다. 전혀 힘이 안 느껴져서 히죽 웃음이 나왔다.

"더 세게……."

"포상이 되어버리면 의미 없잖아……. 뭐, 욕망에 충실한 애는 좋아하지만."

"고맙네요. 좀만 더 움직이면 치마 안쪽도 보일 뻔했는데요."

"뭐래, 당연히 속바지 입었거든? 너 바보야?"

치맛자락을 잡아서 휙 들어 보여준다.

너무나 화가 난 나머지 유우는 바닥을 내리치며 몸을 일으켰다.

"어째서 보여주는 거야, 현실을! 여기에 꿈이 없다면 우리는 어떡하라는 거야!"

"몰라, 묻지 마……. 그런데 속옷이면 뭐가 특별히 달라지나? 그냥 천 조각 하나인데 남자들은 왜 이렇게 주절주절 말이 많을까."

흥, 코웃음을 친다. 팔짱을 끼고 딱 잘라 쏴붙이는 모습이 무척 씩씩했다.

"마토이 선배는 부끄러움을 좀 배우죠……. 방금 전 속바지도 꽤 어질어질했거든요?"

"이제 와서 뭔 호들갑이야. 옛날에는 아예 여기서 도복으로 갈아입기도 했……."

아차, 흠칫하는 표정을 짓는다. 빈틈은 놓칠 수 없었다.

"어라라, 뭐죠. 왜 갑자기 폭탄 발언이죠. 뭔 상황이죠?"

"아, 머리에 피가 확 솟았거든……. 탈의실 가는 게 귀찮아서……."

극한까지 싸늘한 눈으로 마토이를 쳐다본다. 겸연쩍어하며 눈을 피하고 있는 학생회장님을…….

"변태 회장이다."

"싫어, 더는 말하지 마! 그땐 나도 젊었단 말야!"

"부장한테 말해줘야겠다."

"그래, 얼른 말해라……. 어차피 웃기만 할걸, 그 자식은."

지친 모습으로 웃는 마토이를 보고 유우는 눈이 휘둥그레졌다. 틀림없이 「안 돼, 절대로 안 돼」라면서 난폭하게 나올 것이라 생각했는데 더 이상 아무런 말도 않은 채 양말을 벗고 바닥에 굴러다니고 있는 죽도를 손에 잡았다.

"네가 이렇게 열심인데 나도 가만히 시간만 죽일 순 없지. ……아무튼 먼저 작전을 세우고 싶은 참인데 말야. 얘, 머리 좀 빌려줄래?"

"응? 작전요? 무슨?"

"금요일 방문 시합이지. 어제 결정됐잖아."

"맞다……."

그제야 말뜻을 이해할 수 있었다. 어젯밤 입을 벌린 채 멍하니 굴던 동안에 검도부 LINE에서 격진이 마구 발생했던 것을 떠올렸다. 이번 주 마지막, 즉 금요일에 방문 시합을 나갈 예정이라고 에사카가 메시지를 올렸지.

상대는 어디냐고 물어봤더니 놀랍게도 부장의 숙적인 슈스이 대학 부속 고등학교라고 했다.

처음에는 남자만 방문 시합을 다녀올 예정이었는데 그 후 마토이가 또 메시지를 올려서 여자도 토오 학원에 가기로 결정됐다.

즉 남녀가 모두 금요일은 결전의 날이다.

"저기, 마토이 선배. 이거 채팅방 얘기 보니까요, 남자들 슈스이부터 방문 시합이 먼저 정해졌던 건가요?"

"응, 맞아. 우린 나중에 잡은 일정이야. 남자들 빼고 학교에서 연습이나 할 바에야 저번에 진 빚을 내세워서 토오 학원에 기웃거리는 게 효율적인걸. 그래야 버릇 같은 걸 정탐할 수 있어서 승률도 올라갈 테고."

유우가 고개를 끄덕거린다. 마토이가 이런 생각을 떠올리는 것은 무척 납득이 된다.

후지노미야의 불여우는 정말 영리하다. 판단에 감정을 개입시키는 실수는 절대 저지르지 않는다.

이러한 사람 됨됨이를 생각한다면 마토이의 옆에 선 남자가 내린 판단이 이해되지 않았다.

"그럼 부장이 슈스이에 자기가 직접 나서서 방문 시합을 부탁했던 거예요……?"

"후후. 맞아, 진짜 웃기더라. 그 녀석이 글쎄 있잖니, 막 엄청나게 질색한 표정으로 타치바나~ 머리 숙이고 싶지 않다~ 머리 숙이고 싶지 않다~ 이러면서 아슬아슬한 시간까지 투덜거렸다니까?"

입가를 누른 채 마토이는 재미있어서 못 견디겠다는 듯이 웃는다. 유우는 고개를 갸웃거릴 뿐이었다.

"부장답지 않네요……. 굳이 적에게 머리를 숙일 사람은 아니라고 생각했었는데."

슈스이를 이기고 싶다, 다 같이 이기고 싶다고 에사카가 입버릇처럼 말했다는 것은 알고 있다.

다만 이러한 방식을 선택했다는 것이 도저히 믿기지 않았다.

사나이는 정정당당하게 시합에서 부딪치면 된다. 정찰이나 눈치 싸움은 불필요하다. 마지막까지 자기 자신을 드높이는 길을 선택해야 한다. 그러고도 진다면 받아들여라, 어쩔 수 없잖나?

자신의 머릿속에 있는 에사카라면 분명 저렇게 말했을 텐데.

모르겠다. 자꾸 생각이 솟아 팔짱을 끼자 마토이가 키득 웃었다.

"결국 머리는 안 숙였지만 말이야. 주뼛주뼛 제안했더니 오히려 저쪽에서 잘 부탁드리겠다며 되게 반가워했대."

"엥, 그 강호 사립고가요?! 단체전을 앞둔 이 시기에?! 우리 같은 평범한 공립고한테요?!"

"그랬대. 뭐, 무슨 이유가 있었겠지. 솔직히 나도 영문을 잘 모르겠는데."

"어어, 음……. 마토이 선배도 모른다고요? 도대체 뭐지?"

머리를 부여잡았더니 마토이가 부드럽게 웃고는 죽도를 돌려줬다. 얼떨결에 자루를 잡아서 다시 돌려주자 곧바로 무방비한 머리에 톡 손이 올라왔다.

"다른 사람의 마음이니까 전부는 모르는 게 당연한 거야. 너무 어렵게 생각하지 마."

"마토이 선배는 안 궁금해요……?"

"궁금하지. 그치만 그냥 내버려 두길 바라는 때도 있거든. 나도 마찬가지고."

마토이는 빈손으로 자신의 요란한 머리카락 끝을 만지작거리며 킥 미소 지었다.

그러다가 곧 고개를 기울여서 눈을 똑바로 보며 말한다.

"있잖아, 조금 치사한 부탁인데 해도 돼?"

"뭘 부탁까지야, 금요일에 이것저것 떠들어보고 오죠……."

머리에 올라가 있는 손을 살며시 잡아서 뗀다. 히죽히죽 웃으며 말했다.

"서방님을 위해서잖아요~. 미안요, 여기 부장이 있어야 했는데. 사람이 잘못 나타났죠."

"넌 진짜 귀염성 없는 후배야……."

볼을 새빨갛게 붉힌 채 뺨을 꽉 붙잡으려 하기에 얌전히 얼굴을 내밀어서 잡혀줬다. 아까 망설임 없이 치맛자락을 잡아 들었던 여성과 같은 인물이라는 생각이 안 들 만큼 깜찍하다.

역시 이 사람들과 더 오래 함께하고 싶은 마음이 들어 유우는 웃음 지었다.

"그럼 작전 회의를 하죠. 저도 마토이 선배의 머리를 빌리고 싶어요."

"그래. ……일단 이런 땐 말이야, 먼저 현 상황부터 정리해야 돼."

× × ×

“단체전 예선은 남녀 모두 다음 주말 일요일에 개최된다. 이제 2주도 안 남았군. 대진표의 추첨 결과는 개인전과 동시 발표됐던 그대로다. 다시 보고 싶거나 집에 가져다 놓고 싶은 사람은 도장 게시판에 붙여 놓았으니 복사해서 써라.”

방과 후 도장 안, 부원 전원이 빙 둘러서서 미팅 중이다. 유우는 마도카와 시오리의 사이에 껴서 딱 정면에 마주 선 에사카의 이야기를 듣고 있었다.

점심때에 똑같은 이야기를 나눈 까닭에 조금 따분하다. 마토이도 하품을 하며 머리카락 끝을 빙빙 돌리고 있다.

“굳이 복사까지? 내가 이따가 사진 찍어서 LINE에 올릴게.”

“그래, 고맙다. 올려줘라. ……더 할 이야기는, 이제 없군?”

마토이에게 묻는 에사카를 보고 유우가 히죽 웃는다. 아직이다. 아직 할 이야기가 남았다.

가장 중요한 사실을 재인식시키는 것. 메가폰을 흉내 내서 유우는 뺨에 한쪽 손을 가져다 댔다.

“부장~. 제가 바보라서 출진 순서를 까먹었거든요. 여기서 한 번 더 가르쳐주십쇼!”

“으음……?”

이 녀석 갑자기 뭔 소리냐, 다들 의아해하는 표정인데 딱히 상관없다. 계속 히죽히죽 웃으며 확신을 가지고 다른 남자 부원들의 얼굴을 쭉 둘러본다.

야시로도 쿠로세도 키노사키도 역시 모두가 같은 얼굴로 웃고 있었다.

"거참, 바보밖에 없군……."

얼마 뒤 포기했는지 한마디를 꺼낸 에사카가 각오를 다진 모습으로 팔짱을 꼈다.

"내부 평가전을 거쳐서 다 같이 결정한 대로다. 선봉은 야시로, 차봉은 키노사키, 중견은 쿠로세. 그리고."

말 도중에 에사카와 눈이 마주쳤다.

누구든 다 덤비라는 듯이 다부지게 웃어 보였다.

"부장은 미나카미. 대장은, 나다!"

키노사키가 손가락을 물어서 내는 휘파람 소리에 맞춰 남자들이 박수갈채를 보낸다. 다만 여자들은 묵묵히 싸늘한 시선으로 쳐다볼 뿐 뭔가 납득을 못 하는 모습이었다.

"마지막 조정 기간이다. 각자 후회를 남기지 않게 승리하기 위해 무엇을 하면 좋을지 고민하며 시간을 보내다오. ……대진표 중 난관은 이미 다 알고 있겠지. 공개된 토너먼트 표를 따라서 순조롭게 가면 여자는 2회전에서 토오 학원, 그리고 남자는 3회전—."

도장의 분위기가 찌릿하게 달아오른다. 에사카의 눈동자가 불타오르며 숙적의 이름을 입에 담았다.

"상승, 슈스이 대학 부속고. ……이긴다. 여자부도 같이. 이번에야말로 기필코, 다 같이 이긴다!"

이번에는 전원의 「네」라는 대답 소리가 도장에 울려 퍼졌다.

이만 해산하지, 에사카가 마무리 짓자 모두들 곧장 왁자지껄 떠들기 시작했다.

후유, 숨을 내뱉고 다시 들이마실 때 부드럽고 향긋한 냄새가 사르르 날아오는지라 무심코 옆을 쳐다봤다. 분명히 마도카이리라 생각했는데 역시 마도카였다. 우리의 여자 부부장은 언제나 오감으로 치유해준다.

마도카가 두 손으로 조물조물 휴대 전화 만지작거리고 있는 모습을 대각선 뒤쪽에서 힐끔 내려다봤다. 이 좋은 냄새가 흘러나오는 곳은 두피일까, 아니면 살랑거리는 세미 롱 머리카락일까.

순수한 진상 규명이었을 텐데 언제부터인가 커다란 가슴의 유혹에 거스르지 못한 채 빤히 보게 되었다.

"아~ 미나카미 군. 어디 봐? 뚫어지겠다?"

그러자 두 손으로 휴대 전화를 던지다시피 가슴에 끌어안고 마도카가 가자미눈으로 이쪽을 쓱 쳐다본다. 덜컥 놀라서 시선을 픽 돌렸지만 이미 늦었다.

"아아안 봤는데요?"

"앗, 거짓말 치네. 그러면 나랑 한 약속도 역시 거짓말이었구나~?"

"그, 그건 아니에요!"

허둥지둥 마도카를 힘 있게 바라보면서 단호하게 잘라 말했다.

"반드시, 지킵니다. 거짓말 아니에요."

"에헤헤……. 좋아."

드디어 나타난 마도카의 생글거리는 웃음에 한숨 돌렸으나 그것도 잠시뿐. 곧바로 뱃속 시커먼 웃음을 띤 얼굴로 바뀌어서 바짝바짝 몰아붙인다.

"그래도 역시 쳐다봤지?"

"죄송합니다……."

"어휴~ 남자애는 진짜 바보라니까. 어째서 언제나 언제나 혼자 안 들켰다고 생각하는 걸까? 벌을 좀 받아야겠네. 애~시오—."

"안 돼, 안 돼, 안 돼?! 멈춰요! 저 녀석 또 질척거린다고요. 한 번만 봐주십쇼!"

깔깔 웃는 마도카를 제지해 봐도 이미 늦었다. 이상하게 귀가 밝은 후배가 안경을 번쩍 빛내며 다가왔다. 항상 말똥말똥 바라보는 시선에는 이미 익숙해졌는데 오늘은 눈빛이 한결 더 싸늘하다.

"안녕하세요, 반가워요. 질척이는 여자가 왔네요?"

"앗, 미나카미 군. 『이런 반응이 질척거리는 거야』라는 표정이네~."

"어째서 아는 겁니까?!"

"어째서 알긴 뭘 알아요! 미안하네요, 자꾸 질척여서!"

큰일 났다. 벌써 살짝 삐쳤다.

또 마도카가 쓸데없이 땔감을 던져 넣기 전에 어떻게든 불을 끄고 싶었다.

"저, 저기, 시오리 씨? 곧 단체전인데 뭔가 모르는 게 있진 않나요? 혹시 있다면 지금 미리, 제가 뭐든 다 가르쳐줄게요!"

애써 웃음을 띤 표정을 만들어서 굽실굽실 저자세로 비위를 맞춰준다. 시오리는 딱 붙어서 검도를 가르쳐준 뒤에는 어째서인지 금세 기분이 좋아지고는 했다.

"없는데요~. 저는 천재라서 모르는 게 하나도 없답니다~."

"아, 그러셔……. 아주 대단하십다."

다만 그 이상으로 일단 삐치면 질척거린다.

잘 생각하면 애당초 비위를 맞춰줄 필요가 있는 것일까. 갑자기 바보짓을 하는 기분이 들었다.

"그럼 난 이만 가련다. 할 일도 없고."

"엥……. 잠깐, 잠깐만 기다려보세요! 있어요! 궁금한 거 있어요!"

등을 돌리자 고양이처럼 하복의 옷깃을 붙잡는다. 진짜, 진짜진짜 질척거린다.

어쨌든 살짝 울먹이는 표정이 갸륵하니까 귀여운 후배의 장난이라고 치고 용서해주기로 했다. 시오리의 손을 톡 쳐내고 뭐냐, 대답하며 몸을 돌린다.

"아까요, 왜 다들 출진 순서로 막 소리를 지른 거예요? 어차피 임시로 정한 거 아니에요? 상대에 따라 순서는 바꿀 수 있잖아요."

"아니, 임시 아닌데? 확정이야. 검도 단체전은 포지션 변경이 불가능하거든."

"엥, 정말요?! 그치만 연성회에서는 매번 막 바꿨잖아요."

"그거야 연습 시합이니까. 뭐, 나도 부 활동으로 단체전 나가는 건 처음이니까 아주 잘 아는 입장은 아니지만 말이야."

"그렇죠~! 설마 선배한테 친구가 있을 리 아얏 아얏 아야앗—?! 관자놀이가앗?!"

"미츠루기 아이언 클로의 맛은 어떠냐?"

오른손으로 안경을 먼저 빼앗은 다음 일격을 먹여주는 친절까지 베풀어줬다. 안경은 자신의 머리 위쪽에 얹었다.

"아아아아아앗?! 부서져요 부서져요 부서져요, 부서진다고요—?!"

"엄살 부리지 마라. 친구라곤 악력뿐인데 자랑 좀 하고 싶다고. 이 건방진 빌어먹을 막말 안경녀야."

"아야아앗—?! 도, 돌려줘요! 안경 돌려줘요! 안경 없이는 힘이 안 난단 말이에요!"

"뭔 젖은 호빵맨 같은 소리냐, 요 녀석아."

떨떠름하게 풀어주고 안경을 돌려주자 거의 울상이 된 시오리를 마도카가 꼭 안아서 달래준다. 그냥 연상이 아니라 아예 엄마와 같은 분위기가 느껴졌다.

그러고 보니 마도카는 3학년이니까 공식전의 경험은 자신보다 더 많겠다.

"음, 있잖아, 시오리 쨩. 단체전도 기본적인 규칙은 개인전이랑 똑같아. 다른 부분은 단체전에서는『무승부』가 있다는 거야. 개인전은 결판이 날 때까지 연장해서 계속 싸우지? 단체전은 팀에서 이긴 횟수가 많은 쪽, 그다음은 따낸 판 숫자가 많은 쪽으로 승패를 결정하니까 무승부가 있어도 괜찮거든."

"아, 네. 거기까지는 대충 알아요. 『양쪽 다 동점이었을 경우는 누군가 한 명이 팀에서 나와 결판이 날 때까지 대표전』을 치르는 거죠. ……저기요, 그럼 공식전은 중간에 시합이 끝나기도 하는 거예요? 예를 들어서, 선봉부터 중견까지 3연패를 당한 경우라든가."

"아, 그렇진 않아. 팀의 승패가 결판나도 시합은 끝까지 다 한다. ……예를 들어서 만약에, 앞에 세 명이 전부 져버려도 나와 부장은 시합을 하지."

문득 시선이 키노사키와 쿠로세에게 가서 닿았다. 뭔가 진지한 표정으로 대화 나누고 있었다.

에사카의 말이 뇌리에 되살아났다. 이기기 위해 필요한 것은 무엇인가 고민하면서 마지막 시간을 보내라.

다만 사실은 이미 고민까지 할 필요도 없다. 대답은 이미 머릿속에 나와 있었다.

—슈스이에 이기기 위해 필요한 요소. 그것은, 우선.

"저기요, 선배! 듣고 있나요?"

"어, 아, 미안! 잠깐 딴생각했어."

깊숙이 잠길 뻔했던 사고는 또 뾰로통하게 기분이 언짢아진 시오리의 말에 가로막혔다.

제대로 눈을 바라봐주자 부풀었던 뺨은 푸슈숙 오므라졌다.

"저기요, 선배……."

"응? 왜?"

"슈스이 쪽 출진 순서가, 분명히……."

고개를 끄덕이고 재인식했다. 여자부의 시오리도 알고 있는 공공연한 사실이다.

슈스이 대학 부속고의 공식전 출진표, 중견·부장·대장의 흐름은 최근 1년간 줄곧 바뀌지 않았다.

중견에 타키모토, 부장에 하시쿠라, 그리고 대장에 카이세이. 이 같은 절대적인 흐름은 이번에도 부동일 테지.

"네가 생각하는 게 맞아. 이번에 나는 카이세이와 겨룰 수 없어. 포지션이 아예 다르니까."

"저기요……. 어째서, 선배가……."

시오리가 말을 멈춘다. 꺼내려던 말은 짐작할 수 있었기에 계속 대답해줬다.

"나는, 부장이면 괜찮아. ……대장은 원래 아무나 맡는 게 아니거든. 왜냐면—."

이유를 가르쳐주고자 한 순간, 바지 주머니 안쪽에서 부웅부웅 휴대 전화가 진동했다.

꺼내서 보자 액정에 비친 이름은 아이하라 히토미. 못난이 누나. 저절로 눈이 찌푸려진다.

무조건 시답잖은 소리를 늘어놓을 테니까 다른 사람들에게는 대화를 들려주고 싶지 않았다.

"미안, 전화 좀."

시오리, 마도카와 거리를 벌린 뒤 도장 구석에서 조용히 수화기의 버튼을 터치했다.

“여보세요…….”

『안뇽~ 누나랍니다~! 얘, 쓸쓸하지 않아? 있잖아, 유우 도령, 오늘도 저녁밥 먹으러—.』

전화 너머로 흘러드는 허무를 느끼자니 눈이 무의식중에 죽어버린다. 대충 흘려들으며 시오리와 마도카가 있는 방향을 돌아봤는데 에사카와 마토이도 자신을 대신해 대화에 낀 참이었다.

“어라, 마도카 선배, 이거 옛날 사진이에요?! 머리가 짧아!”

“에헤헤, 맞아~. 이 사진은 있지, 1학년 딱 지금쯤이었어. 단체전 끝난 다음에 다 같이 라면 먹으러 갔고. 에사카 군도 아직은 홀쭉하네~.”

“그, 그런 것보다……. 마토이 선배, 머리 까매요! 아하하하하! 어떡해! 순둥이 같아!”

“앗, 마도카, 얘가! 또 남의 흑역사를! 그 사진 제발 좀 지워!”

“오, 타치바나가 아직 모범생이군. 그나저나, 세 사람이 전부 몰라보게 달라져버렸구나…….”

잘 들리지는 않는데 뭔가 즐거운 분위기다. 빨리 저쪽으로 돌아가고 싶었다.

『유우 도령. 어휴, 유우 도령~! 내 말 듣고 있어?』

“안 들었는데요. 그럼 이만, 수고하셨습니다, 아이하라 선생님. 바쁘니까 끊겠습니다.”

『앗, 얘가! 끊으면 안 돼! 거짓말하지 마! 유우 도령, 오늘은 훈련 안 하니까 한가하잖니?』

왜 아는 거야, 천장을 우러러봤다. 괜히 교복을 더듬거린다. 혹시 도청기라든가 뭔가 달려 있는 게 아닌가 불쑥 의심이 들었다.

"그래서 뭔데. 말해 두겠는데 밥은 안 차려준다!"

『아, 알겠어어. ……이게 아니라, 유우 도령. 지금 토오에 놀러 올래?』

"엉……?"

『호구 가지고 오렴~. 오늘은 누나도 호구 입을 테니까.』

훈련.

그 단어를 들은 순간에 몸이 부들부들 떨리기 시작했다.

『부탁이야, **유우**. 나도 또 전력을 쏟아 내고 싶거든. ……상단, 쓸 테니까. 안 돼?』

세계가 반짝 빛난다. 마치 승자처럼 휴대 전화와 함께 주먹을 불끈 쥐어 들면서 외쳤다.

"갈게! 당장 갈게! 누나 고마워! 조금만 기다려!"

사진 얘기라든가 다른 부원들에게 통화가 들린다는 것도 모조리 전부 다 잊어버린 채 유우는 곧장 호구와 죽도를 정리하며 출발 준비를 시작했다. 마지막 음색은 으슬으슬했다. 그렇다면 분명 오늘의 히토미는 전력을 쏟아부어줄 것이다.

"놀다 올게요. 다녀오겠습니다!"

처음 견학을 왔을 때처럼 유우는 도장에서 나가기 전에 반사적으로 머리 숙인다. 곧장 달려서 떠나가고자 했다.

"아, 잠시만, 미나카미."

등을 두드리는 에사카의 목소리에 고개 돌리자 여자 부원들 안쪽에서 에사카가 왼손을 얼굴 앞으로 들어 흔들고 있었다.

"내일, 또 보자."

"네……. 내일 봐요."

웃으며 손을 흔들고 도장에서 나간다. 훈련을 하러 가기 전에는 언제나 자기 생각밖에 떠올리지 못했었는데 오늘만큼은 달랐다. 머릿속에서 말이 맴돈다. 이기기 위해 고민해야 할 요소.

"일단 물어볼 건 물어보자고……. 와주려나."

토오 학원으로 가는 도중에 휴대 전화를 작동시켜서 한 남자의 연락처를 터치했다.

"부장이 그 녀석을 이기려면……. 진짜 뭘 어떻게 해야 하지?"

× × ×

토오 학원 검도장 연쇄 살인 사건, 범인은 여전히 **전투** 중이었다.

녹초가 된 후부키가 검을 겨누며 거의 헐떡이다시피 면금 안쪽으로 호흡을 했다.

결국 생존자는 자신 하나뿐이었다. 살짝 울먹이는 눈으로 뒤를 돌아본다.

같은 학년인 아이리와 링고는 X마크처럼 서로 포개져서 쓰러져 있고, 주장 유키는 벽에 기댄 채 하얗게 재가 되었다. 부주장 사쿠라코는 보이지 않는다. 유품처럼 호면만 남아 있었다. 아마도 세면실에서 뻗었을 테지. 다른 부원들도 모두 빠짐없이 죽음을 맞이했다.

"자~ 이누이 양. 왜 한눈을 팔까~? 선생님은 아직도 졸음이 쏟아지는데~?"

히히, 눈앞에서 감색을 두른 마녀가 비웃는다.

짙은 남색을 띤 도복 어깨에 있는 것은 피로 꿰맨 듯 빨갛고 소름 끼치는 『미츠루기(御剣)』라는 글자. 기세가 배어나는 무명 하카마(袴)를 사뿐 흔들거리며 마녀는 야릇하게 중단 자세를 취했다.

곧이어 두 손이 천천히 위로 올라간다. 상단 자세로. 물러남을 알지 못하는 열화의 태세로—.

"이야아앗, 시야아아——야앗!"

마지막 힘을 쥐어짜서 후부키는 먼저 공세에 나섰다. 상단 자세가 완성되게 두면 안 된다. 그때부터는 도저히 손쓸 방법이 없다. 전력을 발휘하는 아이하라는 이렇게나 빨랐던 건가. 새삼 지난날의 안이했던 인식을 부끄러워하며 간신히 코등이 싸움으로 몰고 갔다. 그러나.

"하앗!"

동작을 극한까지 생략한 퇴격 머리 치기를 날리고 아이하라가 간격을 벌려 물러난다. 큰일 났다, 놓치지 마라. 간격이 벌어지게 놔두면 또 죽어버려—. 후부키는 서둘러 퇴격 머리 치기의 잔심을 좇아간다.

오른쪽 다리 앞에서 치고 두 손을 올리는 퇴격 머리 치기의 잔심은 왼쪽 다리를 내디디는 상단 자세와는 다리가 반대다. 상단 자세의 강점은 오른쪽 다리로 차서 왼손과 왼 다리를 앞으로 뻗을 수 있는 것이며 요컨대 공격이 닿는 간격의 범위가 중단과는 현격하게 다르다. 후부키에게는 이족일도여도 상대는 사정거리 안이다. 그런 상황을 만들어서는 안 된다.

만들어서는 안 되니까, 취한 대응이었는데.

"엥."

추적 도중이었는데도 얼빠진 목소리가 나왔다. 세계가 슬로모션으로 바뀌었다.

도대체 언제, 왼쪽 다리가 대신 앞으로 나와서—.

"머리이이——이야샤아아아아아아, 야아앗!"

꽈앙~! 세찬 충격이 머리를 깨부순다.

"끄엉……."

휙 지나쳐 가는 아이하라를 쫓지 못하고 후부키는 눈을 X자로 질끈 감으며 한쪽 무릎을 꿇었다.

어질어질 세계가 일그러져서 몽롱한 와중에 눈앞으로 토오에는 없는 감색의 호완이 가까이 다가들었다.

"후부키."

어떤 순간에도 몸속 깊숙이 스며드는 다정한 목소리.

"유우 군……!"

후부키는 눈물을 글썽글썽하며 손을 붙잡는다.

"다 끝났지? 이만 비켜줄래? 내 차례야."

와그작, 가슴 미어지는 소리가 났다.

너무해. 마음이 아파. 아앙, 하지만. 이렇게 검도 말고는 안 보이는 유우 군도 멋있어—.

옷깃을 붙잡힌 채 유우에게 질질 끌려가면서도 머릿속은 행복했다.

"으음, 링고 쨩. 아이리 쨩. 괜찮아? 일어날 수 있어?"

"헉, 앗! 으, 응! 리, 링고 씨는! ……정말로, 살아 있기는 한 걸까……?"

"아이리 씨도, 이미 죽었는데~ 입만 살아서 움직이는 것 같아……."

"괜찮아, 살아 있어. 다 살아 있어. 그럼 후부키 데리고 비켜줄래? 놀 때는 집중해야 하니까."

휙, 아이리의 품에 버려졌다. 꽉 안아준다.

"와, 어떡해. 불쌍하다~. 미나카미 군, 너무하네~."

"후, 후부키, 괜찮아? 이건 중상이야. 리, 링고 씨는 해줄 수 있는 게……."

"아……. 더, 자꾸……."

묘한 한마디. 우왕좌왕하던 링고가 굳어버린다. 아이리가 두 어깨를 잡고 거리를 벌렸다.

"후부키, 지금 뭐랬어?"

"응. 아마 링고 씨도 귀가 망가진 것 같아."

"좋아……. 더……! 더, 자꾸, 쓰레기처럼 다뤄줘……!"

저 눈빛이 멋져. 분하다. 최고야. 더, 자꾸. 굴욕으로 가슴이 뜯겨 나가는 심정인데도 홀딱 빠져서 도무지 벗어날 수 없다. 머릿속으로 군침을 삼키던 중에 아이리가 홱 물러났다.

"변, 변태다앗~!"

"뭐지. 링고 씨는 지금 외동아들을 도쿄로 떠나보낸 어머니의 마음이 들어. 쓸쓸해."

"애플 서포트~! 후부키를 원래대로 고쳐줘요~!"

"아이리. 인간의 성장은 Windows의 업데이트와 같아. 일단 진행하면 되돌릴 수 없어."

"그거 다른 회사잖아……. 어, 아앗, 후부키! 가만히 좀 있어~!"

"싫어! 싫어엇! 유우 군! 유우 구―운!"

버둥거려봐도 링고와 아이리한테 붙잡힌 채 마치 포획된 우주인처럼 도장 구석으로 끌려간다. 셋이서 바닥에 주저앉은 뒤 희번덕거리며 웃는 두 사람을 가만 지켜볼 수밖에 없었다.

"아핫. 좋아~ 유우 도령. 이왕이면 더 재밌게 오랜만에 내기나 할까? 한판에 5천 엔♪"

"오, 좋지! 사회인이니까 저금도 꽤 했겠지? 절대 안 봐준다!"

"저그음~? 으, 응응. 저금, 했지~! 잔뜩, 했어요!"

"타임……. 잠깐만, 말해. 저금 얼마나 했어. 우리 집에 거의 매일 밥 먹으러 왔는데 당연히 잔뜩 모았겠지?"

유우가 바짝 다가붙어서 아이하라에게 있는 풍만한 가슴에도 아랑곳 않고 멱살을 콱 틀어잡는다. 아이하라는 가만히 붙들린 채 뭐가 찔리는지 좌우를 두 번 둘러본 다음 중얼중얼 짧게 답했다.

유우가 손을 놓더니 제자리에서 털썩 주저앉는다. 눈가를 꾹꾹 누르듯 호완을 낀 손으로 면금을 꾹 눌러 대고 있었다.

"올해 몇 살이셨죠……. 아이하라 선생님."

"스, 스물네 살이야~! 반올림하면 스물이란 말이야! 글구, 선생님이라고 부르지 말아줄래~?!"

"자동차 할부금도 남아 있다며……. 아, 진짜, 똑바로 좀 살아!"

분노와 함께 유우가 죽도를 뽑아 일어선다. 거뭇한 투기가 퍼져 나가며 도장이 떨렸다.

"미츠루기 규칙. 돈 못 내면 일주일 동안 노예 생활이다!"

"아핫……. 누나, 난감한걸. 양쪽 다 좋단 말이야……♪ 그·치·만."

역시 노예가 좋아, 조잘거리며 깔깔 웃자 이번에는 모두의 몸이 떨렸다.

"갱생을 시켜주마앗—!"

"똑같이 타락해라아앗—!"

대난투 미츠루기 브라더스의 막이 보란 듯이 올라간 순간, 후부키의 눈에 천천히 눈물이 맺혔다.

"다, 다른 여자랑……! 저렇게, 즐거워하다닛!"

"괜찮아, 후부키. 언젠가 좋아질 거야. 링고 씨가 보장할게."

"얘, 성벽은 티 내지 말자~? ……앗, 찌름 들어갔다. 빨라! 미나카미 군, 굉장해~!"

"음. 찔려서 숨을 못 쉬는 귀축 씨, 굉장히 야해."

"야하든 말든 아무래도 좋아! 왜…… 대체 왜! 내가, 유우 군한테 찔리고 싶었는데!"

씩씩 화를 내는데 그 틈에 또 유우가 아이하라에게서 손목을 빼앗아 갔다.

토오 부원들이 꺅꺅 비명을 쏟아 내는 동시에 세면실에서 시체놀이를 하던 사쿠라코와 벽에 기대서 재가 되었던 유키가 되돌아와 후부키의 곁에 앉았다.

사쿠라코는 눈이 하트 모양이라서 평소의 작은 큰언니 느낌은 온데간데없었다.

"꺄아앗—! 미나카미 군, 더 때려줘—! 죽여라앗—!"

"사쿠라코 선배, 완전히 소녀가 돼서 링고 씨는 약간 질겁하는 중이야. 그치만 마음은 이해할 수 있어."

"미나카미 군, 얼굴 갸름해서 미소년이잖아~. 사쿠 쨩 선배 취향이지~."

"아, 안 돼엣! 유우 군은 내 거야!"

"딱히 네 남친도 아니잖니, 후부키."

사쿠라코를 뺀 모두가 유키의 차가운 목소리에 놀라 돌아본다. 항상 온화한 서민 영애 아가씨는 실컷 당하는 아이하라를 보고 거뭇한 유열에 차서 얼굴을 비뚤어뜨린 모습이었다. 호완을 낀 양손으로 박수를 친다.

"이 기쁜 날을 기념해야지……. 셰프를 불러."

"유키 짱 선배……. 유, 유키 짱 선배라고?! 이게?!"

"포기해, 아이리. 귀축 씨한테 맞아서 뇌가 망가졌어!"

"자, 가렴, 미나카미 군! 쌓이고 쌓인 오욕을 지금이야말로 씻어 내는 거예요! 나를 위해서!"

"그, 그니까! 미나카미 군은! 내 거—."
"꺄아아아아—! 또 때렸다아—! 안아줘요—!"
"후, 후후……. 해치워……! 박살을 내버려요!"
후부키가 3학년 선배 두 사람의 소매를 잡아당기지만, 이미 야생으로 돌아가버린지라 말이 통하지 않는다.
눈물을 글썽이며 아이리와 링고를 돌아보고 도움을 요청해 봐도 둘이 똑같이 흔들흔들 고개를 가로젓고 있었다.
"이미 망가졌잖아? 그냥 내버려 둬. ……그나저나 미나카미 군, 진짜 완전 세구나~."
"다만 귀축 씨 2호라는 것도 잊어서는 안 돼. 봐봐, 패배자 귀축 씨 허리를 때렸어."
"아무튼 저게 들어갔잖아~. 아이하라 선생님, 사실상 노예 확정 아니야?"
"흠흠, 애정이 있는 여교사 노예인가. 강력하지. 미나카미 씨가 아무리 둔하더라도, 저 몸에는……."
"그, 그런 건 안 돼! 절대로 안 돼!"
퍽, 바닥을 두드리고 후부키는 일어섰다. 큰일 났다. 진짜로 큰일 났다. 그것만큼은 절대로 안 돼!
"누, 누가, 막아줘……! 저 둘을 막아줘!"
두리번두리번 도장을 둘러보며 구세주를 찾아봐도 시체밖에 없었다. 아아, 끝장이야—.

"안녕하십니까~. 엑, 으앗……?! 뭐야, 왜 이래?! 사, 사람이 죽었어?!"

그러던 때 녀석이 도복 차림으로 나타났다. 후부키는 녀석에게 달려가서 외쳤다.

"오빠아아아아아아—! 큰일 났어—! 막아줘어—!"

"으억?! 지, 징그럽다! 들러붙지 마라—!"

분명 얄미운 녀석이지만 지금은 알 바 아니었다. 도와줘, 마이 브라더.

× × ×

"난 진짜 어째서 이누이 집안의 카이세이인 걸까……."

"응? 카이세이, 뭐라 한 거냐? 말뜻을 모르겠는데."

"괜찮아. 나도 잘 몰라."

심호흡 대신 카이세이는 한숨을 쉰다. 연습도 쉬는 날이고 렌신 도장도 쉬는 날이라 대체 어떻게 해야 할까 고민하던 중 유우에게 전화가 걸려 왔었다. 또 둘이서 실컷 놀 수 있겠다 싶어 그때까지는 기분 최고였는데.

어째서 지금 자신은 준비 체조도 몸풀기도 제대로 못 한 채 여동생의 억지를 들어주고 있는 것일까. 아킬레스건을 풀어주던 중 교대해서 나와 죽도를 거둔 유우가 잠시 말을 걸어왔다.

"자, 슬슬 실력 발휘 좀 하시지?"

"아직 몸이 덜 풀렸어……. 모처럼 만났는데 잠깐 후부키랑 얘기나 해줘."

조금이라도 저 녀석 기분을 좋게 만들어서 스스로를 지키고 싶었다. 집에서 또 화풀이를 당하는 꼴은 사절이다.

"엥~ 싫은데."

"어어……. 왜?"

"지금은 카이세이, 너를 때려잡는 것밖에 흥미 없으니까."

유우는 오른쪽 호완의 엄지손가락을 세워서 아래 방향으로 휙 뒤집더니 히죽 웃었다.

"단체전 기대해라. 어떤 수단을 써서라도 네놈을 박살 내주마."

"무척, 기대되는걸……."

진심으로 대답한 뒤 같이 따라서 웃었다. 평온한 마음으로 하늘을 올려다본다.

줄곧 보이지 않았던 푸른 하늘이 지금도 저곳에 펼쳐져 있는 것 같았다.

"좋아~ 그러면 한바탕 놀아볼까!"

"히토미랑 붙어본 적 있어?"

"없어! 기대되네, 진짜로……."

"이보세요~ 이누이 구운~. 준비 다 됐어? ……이제 한판 붙을까?"

저편에서 감색의 마녀가 은근한 살기로 등줄기를 쓰륵 어루만지며 야릇하게 미소 짓는다.

"잘 부탁드립니다."

그 말을 경계로 자신의 눈 또한 얼어붙었다.

× × ×

살짝 머리를 숙이고 세 걸음, 카이세이가 준거를 한 뒤 아이하라와 대치한다. 죽도를 닿을락 말락 다가붙이는 순간.

꾸물럭, 마치 검 끝이 촉수에 붙잡혀서 녹아내리는 듯한 착각에 사로잡혔다.

"씨야아아아——아아아아앗!"

한 번의 외침으로 걸리적거리는 환각을 잘라 내친다. 그러자 그게 아니라는 듯이 맞은편에 선 여자가 마치 요부처럼 입술 틈으로 혓바닥을 살짝 내보였다. 한 발짝 뒤로 사뿐히 뛰어서 이족일도로 간격을 벗어났다.

그곳에서 소리도 없이 아이하라가 반대편 다리를 앞으로 내밀었다.

"키이아아아아아아아아——샤아아앗!"

느릿하게, 아이하라의 두 손이 올라간다.

결코 높지는 않은 아이하라의 신장이 그림자를 떨어뜨려서, 도장을 뒤덮듯이.

꿀꺽, 카이세이는 침을 삼켰다. 그렇게 하지 않으면 군침을 참을 수 없을 지경이었다.

열화의 태세, 상단 자세— 게다가 변칙이다. 왼손이 낮다.

본래 머리 위까지 올라가야 했을 죽도가 거의 얼굴 앞쪽에 있다. 간격도 놀랄 만큼 멀었다. 어떤 숙달된 기술이 저 사람에게서 내리 떨어질지 전혀 예상할 수 없었다.

카이세이가 택한 대책은, 검 끝을 오른쪽 대각선 위로 기울였을 때.

"손모오옥——시아아아아!"

기울이고자 했을 때 공세가 들어왔기에 오른쪽 손을 쏙 빼내서 피했다.

"으라앗! 손모, 옥——타아아앗!"

왼손 하나로 3연격. 지난 결승전을 치렀기 때문일까, 안 믿어질 만큼 몸이 잘 움직여진다. 또 하나 경지에 올라선 카이세이의 기술을, 다만 아이하라도 한쪽 손으로 받아 낸다. 한 손 기술을 쳐낸 뒤 순식간에 다시금 공격 자세. 일반인을 벗어난 완력과 몸놀림이 그것을 가능케 했음을 카이세이의 눈은 순간적으로 간파했다.

뻔하게 헛손질을 유도해서 어떻게 될 만한 상대는 아닌가. 카이세이는 코등이싸움 이후 견제로 퇴격 손목 치기를 날리며 간격을 벌렸다. 다시금 평정안의 자세를 취해 대응하고 힘껏 외치며 대치한다.

타탕, 두 차례 바닥을 밟고 검 끝으로 목을 노려서 압박한다. 하지만 상단 자세는 티끌만큼도 흔들리지 않았다. 달인이다. 저 자세만 봐도 절절히 느껴졌다.

상단은, 겁먹으면 곧 패배다. 자세를 무너뜨린 순간에 빈틈투성이가 되어 죽는다. 그것을 머리로는 이해하더라도 버텨 유지하기는 정말로 어려운지라 어지간한 녀석은 죽도를 휘두르거나 물러나는 둥 먼저 움직이니까 그때 죽이면 된다.

다만 아이하라에게는 통하지 않았다. 자, 어떻게 할까— 그렇게 생각하던 찰나였다.

"윽!"

본능이 울린 경종에 따라 카이세이는 후퇴 방어로 틈을 만들면서 오직 다리를 움직였다. 멈추면 죽는다. 도대체 무슨 일이 일어난 거냐?!

"킷, 아아아야——아앗!"

신기루를 만들어 내는 듯한 환혹의 발놀림이 카이세이의 거리 감각을 망가뜨린다. 그뿐 아니라 기막힐 만큼 빨랐다. 우로 좌로 앞으로 흔들림 없이 요동치는 상대의 몸은 붙잡으러 갔다간 틀림없이 손이 떨어질 것이다.

다만— 수비하지 마라, 공격해라, 거기다! 곧 아이하라의 잔상이 나타날 곳을 간파하고 발을 굴러서 견제한다. 그러자 상대는 몸을 빼내며 또 사뿐히 뒤로 뛰었다가.

히죽, 비웃음을 띠었다.

카이세이는 땀이 식는다. 온도를 잃어버린다. 빨리 대응해라. —손목이.

"머리이——이이이잇, 야아아아앗!"

한순간, 기억이 날아갔다. 다만 확실하게 가격당했다. 번쩍번쩍 흩날리는 시야의 별과 어질어질 흔들리는 반고리관이 바로 증거였다. 잠시 다리에 힘이 들어가지 않았다.

“자~ 한판. 어라~? 이렇게 쉬워도 되는 거야~?”

아이하라가 고개를 갸웃거리며 도발한다. 본래는 한판을 따내기 위한 마무리로 앞을 지나쳐 가서 잔심을 해야 할 때다. 그런데 일부러 생략한 뒤 일격에 반드시 상대를 때려눕히는 한 손 머리 치기를 자랑하려는 듯이 때린 위치에서 검을 내린 채 멈춰 섰다.

“이런 실력으로 유우 도령한테 이겼다는 게 진짜 웃기네. 혹시 잠이 덜 깼니?”

깔깔 웃더니 아이하라가 또 간격을 벌린다. 자, 다음은 어디를 때려 놀아줄까—.

완만하게, 마녀는 다시금 상단 자세를 취했다. 취하려 했다.

“찌이야아——샤아아아앗, 타앗!”

시간째 밀려 날아갔는지도 모르겠다고 아이하라는 생각했다. 깨달았을 때는 서 있는 위치가 달라졌으니까. 호흡도 잊고 있었는지 숨이 막혔다. 엉덩방아를 찧지 않도록 서서 버티는 것이 고작이었다.

“분명 한판에 5천 엔이었죠. 저도 내기를 하면 좋았을 텐데요.”

묵직하고 무자비한 양손 찌름. 역시 일부러 잔심을 하지 않은 채 최강의 남자는 차갑게 얼어붙은 눈빛으로 말한다.

“좋은 아침입니다. 방금은 늦잠을 좀 잤습니다.”

“아핫……. 신경 안 써도 괜찮아. 나도 지금 막 일어난 참이니까."

번쩍, 시선이 교차하며 두 사람은 서로 예리한 송곳니를 드러냈다. 그리고 더욱 만족시켜달라며 즐겁게 부르짖었다.

"흐음……. 카이세이는, 혹시—."

두 호랑이의 다툼을 멀리서 지켜보며 비릿하게 히죽거리는 또 한 마리의 짐승이 존재함은 깨닫지 못한 채.

× × ×

정좌를 한 유우의 앞에서 아이하라가 넙죽 엎드렸다.

"유, 유우 도령, 있잖아? 누, 누나가, 지금은 돈이 없어서, 월급날까지 기다려줄래……?"

"아냐, 괜찮아. 돈은 필요 없어. ……저녁밥, 뭐 먹고 싶어? 좋아하는 반찬 만들어줄게."

"엥, 진짜로?! 만세~! 유우 도령, 사랑해~♪"

평소였다면 이렇게 안겨 들어도 귀찮다며 밀어냈을 텐데 오늘은 마음대로 하게 놓아뒀다.

웃음을 꾹 참고 옆에서 호구를 벗는 카이세이의 평화로운 옆얼굴을 훔쳐본다. 나직이 중얼거렸다.

"금요일이, 승부군."

곧이어 이마에 입술을 맞추려 드는 아이하라를 결국 걷어참으로써 파란의 하루가 끝났다.

"진 벌이야. 그냥 얌전히 밟혀."

후지노미야 고등학교 3학년

타치바나 마토이

유아독존을 현실에 구현한 후지노미야 고등학교의 학생 회장이자 여자 검도부의 부장.
같이 부장을 맡은 에사카를 정신적으로도 지지해주고 등을 밀어준다거나 사람을 잘 돌봐준다.

여담: 노래방을 좋아한다. 90년대의 전통 노래를 자주 부른다. 혼자 노래방도 혼자 라면도 거뜬히 해치운다.

"아~ 미나카미 군.
어디 봐?
뚫어지겠다?"

후지노미야 고등학교 3학년

유키무라 마도카

마토이를 보좌하는 상냥한 부부장. 검도부의 실질적인 운영을 담당하며, 부원들의 신뢰도 두텁다.
그런 한편으로 남자를 마음껏 농락하며 놀리는 가학적인 측면도 있다.

여담: 자신에게 주는 포상이라는 명목으로 자주 단것을 먹는다. 살찌지 않아. 일본이 좁아졌을 뿐이야.

BEYOND THE SWORD

제2합 지성이면 감천이랬는데

수요일 방과 후, 연습 전. 시오리가 도장에 왔을 때 웬일로 유우밖에 없었다.

단둘이다. 이렇게 행복할 수가.

아주 잠깐이라도 이야기할 수 있다면, 혹시 달콤한 분위기로 발전한다면. 축복. 그렇게 엷은 기대를 품고 힐끔힐끔 유우가 있는 곳을 쳐다보며 정좌한 채 호갑과 갑상을 착용했다.

말 걸어줘요. 말 걸어줘도 좋아요. 말 걸어준다면. 왜, 말을 안 걸어줘요……?

호갑의 끈을 다 묶었을 무렵에는 풀 죽어서 아래를 내려다보고 있었다. 그때—.

"시오리~."

"뭐, 뭔가욧?"

들뜨는 목소리를 애써 내리누르며 안절부절 두 손으로 머리카락을 매만지고 얼굴을 돌린다.

그랬더니 굳이 얼굴을 피한 방향으로 돌아 들어온 유우가 생글생글 웃고 있었다.

엄청나게 기분이 좋아 보인다. 이런 표정은 본 적 없었다. 도대체 어제 토오에서 무슨 일이 있었던 걸까?

그런 생각을 하던 중 위화감을 느꼈다. 유우가 호갑과 갑상에 더하여 호완도 착용하고 있다.

“시오리도 호완 껴라. 잠깐 게임이나 할까?”

“게임요……?”

“머리 치기와 찌름은 없이. 손목과 허리만 치는 승부야. 나한테 한판 따내면 5만 엔 준다!”

아, 이거 놀리는 거야. 살짝 발끈했다. 콘택트렌즈 너머로 노려봤다.

“흥이다~. 만약 돈 못 내면 유우 선배는 저한테 뭘 해줄 건데요?”

“오, 당돌하네. 넌 이런 성격이 참 좋아.”

—저기요, 선배. 5만 엔 낼 테니까 한 번 더 말해줄래요?

“흐으으읏……!”

“뭐야, 뭘 이 악물고 참는 거야……?”

“소녀의 자존심 비슷한 뭔가예요……! 놀리지 마세요!”

위험했다. 굴복할 뻔했다. 불굴의 의지로 째려봐주자 역시 무척이나 즐거워하는 것 같았다.

“내가 돈을 못 주면 뭐든지 마음대로 해라. 1년 정도는 노예로 부려 먹어도 좋아.”

“노, 노예…….”

결코. 결단코 떳떳하지 못한 생각은 절대 안 하지만? 저 말은 분명 이런 요구도 저런 요구도 합법적으로 부탁할 수 있다는 뜻이니까. —깨달았을 때는 호완을 착용하고 죽도를 든 채 일어서서 일족일도의 간격에 서 있었다.

"좋아요, 한판 붙죠! 노예 선배님!"

"하하, 분수를 모르는 녀석. 자, 3초 후 시작한다."

하나, 두울 ……셋!

"머리잇!"

"어? 와앗?!"

뭐지, 머리 치기는 반칙인데—?! 허둥지둥 반사적으로 얼굴을 가렸더니.

"거짓말이지롱—!"

꽈앙~! 시오리의 오른쪽 손목에서 폭발이 일어났다.

"네~ 손목 한판~."

"씨……. 치사해!"

"걸린 사람이 잘못한 거다. 자, 찌름!"

"와앗?!"

"거짓말이에요, 또 손목~♪"

쫘악~! 믿기지 않는 소리가 울렸다. 자꾸 당하니까 부아가 치미는지라 잔심을 한 유우가 다시 자세를 잡은 순간을 노려서 손목을 때렸다.

"에잇!"

정말 신기하기 짝이 없었다. 어째서 지금 막 오른쪽 손목을 노려 휘둘렀는데 오히려 손이 반대 방향으로 튕겨 올라갔을까—.

"허리이이야——아앗!"

사랑의 채찍이 휘어지며 오른쪽 허리에. 따끔, 저릿거리는데……. 너무 잘 때려줘서 묘하게 기분 좋았다.

느껴서는 안 되는 쾌감을 꾹 눌러 삭이던 때 유우는 퇴격 허리 치기의 잔심을 하며 비릿하게 웃고 있었다.

"큭큭, 이거 재미있는데……."

오싹, 등줄기에 얼음이 흘러내렸다. 맞아, 이 사람, 일대일 훈련 때는 언제나 초S—!

"도망 못 친다, 시오리♪ ……맥없이 망가지지 마라. 시시하잖냐."

"으, 으와아아아앗—?!"

이후는 오직 유린 타임. 대체 몇십 판을 빼앗겼는지도 기억나지 않는다.

키노사키와 쿠로세 두 선배가 와준 다음에야 훈련은 겨우 끝을 맞이했다.

"유우~. 후카세한테 무슨 짓 했냐? 구석에서 무릎 끌어안고 있는데……. 눈빛도 죽어버렸고……."

"좀 신경 쓰이는 게 있어서 이것저것 시험했을 뿐이야. 그런 게 중요하잖아? 안 그래? 쿠로."

"으음? 어째서 내게 묻는 거냐. 모른다, 마음대로 해라, **2위**."

"시끄럽다—! 2위라고 부르지 마라!"

구석에서 삐친 모습을 보여줘도 이미 남자들 셋이서 시시덕거리고 있는 터라 전혀 관심을 주지 않는다. ……쓸쓸해.

이래저래 시간이 흘러가서 다른 부원들까지 도장에 나타났고, 곧이어 에사카의 호령에 따라 연습을 시작하는 상황이 됐다. 풀 죽어서 아래를 본다.

"시오리."

그랬더니 또 유우가 말을 걸어줬다. 오늘은 무슨 바람이 불어서 이러는 걸까?

"고맙다. 오늘은 이제 중단은 안 쓸 예정이라서 좋은 연습이 됐어."

"중단을 안 쓴다고요……?"

"응. 오늘 난 끝까지 상단으로 할 거야."

눈이 동그래져서 굳었다. 무의식중에 쓰지도 않은 안경을 만지고자 허공에 손을 뻗어버렸다.

"하, 할 줄 알았어요? 강한가요?"

"뭐, 그럭저럭? 옛날에 본가에서 대충 배우기도 했고."

아, 엄청 강하구나. 뭔가 부 활동에 들어오던 때도 비슷한 느낌이었던 것 같은데, 시오리는 멈칫했다. 어쨌든 아리송한 것이 하나 있었다.

"왜…… 갑자기 상단을 쓰는 거예요? 장난치려고요?"

"설마. 이제 놀 시간은 남지 않았어."

방금 전 기분 좋았던 모습이 거짓말인 양 잔뜩 경직된 표정으로 자신의 물음을 베어 내친다. 그렇게 유우는 이쪽이 아닌 호령을 위해 도장의 상부로 걸어가는 에사카의 등을 바라보고 있었다.

"처음일지도 몰라……. 다른 사람을 위해 훈련하는 거."

"네?"

"정렬! 준비 체조!"

에사카의 호령에 네, 대답을 한 뒤에 유우는 죽도를 들고 앞으로 달려갔다.

신기하게도 저 등이 시오리에게는 평소보다 더욱 커다랗게 보였다.

× × ×

"집합!"

"네!"

3층 교관실에서 도장으로 내려온 사사키의 곁에 교복으로 갈아입은 부원들이 모여든다. 전원 다 모인 것을 확인하고 사사키는 빙긋 웃더니 곰처럼 큰 몸을 공손하게 굽혔다.

"어제는 폐를 끼쳤습니다. 단체전을 앞둔 중요한 시기에 정말 미안합니다. 더는 걱정할 일 없을 테니까 안심하세요. ……자, 오늘은 금요일 예정에 대해 다시금 전달드리고자 합니다."

꿈틀, 유우가 반응한다. 내려가 있던 시선이 사사키를 향해 움직였다.

"사전에 전달했던 대로 금요일은 방과 후 방문 시합을 갈 계획입니다. 남자부는 슈스이, 여자부는 토오 학원이죠. 남자부 인솔은 저와 에사카 군, 여자부 인솔은 부고문을 맡아주고 계시는 쿠조 선생님과 타치바나 양입니다. ……두 학교 모두 중요한 시기에 어려운 요청을 받아주셨습니다. 서로 다시 없을 뜻깊은 시간을 보낼 수 있도록 예의를 갖춰 멋지게 훈련하고 옵시다."

슈스이. 그 단어를 의식했을 때 지금 떠오르는 것은 카이세이의 얼굴이 아닌 부원들 모두의 얼굴이었다.

우선 사사키의 눈을 똑바로 쳐다보고 있는 야시로의 옆얼굴을 본다.

오늘 훈련 때 본 모습은 상태가 꽤 좋았다. 한창 성장기다. 문제는 성장하는 속도가 빨라서 신체 감각이 따라붙지 못한다는 인상이 있는 점인가. 이 부분은 미세 조정으로 어떻게든 될 테지. 하지만.

"어렵네, 음……."

잔뜩 경직된 키노사키와 쿠로세의 얼굴을 보고 무심코 작은 목소리가 새어 나왔다.

두 친구가 딱히 잘못을 하진 않았다. 오히려 열심히 훈련에 힘쓰고 있다는 것은 절절하게 느껴졌다.

다만 의욕만 있다고, 매일같이 단지 노력만 한다고 쉽게 강해질 수 있다면 고생은 안 한다.

―아직, 금요일이 있어. 결론을 내리기는 빨라.

그런 생각을 마치 변명하듯이 주먹을 꽉 쥐고 마음속에서 되풀이한다.

마지막으로 숙적의 본거지에 직접 돌입할 날을 앞둠에 따라 비슷하게 불타오르고 있을 에사카의 옆얼굴을 본다. 하지만…….

저 표정은 마치 잠들어 있는 사자처럼 평온했다.

모르겠다.

어째서 저런 표정을 지을 수 있을까. 슈스이에 집착이 있는 게 아니었나? 매일 『다 같이 이기고 싶다』라며 저주 비슷하게 되뇔 만큼 슈스이가 미운 게 아니었던가? 무엇보다도…….

지금 이대로 슈스이에 이길 수 있다는 생각을 정말 하고 있을까. 에사카는.

“이상입니다, 해산!”

“감사합니다!”

모두의 큰 목소리에 퍼뜩 놀란다. 허둥지둥 뒤늦게 머리 숙였다.

집합이 끝나고 에사카에게 말을 건네보고자 가까이 다가가려는데 때마침 마도카가 먼저 말을 붙여서 어딘가로 가버린다. 정말이지 운이 없구나. 유우는 어깨를 축 늘어뜨렸다. 그렇게 머뭇머뭇하던 중 엉덩이를 걷어차였다.

“대체 왜 남자의 옆얼굴을 뚫어져라 보면서 기죽는 거야. 네가 뭔 사랑에 빠진 소녀냐?”

“안 돼요. 저 남자, 아내가 있다고요…….”

“너 말야, 가끔은 여자한테 관심 좀 가지렴……. 옆에서는 아주 난리가 났거든?”

“엥? 뭐가요? 왜요?”

어리둥절하며 고개를 갸웃했더니 마토이는 학교 지정 가방을 어깨에 다시 걸치고 어째서인지 웃었다. 그 웃음이 누군가에게 지어줄 때와 조금 비슷했다.

"뭐, 넘어가자. 아무튼 너, 배고프진 않니?"

"엄청 고프죠. 오늘은 엄마가 늦게 돌아오니까 저녁밥 어떻게 할까 고민 중이었어요."

"그래? 잘됐네, 잠깐 나 따라와. 예쁜 누나랑 라면 먹으러 가자."

"와, 라면! 맛있죠, 맛있겠다. 갑시다!"

좋아, 치아를 내보이며 웃는 마토이와 잠시 헤어지고 자전거를 가지러 갔다가 교문에서 합류했다.

학교에서 10분쯤 걸어간 곳에 위치한 라면 가게였다. 낡은 미닫이문을 열기 전 가게 지붕에 걸어 둔 검은색 나무와 금색 글자로 만든 간판을 올려다본다. 무인옥이라고 쓰여 있었다.

낡은 미닫이문을 열고 마토이를 따라 들어가서 가게 안 발권기로 식권을 샀다.

실내에 떠다니는 돼지 뼈의 향기로운 냄새가 무척 폭력적인지라 훈련 후 신체는 곧장 솔직하게 꼬르륵 소리를 냈다. 면의 굳기며 기름의 양 등등 독특한 취향으로 주문을 마친 뒤 식권을 건넨다. 둘이서 가게 안쪽 자리에 나란히 앉았다.

"마토이 선배, 여기는 자주 와요?"

"뭐, 1학년 때부터 가끔씩 왔어. 에사카랑 마도카랑도 자주 왔었지. 그리운걸……."

그 말에 재인식하게 된다.

마토이가 3학년이라는 것. 에사카, 마도카와 같이 2년을 보내왔다는 것. 아울러 지난 과거에 자신은 없었다는 것을.
자신이 부원들과 역사를 만든 기간은 아직껏 겨우 세 달에 불과했다.
"마토이 선배한테, 묻고 싶어요. ……뭔가, 본인한테는 이제껏 진지하게 물어보기가 좀 어려웠거든요."
"어머나, 뭔데?"
"부장은, 어째서 저렇게 슈스이에 집착하는 거죠?"
가르쳐주지 않을지도 모르겠다는 생각을 했다. 정정당당하게 본인에게 물어보렴. 마토이라면 이렇게 말할 것 같았다. 다만 뜻밖에도, 예상과 달리 다정하게 웃어준다. 턱받침을 하고 이쪽을 바라다본다.
"있잖아, 미나카미. 너 지금까지 단체전에 나가본 적은 있니?"
"뭐, 창천기에서는요……. 공식전이라는 뜻이면 없습니다. 저번 개인전을 제외하면 부 활동에서 시합에 나간 건 중1 개인전이 전부예요."
"그래. 그럼 이왕에 하나 더 물어볼게."
물끄러미, 본다. 무언가 답을 찾는 것처럼 마토이가 눈빛으로 묻는다.

"너 말야, 시합에 져서 울어본 적…… 있어?"

몸이 굳었다. 이런 질문을 받게 될 줄은 예상하지 못했다. 그럴듯하게 둘러댈 말을 간절하게 찾는다.

"없구나?"

"윽……."

다만 짧은 침묵이 어떤 말보다도 뚜렷한 대답이었나 보다. 그런데도 마토이는 싫은 소리 한마디 안 하고 웃어줬다.

"딱히 혼내려는 게 아니야. ……나도 말이야. 시합에 져서 울어본 적 없거든."

나직이, 마토이는 말을 이었다. 플라스틱 컵을 손에 들어서 찬물을 두 잔 따르고 하나를 건네준다. 받아 들었을 때 불현듯 손과 손이 스쳤다.

"그래도 말야. 그 녀석은, 울었거든."

손에서 어째서인지 힘이 느껴지지 않았다. 마토이는 찬물을 홀짝 마시고 또 나직이 중얼거렸다.

"2년 전 단체전, 남자들은 슈스이에 졌어. 대장전까지 승부를 끌고 갔는데 그 녀석은 거기서 져버린 거야. ……두 판 패배였어. 슈스이가 입에 붙은 게 그때부터고."

"그랬, 구나……."

"그러고 보니 상단을 쓰기 시작했던 것도 그때부터였네. 너도 오늘은 좀 썼지만. 실력 꽤 괜찮던데?"

"뭐, 벼락치기였지만요……. 잠깐 써먹기에는 아직 녹슬지 않았—."

대화를 가로막듯이 두 사람 앞에 라면이 딸깍 놓였다.

"맛있게 드십쇼!"

국물이 지옥처럼 짙은 갈색이었다. 장식으로 얹어 둔 시금 치의 녹색이 신기하게 반짝이는 듯 보일 정도로. 꿀꺽 침을 삼키고 유우는 우선 한입을 국물과 함께 후루룩 먹었다.

"맛있다. 건강이 나빠지는 맛이야."

"그치? 오늘 연습으로 쓴 칼로리가 죄다 돌아오고도 덤이 붙을걸."

잠시 라면을 먹는 데 집중했다. 마토이도 같이 라면을 먹는데, 다만 중간중간 가끔 이쪽을 보고 웃는 게 무척이나 신경 쓰인다.

"마토이 선배, 뭐죠? 아까부터."

"후후……. 있잖아, 너 혹시 분신도 쓸 수 있어?"

"또 이렇게 사람을 괴물 취급하네……. 당연히 못 씁니다."

"하기야. 그냥 넌 귀신처럼 강할 뿐이니까."

돼지 뼈 냄새가 나는 숨을 뱉으며 유우는 젓가락을 멈췄다. 찌푸린 얼굴은 탁한 국물에는 비치지 않았다.

"쓸 수 있다면 좋았을 텐데 말이죠, 분신. ……내가 다섯 명이면 어디랑 붙어도 안 지는데."

아차, 건방진 말을 지껄였다. 바보냐. 빨리 얼버무려라.

농담이에요, 웃는 얼굴을 만들고 있던 도중이었다.

"정말 그렇게 생각해?"

목소리를 따라서 고개 돌렸다. 그냥 라면 가게인데 어째서인지 밤의 스탠드바에 앉아 미소를 짓는 어른 여성을 연상하게 된다.

"너는 이기면 뭐든 다 좋아?"

"아뇨……."

"애당초 너는 어째서 이기고 싶어? 따로 생각해본 적 있어?"

어떤 질문인지 속뜻이 잘 이해되지 않았다.

이기고 싶은 승부욕은 당연한 감정이며, 승리를 위해 필요한 훈련은 전부 해내는 것이 당연하니까. 굳이 고민할 문제가 아니라고 줄곧 생각했었다.

문득 뇌리에 저녁노을 하늘 아래에서 마도카와 맺은 약속이 떠올랐다. 부끄럽지만 어쩔 수 없다.

"반드시 이기겠다고 말을 해버려서요……. 유키무라 선배한테."

"안 돼, 오답이야."

"저기요?! 왜죠. 전 진짜 속마음을 말한 건데요!"

"그럼 너는 머리가 나쁜 거야. ……스스로 깨닫질 못하는구나. 진짜 똑 닮았어."

킥킥 웃더니 마토이는 젓가락을 얼굴을 향해 들이밀었다.

"숙제야, 천재. 스스로 고민해볼 것. 알았지?"

"네에……."

"좋아. 자, 불겠다. 빨리 먹자."

그 이후는 말없이 둘이 나란히 먹는 데 집중했다. 아예 학생은 무료라는 공짜 쌀밥까지 잔뜩 먹은지라 가게를 나올 무렵에는 거의 임산부가 이럴까 싶은 상태가 되어 있었다.

구름이 끼기 시작한 하늘을 올려다보면서 유우는 중얼거렸다.

"두 번 다시 안 온다. 이제 1년은 라면 안 먹을 거야."

"하핫. 나도 올 때마다 똑같은 말 했어."

자전거를 밀면서 유우는 마토이를 배웅해주기 위해 역까지 걸었다. 네가 왜 배웅까지 하냐며 에사카에게 혼나는 게 아닐까 괜한 생각을 떠올려본다. 아니, 혼내주면 좋겠다. 중매쟁이 노릇이라면 언제든지 할 텐데.

"아까부터 뭐니, 눈빛이 수상한데."

"글쎄요~."

이쪽을 빤히 응시하는 마토이의 얼굴을 보고 제가 졌습니다, 라며 머리 숙였다.

"마토이 선배, 상단 자세에 진짜 강하던데요. ……오랜만에 꼼짝 못 하고 헤맸어요."

어설픈 벼락치기에 흉내질이었어도 자신이 휘두르는 검이다. 다만 강하고 아름답게 단련된 마토이의 평정안을 앞에 두고는 결국 한 번도 공격을 성공시키지 못했다. 그냥 빈말이 아니라 이 여검사는 분명 천재였다.

상단 자세의 대응력만 본다면 후부키는 아예 상대도 안 될 정도. 어쩐지 사랑에 진 기분이 들어서 흐뭇했다.

"고마워, 조금 기쁘네. 하지만 말야……."

마토이가 중지로 이마를 똑 때렸다.

"그냥 네 솜씨가 서툴렀던 거야. 그 녀석이 너보다 오천 배는 더 능숙하거든."

"동감이에요……."

무의식중에 구김살 없이 웃어버릴 만큼 기뻤다.

자신보다 무엇인가를 더 높이 갈고닦은 사람이 이 세상에,

게다가 같은 학교에 있다.

"역시 우리의 대장이군요."

"아휴, 출진표 진짜 멍청하게 짰더라……. 너희들 머리 안 좋니?"

"앗, 들켰나요. 그래도 괜찮아요. 저는 네 번째, 부장이면 만족합니다."

전부 바보라니까, 피식피식하는 마토이에게 은밀한 결의를 띠고 웃는 얼굴로 대답했다.

슈스이가 있는 곳까지 올라간다. 거기에서 기필코 이긴다.

유우는 카이세이를 대신하여 분명 자신을 기다리고 있을 남자의 모습을 머릿속에 그렸다.

하얀 피부에 짙은 갈색의 머리카락. 또한 아마도 증오로 탁해졌을 잿빛 눈동자.

"하시쿠라 군, 인가."

허수아비라는 생각밖에 안 드는 녀석을 닥치는 대로 베어 넘겼던 그 장소에서 유일하게 잊지 않았던 이름.

별도 달빛도 보이지 않는 어두운색 하늘 너머로 먼 옛날의 기억을 떠올리고 있었다.

× × ×

악몽이, 저곳에 서 있다.

느릿느릿 소름 끼치는 검 끝은 너 따위 허수아비에 불과하다며 이미 움츠러든 오장육부를 꽉 쥐어 으스러뜨리려는 것 같아서.

하시쿠라는 역류하는 위액을 뱉어 내지 않도록 꾹 견디며 떨리는 손으로 자신의 검에 매달렸다.

쫓아가지 못한다. 보이지 않는다. 감당할 수 없다. 어떻게 이럴 수가 있단 말인가.

올라섰다. 분명 붙잡았다.

이 거미줄을 붙잡기 위해 도대체 얼마나 많은 것들을 두 손 바깥으로 내쳐 떨어뜨렸던가?

아름다운 결말을 맞이하고자 왔다. 이따위 악몽이 마지막이라니. 절대, 절대로 인정할 수 없다!

『싫다……. 싫다! 절대로, 안 진다……! 싫, 다……!』

잠꼬대처럼 비명이 새어 나왔다.

싫다. 나다. 내가 최고다. 전원을 반드시 내려다보려고 죽기 살기로 이곳까지 올라왔는데.

그러니까 무슨 일이 있어도, 붙잡은 이 손은 절대로 놓아주지 않을 테다!

『으와아아아——앗!』

검의 저편이 눈물에 번진다. 몸은 떨리고 호흡은 잊어버렸다.

죽고 싶지 않다. 이따위 곳에서, 죽고 싶지 않다—.

몇 년을 쏟아부어서 쌓아 올렸던 단 하나의 귀중한 목표. 부서지지 않기를 바라는 의지.

『쳇…….』

그것을 귀신은 마치 돌멩이를 걷어차듯이 손쉽게 깨부쉈다.

『타아아앗시야아아아아——앗!』

바닥에 나동그라진 듯한 충격으로 시야가 하얗게 사라져 간다. 죽기 살기로 쥐고 있었던 검이 지금 마치내 손에서 떨어졌고.

『아아, 아…….』

『허리 한판!』

거미줄은 사형 선고와 함께 세차게 잘려 나갔다.

『우승은 메이호 중학교 1학년, 미츠루기 유우 선수로 결정되었습니다.』

눈물과 오열 속, 저편을 노려본다. 누구냐. 너는 누구냐. 빨리 낯짝을 내보여라!

아니나 다를까, 야차가 가면을 벗는다. 그 안에서 나타난 것은.

『웃기지, 마라…….』

괴물은 단지 도저히 우스워서 못 견디겠다고.

히죽, 한낱 인간을 비웃는 것처럼 보였다.

『쳐 죽여주마…….』

용서 못 한다. 절대, 절대로 용서 못 한다. 설령 이 몸을 다시 지옥에 내던져서라도.

『다음에는 기필코 쳐 죽여주마, 검귀!』

× × ×

"하시쿠라. ……이봐, 하시쿠라. 그만해라."

"엉……? 뭐냐? 그 자식들 벌써 도착했냐."

도장의 형광등 불빛을 반사하는 타키모토의 스킨헤드를 돌아보며 하시쿠라 타카히토는 회색빛 눈을 찌푸렸다. 슈스이 대학 부속 고등학교의 검도장은 넓기에 바깥으로 통하는 미닫이문이 도장 안쪽에 두 개 있다. 그중 하나를 열어서 책상다리를 하고 앉은 채 하시쿠라는 바깥을 향해 죽도를 깎고 있었다.

"아니, 아직이다. 그게 아니라 너무 깎았잖냐, 죽도를."

그 말에 새삼 손을 움직이던 죽도의 끝부분을 본다. 확실히 너무 예리해서 전혀 쓸 만한 상태가 아니었다. 까딱하면 사람도 죽일 수 있겠다. 하시쿠라는 얼굴을 찡그리고 짙은 갈색의 머리카락을 긁적였다.

"차라리 갈라놨으면 고쳐서 써먹었을 텐데 말이다……."

"음? 옛날과 비교하면 기막힐 만큼 둥글어졌잖나. 네 녀석은."

"난 둥글어지지 않았어! 죽도 이야기다! ……진짜 이 멍청한 자식, 가끔씩 영문 모를 소리를 지껄인다니까."

시치미 떼며 팔짱을 끼고 있는 타키모토를 하시쿠라는 앉은 자세에서 힐끗 노려봤다.

"야. 정말 수락하는 게 맞았냐? ……오늘, 후지노미야하고 훈련 말인데."

이러한 날이 단체전을 앞둔 시기에 찾아오리라는 생각은 하지 못했다.

둘이서 악귀 같은 고문에게 호출받았을 때의 기억을 떠올린다.

본래 대번에 거절해야 할 텐데 녀석은 선택하라고 말했다. 사사키와의 연줄 때문일까, 아니면 훈련을 제안했을 에사카의 이름에서 뒤늦게 새삼 무엇인가 생각하는 바가 있었기 때문이었을까.

잘은 모르겠는데 어쨌든 행운이기는 했다.

찌푸렸던 눈을 펴자 타키모토의 뒤쪽 도장의 벽에 시합 때마다 응원석에서 걸어 두는 현수막이 보였다. 검은 바탕에 흰색을 써서 강조한 서체, 저것에는 단 한 마디 『상승』이라고 쓰여 있다.

"넌 말이다, 거절하겠다고 말할 줄 알았거든. 캡틴……."

돌이켜보면 이 녀석과 꽤 오래도록 알고 지냈다.

꺼내려 한 말이 무엇인지는 입을 열지 않아도 짐작할 수 있다.

—거절해라. 어떤 상대에게도 방심하지 마라. 기술을 노출하면 안 된다. 약자에게 만에 하나라도 승기를 내주지 마라.

타키모토가 이같이 말한다면 묵묵히 따를 작정이었다. 그것이 무사의 온정이라고 생각했다.

"……맞는 말이다, 물론. 머리로 생각했다면."

다만 타키모토는 자신보다 더 빨리 넉살 좋게도 고문에게 머리 숙였다.

부탁드립니다, 라고. 부원들에게 어떤 비난을 받아도 좋다.

그러니까 부탁한다고.

"결국 완전히 귀신이 되진 못했던 거지. ……나는, 약하다."

그 말에 간신히 떠올렸다. 이 남자도 주장이기 이전에 한 명의 인간이었다.

끝내 버리지 못한 것이 역시 있었을 테지.

"이제 와서 다 아는 소리 지껄이지 마라, 빌어먹을 유리 멘탈아. 넌 말이다~ 옛날에도 일주일 정도 훈련 피해서 도망친 적 있었잖냐."

"여전히 속이 좁군, 넌……. 다 지나간 옛날 일인데 주절주절 주절주절."

"이미 못 고치는 병이다. 포기해라. 네 녀석 몫까지 포기해 줄 테니까."

슬며시 웃고 일어선다. 시계를 돌아보니 예정 개시 시각까지 얼마 안 남았다. 그런데 정작 도장에는 사람이 적었다. 하시쿠라는 고개를 갸웃거렸다.

"카이세이, 왜 안 보이냐? 그 녀석 언제나 맨 먼저 와서 목검 커다란 놈 휘두르잖아."

"벌써 도복 갈아입고 문 앞에 나갔다. 미츠루기를 기다리고 있지."

"적인데, 게다가 남자 놈 상대로 무슨 강아지 짓이냐……. 징그러운 자식일세."

"하핫, 뭐, 너무 타박하지 마라. 언제나 울적해하던 구름 낀 시절보다야 훨씬 낫잖냐."

군이 대꾸하지 않았다. 못 쓰게 된 죽도를 들고 신발을 신은 뒤 혼자서 별채의 용구실로 향한다.

설령 죽더라도 절대 놈들을 마중 나가주지는 않겠다. 어두운 용구실에서 불을 켜지도 않고 자신의 죽도 주머니를 찾아냈다. 헝겊 끈을 풀고 안쪽에서 막 구입한 죽도를 한 자루 뽑았다.

한 번도 안 쓴 새 검은 반짝반짝 아름답다. 살기에 젖어 탁해진 자신의 눈동자가 비치는 것 같았다. 이 검을 쓴다면 깔끔하게 모조리 잘라버릴 수 있을까.

아득한 정상에 남겨 두고 온 미련까지도.

"헹……. 진짜 끈질긴 녀석이군. 작작 좀 하고 죽어라."

어둡고 축축하며 먼지 날리는 공간에서 자조의 목소리가 울려 퍼진다.

분명 미츠루기 유우와는 더 이상 시합에서 싸울 수 없다. 뻔히 아는 사실이었다.

녀석은 대장일 테지. 이쪽과 3회전에서 맞닥뜨릴 것을 생각하면 에사카가 이끄는 후지노미야는 무조건 녀석을 카이세이와 싸울 수 있는 위치에 배치할 것이다.

가장 강한 녀석을 베어 넘길 수 있는 자리에 다른 녀석을 둘 논리는 존재하지 않으니까.

"져버렸잖아. 불만은, 없긴 없는데."

무엇보다도, 잠시 한눈을 팔았었다.

카이세이처럼 단 하나만을 좇아 기다리지는 않았다.

부아는 좀 치밀어도 순도부터 달랐다. 신은 두 마리 토끼를 쫓는 행위를 허락하지 않았다. 당연한 이치 아니겠는가.

다만, 하다못해. 오늘 자유 대련만큼은.

"미련 안 남게 깔끔하게 죽여다오, 검귀……."

죽도를 챙겨 먼지내 풍기는 어두컴컴한 창고 바깥으로 나왔다. 햇살 비치는 마음 편안한 장소를 찾아 헤매듯이 하시쿠라는 하늘을 올려다본다.

당장에 비가 쏟아질 것 같다. 묵직하고 답답한 하늘에는 구름이 잔뜩 끼어 있었다.

× × ×

후지노미야 고등학교와 가장 가까운 역에서 갈아타기 없이 전철로 40분. 내린 역에서 언덕길을 또 십수 분 올라간 곳에 지역 내 첫째가는 스포츠 명문교, 슈스이 대학 부속 고등학교가 있다.

유우는 후지노미야 고등학교 남자 부원들의 선두에 서서 벽돌을 쌓아 만들어 둔 교문을 향해 언덕을 올라간다. 저 앞쪽에서 도복 차림으로 호갑과 갑상을 착용한 남자가 둘 기다리고 있었다. 그중 한 명이 누구인지는 말할 필요도 없다.

저곳을 향해 유우는 혼자 달렸다.

"반갑습니다, 슈스이에 오신 것을 환영합니다. ……유우, 너한테 예의를 차리려니까 뭔가 어색하네."

"아니야, 이런 건 제대로 해야지. 오늘 잘 부탁한다, 카이세이."

옆쪽 바닥에 호구 주머니와 죽도 주머니를 내려놓고 인사를 했다. 문득 그때 머리의 주변에서 샅샅이 뜯어보는 시선이 느껴졌다. 서둘러 머리를 들어 올린다.

시선의 주인은 카이세이의 옆쪽에 선 남자였다. 렌즈 아래쪽이 노출된 은테 안경을 쓴 실눈 남자가 시원스럽게 웃고 있었다. 선이 가늘고 신장은 카이세이만큼은 아니어도 유우보다는 컸다.

허리에 두른 갑상에는 『콘노(紺野)』라는 이름이 박음질되어 있었다.

"흐음? 교복 차림이니까 뭔가 분위기가 다르네요, 미나카미 군."

"응, 자주 듣는 말이야. ……콘노 군이구나. 잘 부탁해. 몇 학년이야?"

"저는 이누이와 같은 학년입니다. 특대생 자리가 두 개 있었는데 제가 같이 들어왔죠."

특대생, 저 단어가 나온 순간에 유우의 뒤쪽에서 에사카가 나타났다. 이제야 후지노미야의 남자 부원들도 뒤따라 도착하는가 보다.

"마중 나와줘서 고맙다, 이누이. 후지노미야의 주장 에사카다. 오늘 하루 잘 부탁하지."

"네, 잘 부탁드립니다. ……저기, 죄송합니다, 에사카 씨. 사실은 타키모토 선배와 하시쿠라 선배가 여기 나오는 게 맞았는데 말이죠."

카이세이가 잘 모르겠다는 표정을 지은 채 머리를 긁적였다.

"『모르는 곳도 아니니까 알아서 와라. 네 녀석 마중을 왜 나가냐』라더군요."

"큭큭, 그 녀석들이 꺼낼 법한 말이군……. 알겠다. 아무튼, 우선 무라세 선생님이 계신 곳으로 안내해줄 수 있겠나?"

"알겠습니다. 사사키 선생님도 같이 오시죠. 콘노, 다른 분들은 부탁해도 될까?"

"그렇게 하죠. 자, 여러분, 지옥은 이쪽입니다."

뭐, 아무리 겁을 줘 봤자 미츠루기의 훈련과 비교하면 코웃음이 나올 테지. 유우는 조용히 콘노를 따라갔다. 문득 뒤쪽을 돌아봤더니 다들 떨떠름한 표정을 짓고 있었다. 심지어 야시로까지도. 뾰족한 머리카락이 마치 고개를 숙인 것 같았다.

"왜 이래, 야시롱 선배. 혹시 방문 훈련은 싫어하나?"

"반대로, 좋아하는 녀석이 있겠냐고……."

방문 훈련은 기본적으로 힘들다.

연습 시합만 하면 괜찮을 텐데 훈련을 같이한다는 게 최악이었다.

물리적으로 훈련이 힘들어진다는 고충도 있지만, 그 이상으로 정신적인 부담도 컸다. 모르는 장소에서 모르는 교사에게 지시를 받아 모르는 상대와 함께해야 한다는 것이 일단 피곤하다. 그뿐 아니라 이러한 연습 과정의 전모를 알지 못한 채 수행해야 한다.

끝이 보이지 않는 마라톤만큼 괴로운 것이 또 있을까. 다만 유우는 미소 지었다.

"나도 엄청 싫어해, 방문 훈련. 그래도 오늘은 평소보다 힘내보려고."

"댁이……? 웬일이래? 기특한 소리 꺼내니까 징그러운데."

"더 이상 앞뒤를 잴 처지가 아니니까. 두 개나 약속을 해버렸거든."

마토이가 내준 숙제의 답은 아직껏 찾아내지 못했다.

다만 이제부터 자신이 해야 할 일만큼은 결코 흔들리지 않는다. 명백하다.

이기기 위해서는 뭐든 하겠다.

"오늘을 소중하게 보내라. 지금 이대로는 백만 번 붙어도 슈스이를 못 이긴다."

그러니까 너도 잘 따라붙어라, 야시로에게 귓속말을 했다.

눈이 동그래지는 야시로를 내버려 두고 유우는 웃는 얼굴을 만들었다. 선두에서 걷는 콘노의 어깨를 두드렸다.

"저기, 있잖아, 콘노 군. 레귤러 맞지?"

"일단은요. 연성회 때도 있었잖아요. 뭐, 미나카미 군도 이누이처럼 다른 사람한테는 별 관심이 없는 것 같았지만요."

"그렇지 않아……. 요즘에는 많이 노력해."

흥미는 가득하다. 거짓말이 아니다. 알고 싶다. 더 많이 알고 싶다.

"너, 포지션은 어디야? 선봉?"

셋은 고정이니까 나머지 둘 중 어디일 것이다. 과연 어디에서 표정이 흔들릴까? 미세한 반응도 결코 놓치지 않겠다. 쓱 집어 던진 돌의 파문을 탐색한다.

"아. 저는 대장이에요. 둘 다 같은 자리군요?"

티끌만큼도 흔들리지 않고 콘노는 쿨하게 웃었다.

지성이 느껴지는 은테 안경을 척 밀어 올리며.

"아니, 사실은 차봉이야. 연성회 날에 문제 행동을 저질러서 대장 자리는 잘렸거든."

"아, 저희랑 비슷한 느낌이네요. 이누이도 바보짓 한 탓에 이번에는 부장이거든요."

—안 되겠다. 이 녀석은 정보를 안 뱉어. 자칫 이쪽만 전부 토해 내겠다.

"미안, 신발 끈이 풀렸어. 묶는 동안에 다른 사람들이랑 먼저 가줄래?"

"그러시죠. ……아, 미나카미 군. 깜빡했는데요."

일부러 밟아서 푼 신발 끈을 묶고자 몸을 구부렸을 때 콘노도 잠시 멈췄다.

"전 너무 강한 상대는 무서워서요. 오늘 자유 대련에서 미나카미 군은 피할 겁니다."

염탐은 어림없다고 통보하는 웃음 띤 얼굴. 다만 만만찮은 녀석임이 느껴져서 싫었다.

신발 끈을 다 묶고 전원이 지나쳐 간 다음 일어섰다. 눈앞에는 커다랗고 커다란 검도장이 보였다. 규모로 말하자면 6대

도장에도 뒤지지 않게 훌륭하다.
분명 꽤 많은 돈을 들였을 테지.
"상승, 슈스이 대학 부속 고등학교인가……."
한때는 단지 기호에 불과했었던 이름이 지금은 몹시 무겁게 와닿았다.

× × ×

안내받은 탈의실에서 곧장 환복하고 유우는 후지노미야 남자 부원들 중 첫 번째로 슈스이의 도장에 들어갔다. 향긋한 삼나무 냄새가 났다.
인사를 하는 순간에 웅성웅성하며 시선이 모이는 것을 알 수 있었다. 전부 무시한 채 도장 구석에서 정좌한 뒤 호면과 죽도 주머니를 내려놓았다.
"그립네. ……이 느낌."
옛날에 여기저기 도장을 돌아다니던 때도 이러한 시선을 받았었다. 결코 좋아하지는 않으나 카이세이와 승부를 하기 위한 대가라면 어쩔 수 없겠다. 주머니에서 죽도를 뽑아 코등이와 코등이 받침을 달았다.
"저기, 미나카미 선배님! 오랜만입다!"
"누구였더라……?"
"으헉?!"
씩씩한 소년이라는 말이 잘 어울리는 동안의 남학생이 불현듯 호갑 위쪽으로 심장을 부여잡았다. 갑상의 이름에는 『카게시타(影下)』라고 쓰여 있었다. 전혀 기억이 나지 않는다. 살짝 눈물을 글썽이는 눈동자는 갈색이었다. 이렇듯 표정 풍부한 녀석이 같은 반에 있다면 분명 인기인이 될 거라고 유우는 생각했다.

"연성회 날에 시합도 했잖습까……. 잠깐 얘기도 나눴고! 찌름 맞았을 때 『괜찮냐』라고요."

"아, 미안. 그날은 정신없이 여기저기서 치고받느라고 마지막에 카이세이를 빼면 기억이 안 나네."

애당초 「괜찮냐」라는 말은 아무한테나 했었다. 옛날에 시합에서 한 방 때려준 뒤 자빠져 있든 말든 방치했더니 이후에 조부에게 지도 대련을 한 시간이나 당하며 생사의 경계를 헤맸으니까.

"이번에는 잘 기억해 둘게, 카게시타 군. 미나카미 유우입니다, 잘 부탁해요. ……뭐, 잊어도 상관없고."

"잊는 건 무리 아님까?"

활짝, 반짝거리며 순수하게 웃는 얼굴이 눈부시다. 카게시타는 죽도를 옆으로 빼서 허리에 두고는 뺨을 긁적거렸다.

"개인전 결승, 최고였어요. 막 원망이 들더라고요, 당분간 검도를 못 그만둘 테니까요."

"나무아미타불……."

조금 꺼림칙했다. 적이 귀여운 녀석이면 이래저래 난처해진다.

"카게시타 군은 포지션 어디야?"

하지만 오늘은 비정해질 테다. 질문하자 카게시타는 죽도를 쥔 채 손을 X자로 만들어 얼굴을 가리더니 쓴웃음을 지었다.

"죄송해요. 제가 타키모토 캡틴한테는 절대 폐 끼치고 싶지 않습니다."

"알았어……. 그럼 자유 대련이나 실컷 하자. 넌 쉽게 못 죽을 거다."

"오, 꼭 부탁드릴게요! 기대됩다!"

카게시타와 잠시 담소를 나누며 두리번두리번 넓은 도장의 분위기를 살펴본다.

우선은 주장 타키모토를 찾아냈다. 저 거구와 머리는 아무리 많은 부원들 틈에 있어도 금세 눈에 들어온다.

한편 부주장 하시쿠라는 부원들과 떨어진 곳에서 미닫이문에 기댄 채 혼자 서 있었다. 잘 단련되어 탄탄하게 근육이 붙은 하얀 팔뚝으로 팔짱을 끼었고, 왼손은 죽도를 세게 움켜잡고 있다.

회색 눈을 감은 채 진한 갈색의 갈기를 내려뜨린 저 모습은 잠들어 있는 늑대처럼 보이기도 했다.

"살기등등하죠? 연습 전에는 말 안 거는 게 좋아요. 걷어차이니까요."

잠시 쳐다보려니까 카게시타가 하시쿠라의 자세를 흉내 내면서 몸을 오른쪽으로 살짝 기울였다.

"하시쿠라 선배님은 언제나 저런 느낌이거든요. 진짜 아무하고도 전혀 얘기를 안 해요."

"그랬, 던가……? 하지만 카이세이하곤 얘기하던 것 같은데."

"이누이 선배님은 예외죠. 그리고 타키모토 캡틴도요. ……대체 이유가 뭘까요~. 항상 외톨이 늑대 같은 사람이거든요. 내가 있을 곳은 여기가 아니다~ 라는 느낌?"

거기까지 말한 뒤 붙임성 좋은 후배는 빙긋 웃었다.

"뭐, 그래서 더 집적대고 싶어지지만요! 요즘에는 발차기 맞아도 별로 안 아파요!"

"너처럼 착한 녀석은 죽이기는 아까운데……."

왼손으로 머리 위쪽을 잡아 꽉 힘줬다. 아파요, 아파, 호들갑 떠는 모습을 보고 있으려니까 분위기가 누그러진다.

다만 이러한 도장의 분위기가 갑자기 예리한 칼날처럼 곤두섰다.

"안녕하십니까!"

군대처럼 잘 통솔된 우렁찬 외침 소리가 검도장 입구를 향해 날아간다. 유우도 정좌한 채 시선을 돌린다. 소름 끼치는 무엇인가가 들어왔다.

"어우……."

살인자가 나타난 줄 알았다.

가만히 서 있기만 해도 공기가 매서워진다. 잿빛의 색안경에 새카만 운동복을 입은 차림새는 어째서인지 사신과 마주한 듯한 착각을 불러일으켰다.

남자는 바지 주머니에 두 손을 꽂아 넣고 번뜩 뜬 눈으로 유우를 찾아 쳐다보더니 어깨를 흔들며 걸어왔다. 유우도 일어나서 인사를 했다.

"네가 유겐 씨의 손자냐?"

"예."

"이스루기 검우회의 무라세다. 유겐 씨에게 꽤 신세를 졌지."

색안경을 벗고 무라세는 유우를 응시했다. 값을 매기는 듯한 눈빛이었다.

"하지만 딱히 너에게 신세를 진 것은 아니다. 오늘은 죽어서 돌아가라."

"잘 부탁드리겠습니다……."

말없이 고개를 끄덕거리고 다시 색안경을 낀다. 타키모토, 이름 부르자 신장 190센티미터를 넘는 남자가 쏜살같이 달려온다. 그런데도 「느리다」라며 혀를 차더니 타키모토의 호갑을 옆으로 돌린 주먹으로 힘껏 후려갈겼다.

"빨리 시작해라. 너희 쓰레기 놈들에게 낭비할 시간이 어디에 있나."

"으윽. 넷!"

"오늘은 후리기를 두 배로 해라. 기본 연습이 끝나면 와서 부르도록."

실시, 지시한 뒤 오른손을 흔들며 무라세는 도장을 떠나 사라졌다.

슈스이의 부원들이 준비 체조를 위해 분주하게 움직이기 시작한다.

"정렬! 준비 체조!"

"넷!"

우렁찬 대답으로 공기가 달아오른다. 예절과 자주성을 중시하는 사사키의 가르침과는 정반대의 방식이었다.

별로 좋아하는 방식은 아니지만— 오늘만큼은 마음 따위 불필요하니 마침 잘됐다.

숨을 내뱉자 머리카락 끝까지 기운이 가득 차오르는 것을 느낄 수 있었다.

"자……. 시작해볼까."

굳세게 왼손에 든 죽도를 쥐고 눈을 매섭게 부릅떴다.

—놓치지 않는다. 전원 꿰뚫어 보고 시합에서 죽인다.

× × ×

"휴식! 30분부터 자유 대련!"

"넵!"

꼿꼿이 앉아 심호흡한 뒤 유우는 일어났다. 이렇게 기본 훈련이 종료됐다.

"대강 알겠군."

정찰 성과는 제법 괜찮았다. 다음은 슈스이 부원들과 직접 솜씨를 겨루는 자유 대련이 기다리고 있다.

이제부터가 진짜 고비였다. 유우는 수건으로 가볍게 땀을 훔치고 휴식 중에만 도장 구석에 놓아두는 커다란 선풍기 앞에 몸을 세웠다. 뜨거운 몸에 최대 풍력의 바람이 기분 좋게 불어온다.

「아아아」 소리를 내며 열기를 식히던 때 뒤쪽에서 커다란 그림자가 우뚝 나타났기에 고개 돌렸다.

이 거대한 인물을 어째서인지 일순간 에사카로 착각했다.

"여유 만만이냐, 미츠루기. 귀엽지 않군. 다른 녀석들은 죄다 죽어서 뻗었잖나."

"다들은 아닐 텐데요. 부장은 이 정도로…… 어라? 어디 갔지?"

"냉수마찰이겠지. 뭐, 가르쳐주지 않아도 알 거다."

유우가 올려다보는 험상궂은 얼굴이 살짝 누그러졌다. 에사카와는 꽤 다른 용모인데도 역시 어딘가 자꾸 닮아 보이는지라 신기했다.

타키모토는 팔짱을 낀 채 이쪽을 보지 않으며 계속 말했다.

"아까부터 뭔가 살금살금 냄새를 맡고 다니는 것 같더군."

"무슨 말인가요……? 훈련 따라가는 게 벅차서 전혀 딴짓은 못 했는데요."

"큭큭……. 넌 검도 이외에는 정말 서툴군. 지금 막 눈을 피했잖나."

훈련에서 당했던 어떤 찌름 기술보다도 깊숙이 저 말이 유우에게 박혀 들었다.

삐죽이 토라져서 회전 설정이었던 선풍기를 자기 앞쪽에 고정시켰다. 타키모토에게 가는 바람이 아까웠다.

"어린애냐."

"시끄러워요. 신경 쓰는 부분을 딱 헤집으면 안 되죠."

"약점을 공격하는 게 뭐가 나쁘지? 네가 오늘을 써서 하고자 한 작전이잖나."

진짜 정떨어질 만큼 잘 살펴보고 있다. 한쪽 눈을 감고 타키모토의 직책을 떠올렸다.

"역시 캡틴의 위치에서는 이것저것 보이는 게 많은 걸까요?"

검도 연습은 기본적으로 한 세트가 끝나면 반시계 방향으로 빙글빙글 상대를 교대하는 식인데 주장만큼은 도장 상부의 가장 안쪽 자리에 고정된다. 그곳에서 호령을 하며 연습을 지휘해야 하기 때문이었다.

그 위치에 선 경험이 유우는 없다.

"눈은 입만큼 말이 많다지. 살기등등하더군. 호면을 쓰면 다 가려지는 줄 알았나?"

"아무래도 이런 연기는 많이 서툴러서요……. 부장을 닮았나 보죠."

"그래, 미츠루기……. 나도 좀 묻고 싶구나."

타키모토가 이쪽을 본다. 목소리에서 어쩐지 험악한 기색은 떨어져 나간 불가사의한 정감이 느껴졌다.

"네가 보기에 에사카는 어떤 녀석이냐?"

"미련한 사람이요."

즉답했다. 달리 적당한 말이 없어서 웃음이 흘러나왔다. 분명 타키모토처럼 시선의 미묘한 의도까지 알아보는 날은 지구의 자전이 멈출 때까지 기다려도 오지 않을 것이다.

"그러니까 저 같은 놈이라도 옆에 붙어서 거들어줘야죠."

"그런가……. 너는 무서운 녀석이구나. 대전 상대가 하시쿠라라서 다행이야."

숨을 멈춘다. 대체 어디에서 새어 나갔지—.

그렇게 노려본 시점에서 망한 셈이었다.

"오호라. 넌 부장인가."

"치사하네……!"

"멍청하긴, 네가 약해 빠져서 당한 거다. ……크큭, 선생님을 불러오마."

타키모토는 낄낄 웃고는 빠른 걸음으로 도장을 나가 사라졌다.

완벽하게 상대가 한 수 위였다. 유우는 입술을 꽉 깨물고 한 차례 세차게 바닥을 찼다. 그저 허망하게 빈틈을 내준 스스로가 원망스러웠다. 절대로 넘겨주면 안 되는 정보였는데.

"눈은, 입만큼 말이 많구나……."

사무치게 잘 아는 사실이었다. 훈련이 시작된 이후 쭉 이 몸에는 바늘처럼 예리한 시선이 하나 박혀 있었다. 유우는 선풍기를 멈추고 제 눈을 치켜뜨며 마주 노려봐줬다.

거꾸로 선 머리카락을 흔드는 것이 바람의 여파뿐이라는 생각은 들지 않는다.

"원망할 테면 마음껏 원망해라……."

회색 눈을 번뜩이는 고독한 늑대 같은 남자와의 사이에서 조용히 불꽃이 튀어 올랐다.

× × ×

아, 역시 굉장하구나. 카게시타 아키라는 죽도를 거두고 깍듯하게 인사를 했다.

자유 대련 중 뒤섞인 부원들 틈을 누비며 맞은편에서 머리를 숙인 유우를 향해 전력으로 뛰었다. 기합 소리와 죽도 부딪치는 소리에 지워지지 않도록 커다랗게 힘차게 외치며 머리 숙였다.

"저기, 감사했습니다! 어땠나요?!"

"응. 최고야. 고칠 데가 없더라. 앞으로도 열심히 하자."

도무지 의미 불명이라서 무의식중에 죽도 자루로 유우의 면금을 툭 때려버렸다. 화내면 어쩌나 덜컥했는데 그냥 쓴웃음을 짓고 있기에 한 마디 더 꺼낸다.

"왜 뻔한 거짓말을 해요? 신나게 놀아 놓고서."

연성회에서 싸웠을 때처럼 흠씬 두들겨 맞은 느낌은 아니었다. 완전히 농락당하기만 했다. 얼렁뚱땅 승리만 챙겨서 갈 뿐 진짜 흉포한 본성은 끝까지 숨긴 모양새로. 그럼에도 압도적으로 강해서 속절없이 당했는데 조금 아쉽다.

다만 유우의 표정을 보면 오히려 더 아쉬워하는 것 같았다.

"지금은 너를 강하게 만들어주고 싶지 않아. 이해해줘."

"미나카미 선배님이요……?"

고개를 갸웃거리자 어깨와 사이에서 호면 날개가 구부러졌다. 어째서 이렇게나 강한 사람이 고작 자신을 경계하는지 알 수 없었다. 의문을 담아 똑바로 쳐다보자 유우가 이쪽으로 팔을 뻗어서 오른쪽 허리를 꾹 밀었다.

저항하지 않고 가만히 위치를 옮겨서 서자 「으랴앗!」 옆에서 상대에게 퇴격 기술을 날린 야시로가 바람처럼 그 자리를 지나쳐 갔다. 유우는 이미 이쪽을 보지 않고 야시로의 잔심을 지켜보고 있다.

"미안하게 됐어. ……우리는, 지고 싶지 않아."

호면 안쪽으로 애써서 만들었음을 알아볼 수 있는 어색하기 짝이 없는 웃음 띤 얼굴을 보고 간신히 납득했다.

이 사람은 이제 바뀌었구나. 한 맺힌 사람처럼 노려보기만 하던 지난날과 작별을 했다.

"미나카미 선배님은, 이누이 선배님하곤 전혀 다르군요."

"음……. 맞아."

단 하나의 목표를 좇는 누군가와는 다르다. 이 사람은 이미 스스로의 강함만을 바라보지 않는다.

이렇게나 강한 사람이 승리하고도 거듭 더더욱 어려운 승리를 좇기 시작한 셈이었다.

"알겠습니다. 감사했습니다."

또 깍듯이 머리 숙였다가 다음 상대를 찾아 도장을 달린다. 누구에게 머리 숙일지는 이미 결정해 두었다.

"이누이 선배님. 잘 부탁드립니다."

"나……? 어째서? 이왕에 방문 시합을 와줬는데 후지노미야 쪽 부원들이랑 하지?"

"헤헤. 손님 대접은 충분히 하고 왔습다."

애당초 무엇을 위해 슈스이에 왔던가. 새삼 이유를 떠올렸다.

"게다가 재미가 없거든요. 역시 강한 사람이랑 놀아야죠."

저렇게 강한 사람도 애쓰고 있지 않은가. 그런데 약한 자신이 더 노력하지 않는다면 바보 멍청이다.

"으음……. 이쑤시개 쑤시듯 검을 휘두르는 녀석이 할 말은 아닌데……."

그리고 거짓말이어도 좋으니까 조금은 후배에게 다정한 말을 건네주면 좋겠다는 생각을 했다.

"이, 이쑤시개라뇨! 말씀이 좀 심한 거 아닙니까!"

"그치만 사실이니까……. 코등이싸움도 좀……. 난 아마 카게시타가 상대라면 졸면서도 퇴격 기술을 먹여줄 수 있을걸?"

최근 들어서 이렇게 웃음을 지어주곤 하는데 성격은 변함없이 자비가 없다.

악의는 일절 없으나 상대가 누구든 간에 약하다는 것을 철저하게 용납하지 않는 사람이니까.

"뭐, 알았어. 앞쪽에 가서 서. ……말해 두겠는데 난 유우처럼 친절하지는 않다?"

"이히히……. 단체전까지 남은 기간, 잔뜩 부탁드리겠습니다!"

그러니까 신뢰할 수 있다.

꾸벅 머리를 숙인 뒤 카게시타는 두 사람을 쫓아가기 위하여 즐겁게 검을 뽑기 시작했다.

× × ×

감사합니다, 하시쿠라는 깊숙이 머리 숙였다.

평소 같았다면 가볍게 시늉이나 하는 의례이지만, 이번만큼은 깍듯하게 진심으로 머리를 숙이게 된다. 하시쿠라가 몇 초 숙였다가 머리를 들어서 보니 상대도 깍듯하게 똑같이 행동한 것 같았다.

에사카의 커다란 몸이 똑바로 움직이며 맞은편에 있는 이쪽으로 걸어 다가오고자 한다. 곧장 오른손을 내뻗어 제지한 뒤 손등으로 쳐냈다.

매섭게 노려봐주자 녀석도 똑같이 한다. 서로 간에 말없이 고개를 끄덕거린 뒤 곧장 헤어졌다.

강한 녀석이다. 나중에 시합에서 승부를 내면 된다. 유우는 아니더라도 하다못해 마지막이 이 남자라면 만족할 수 있다.

하시쿠라는 죽도를 손에 들고 도장의 바깥쪽으로 이동하며 주위를 둘러봤다.

"으랴아아——아앗!"

"윽!"

야시로라는 녀석이 깔끔하게 피해서 허리 치기를 먹이고 달려 나간다. 좋은 솜씨였다. 슈스이에서 레귤러 자리를 차지하더라도 아무 위화감이 없는 수준의 남자다. 실력을 견주자면 카게시타와 동등, 어쩌면 힘과 속도에서는 이미 능가했을 테지. 어째서 후지노미야를 선택했나 잘 모르겠는데 마음에 드는 녀석이었다.

"다른 놈들은, 역시 별 볼 일 없군……."

다리를 멈추고 콘노 상대로 무력하게 당하고 있는 키노사키라는 녀석을 지켜보고 있자니까 조금 기가 막혔다.

"큭……!"

"으랴아――샤아앗!"

또 손목 머리 치기에 당했다. 소질이 아주 나쁘지는 않으나 두뇌를 너무 못 쓴다. 연속 공격을 펼칠 때 패턴이 있다. 본인은 자각하지 못한 듯한데 후지노미야의 부원들은 설마 아무도 못 알아봤을까.

"감사합니다……."

"그래. 고맙다."

또한 그 옆에서 타키모토와 훈련을 마친 쿠로세라는 녀석은 전혀 반대였다. 머리를 신체가 따라가지 못하는 처지일 테지. 순발력이 모자라다. 연타로 몰아넣기만 하면 손쉽게 죽일 수 있다.

민첩성이 부족하다는 말을 듣는 타키모토도 어디까지나 슈스이를 기준으로 하는 평가일 뿐. 쿠로세와 비교하면 아무 문제가 안 된다.

덧붙여서 저 녀석은 체격이 가느다란 것도 치명적이었다. 강적 앞에서 물러서지 않는 기백이 있어 보아줄 만하다만.

결론 내리면 나쁘지는 않으나 두 명 모두 공립 고등학교에서 조금 잘하는 수준에 불과하다.

과연 후지노미야가 3회전까지 치고 올라올 수는 있을까.

"헹……. 이미 상관없나."

하시쿠라는 코웃음 쳤다. 이미 공식전에서는 자신이 원하는 기회가 없을 테니까.

그래서 더더욱 오늘 이 자리에서 마지막 기회를 찾아 걸음을 떼고자 한 순간이었다.

두 거구가 중간의 길을 막은 채 대화하고 있었다.

"붙어볼까, 에사카."

"그래. 그래서 여기에 왔다……."

"하시쿠라하고는?"

"이미 마쳤지."

"그런가. 그러면 이제 괜찮겠군."

같이 죽어보자, 간결한 말을 남긴 채 두 사람은 떨어져서 검을 뽑는다.

잠시간 모든 것을 잊은 채 눈앞의 대결에 넋을 빼앗겼다. 지금 집중을 하지 않는다면 평생 후회하리라고 몸이 말해줬다. 드높이 부르짖고 거센 완력으로 죽도를 휘두르며 서로를 물어뜯는 두 마리 짐승이 목숨을 흩뿌린다. 상호 간 일진일퇴, 한 판도 허락하지 않는 저 기세에 신기하게도 마음이 요동치고 피부에는 소름이 돋았다.

"흐읍!"

상단 자세에 찌름 페인트를 거듭 시도하다가 마침내 날카롭게 왼쪽 손목을 노려 날아든 타키모토의 공격을 에사카는 내리쳐서 떨궜다. 곧바로 머리 치기—.

"으오으라아아아!"

묵직하게 대기를 뒤흔드는 검의 궤적을 타키모토는 목을 비틀어 전진하면서 회피. 두 개의 거대한 힘이 굉음과 함께 코등이싸움의 국면으로 격돌한다.

"우워오오오오오오——으아앗!"

"파아아아아아아아아타야——이야아아앗!"

일그러지는 공간의 파동이 찌릿찌릿 바닥을 달린다. 순수한 힘 대 힘의 대립은 끝내 무너지고, 신체의 축을 먼저 움직인 사람은 에사카. 휙, 오른쪽으로 빠져나간 뒤 내리찍는다!

"머리이야아아아——앗!"

맹렬한 퇴격 머리 치기. 하지만 타키모토는 불안정한 자세를 오직 근력으로 버티고 두 손에 든 죽도를 들어 올려서 위태롭게나마 공격을 방어했다. 다리를 움직여서 자세를 갖추고 돌아본 저 앞에는 잔심을 하는 에사카의 상단 자세가—.

두 사람의 간격이 양 끝을 놓은 고무줄처럼 순식간에 수렴되고—.

"찌이기이야아샤아아아——타아앗!"

승패는 거기에서 결정 났다.

"머어리이——이야아아아아아아아아아아아아, 쌰아아아야아앗!"

찌름을 오른 주먹으로 쳐서 떨구는 에사카의 왼손 머리 치기가 유성처럼 세차게 내리박혔다.

불만이 없다. 준거를 한 뒤 칼을 거두는 두 사람에게 소리 없는 박수가 잔뜩 쏟아지는 것 같았다.

—그렇게나 약했던 녀석이.

고작 후지노미야에서 불과 2년 사이에 용케 이렇게까지.

하시쿠라는 눈을 감고 저 열화의 태세에 바쳤을 강한 의지와 단련의 세월을 떠올려본다.

저 상단 자세에서 내리 휘두르는 한 손 머리 치기의 속도와 파괴력은 이 자리에 있는 어느 누구보다도 우수하다. 단 하나에 특화된 기량만 견주자면 다른 천재들마저 고개 숙여야 한다.

향수와 비슷한 것 같기도 한 알지 못할 감정을 느끼면서 하시쿠라는 입만 움직여 웃었다.

그렇게 고개를 끄덕인 뒤 걸음을 뗐다. 숨을 들이마신다. 거뭇한 기세를 몸에 두르며 목표의 등에 손을 뻗었다.

“거기 서라, 미츠루기.”

“하시쿠라, 선배…….”

“헹. 이제 와서 뭔 선배 소리냐. 집어치워라, 적이잖냐.”

카이세이에게 가는 도중이었을 테지. 전심전력을 바쳐 싸우기 위해.

분명 녀석은 일단 몰입하면 시간을 잊은 채 다른 무엇도 눈에 보이지 않을 것이다.

그러니까 아직 이 녀석이 칼을 뽑지 않은 지금 이 순간.

“한 수, 부탁합니다.”

깊숙이 머리 숙였다.

수치도 남의 시선도 죄다 외면한 채 오직 하나의 결말을 바랐다.

—죽을 장소를 내어다오, 검귀.

단 한 명의 약한 인간으로서 애원하며 눈을 꾹 감고 온정을 기다린다.

"미안……. 난, 하시쿠라의 부탁은 들어줄 수 없어."

다만 녀석은, 귀신은 온정 따위 하찮다는 듯이 또다시 간청을 내쳤다.

"뭐라? ……이 자식, 도망치는 거냐?"

분노와 굴욕감으로 다시 세워서 든 몸이 떨린다. 돌을 집어 던지듯 원망을 쏟아부었다.

"또 도망칠 테냐 물었다, 대답해라!"

물기까지 살짝 배어나서 핏발 선 눈으로 면금 안쪽의 얼굴을 노려본다.

녀석은 눈과 입술을 강하게, 강하게 다물었다가 곧 천천히 벌리더니 딱 잘라 말했다.

"그래. 난 도망칠 거야."

주먹질도 발길질도, 검을 휘두르지도. 또한 울면서 욕하지도 못했다.

"그렇게, 카이세이가 아니면 관심이 없나? ……2등 아래인 나는 아무래도 상관없다는 거냐?"

다만 공허한 웃음이 새어 나온다. 걷어차인 개처럼 한심한 목소리가 나왔다.

"네놈한테는 온정이라는 감정이 아예 없냐? ……그러고도, 인간이냐?"

애원하듯 녀석을 쳐다보던 중 불현듯, 뒤늦게 깨달았다.

녀석의 입술에서 피가 흘러오고 있음을…….

"마음대로 떠들어. 나는, 귀신이든 뭐든 상관없어. ……너한테는 절대, 절대로 방심하지 않아. 카이세이와 연장전까지 싸울 수 있는 녀석에게 어떻게 기술을 노출하라는 거야. 단체전에는 무승부도 있는데."

잘 이해할 수 없는 소리를 늘어놓는다. 이렇게 경계하는 이유가 뭐지. 논리가 이상하다.

"잠깐만. ……뭔 소리를 지껄이는 거냐. 넌 나랑 시합할 일이—."

"난 부장이야. 우린 둘 중 하나가 죽어야 할 자리에 있어."

더는 숨기지 않겠다며, 녀석은 자신을 비웃는다. 다만 지금은 아무래도 좋았다.

심장이 거무칙칙하게 고동을 친다. 머리카락이 으슬으슬하게 곤두서는 심정이었다.

"4년 만이구나, 하시쿠라. ……다시 새겨줄게. 네가 누구한테 졌는지."

"그러냐……. 바로 너였구나."

드러낸 이빨에서 군침이 새어 나왔다. 자신의 잿빛 눈동자가 형형하게 빛나고 있음이 느껴졌다.

"내 상대는 바로 너였구나, 미츠루기!"

녀석은 대꾸하지 않고 조소한 뒤 등을 보이며 카이세이가 있는 곳으로 걸어간다. 지금 막 에사카와 대결하고자 하는 남의 사정은 아랑곳하지도 않은 채 녀석은 먹잇감을 물고 늘어졌다.

"카이세이. 붙자."

"아, 유우. ……미안, 잠깐만 기다릴래? 먼저 에사카 씨랑."

"도망치는 거냐? **1위**."

그따위 말을 할 자격은 있냐는 것이 자신의 생각이었지만, 지상 최강의 후배에게는 아니었나 보다.

"도망치지 않아, **2위**……."

기다리고 있었다는 듯이 괴물처럼 조소를 띠고 에사카를 방치한 채 도장의 상부로 올라간다. 홀로 남겨진 에사카에게 유우가 뭔가 소곤거리고 있었다. 사죄의 말인가. 아니면 다른 무엇인가. 알 수 없으나 아무래도 좋았다.

—모조리 토해 내라. 이곳에서, 죄다.

핏발 선 잿빛의 눈동자가 지금 또다시 점찍어 놓은 먹잇감 하나를 좇기 시작했다.

× × ×

"잘 부탁합니다."

"잘 부탁합니다."

두 개의 들뜬 목소리가 도장의 중심에서 교차한다. 한 발짝, 두 발짝, 세 발짝— 상호 간 검을 뽑아서 맞댔다가 사갈 같은 짐승의 웃음을 지은 채 거울처럼 일어선다.

"느아——아아아샤아랴아아야아아아아앗!"

"시야——아아아으라아아아아아아아아앗!"

한 번의 눈 깜빡임, 네 방향으로 시선의 견제. 공기가 터져나가며 모조리 상쇄. 그 후 카이세이는 간격을 벌리는 것을 선택했다. 유우는 쫓지 않는다. 받아 허리 치기가 장전되어 있다. 숨을 멈춘 뒤 소리의 잔향이 사라지는 순간을 노려서 땅을 두 번 밟았다. 압박을 주는 수법. 빈틈은— 안 생기는구나, 역시!

혀를 찬 유우의 검 저편에서 흔들리지 않는 얼음의 눈이 빛을 발했다. 시시한걸, 유우— 네 실력은 이게 아니잖아!

바닥을 깨부수다시피 전진하는 카이세이의 다리가 유우의 간격을 침범한다. 바람을 동반하는 압력이 목을 찔렀다. 굳센 직선 궤도가 순간 슬며시 왼쪽으로 떨어지는 곡선을 그리며 호완에—.

"오오으, 시야——야아앗!"

떨어지지 않는다. 손목을 폭력적으로 멈춘 뒤 카이세이는 손등 타격을 하듯 위쪽으로부터 비스듬하게 변칙 궤도의 머리 치기를 때려 박는다.

딱, 소리가 났다. 죽도 소리가. 유우는 이를 악물었다. 반격을 준비한 것은 이쪽도 마찬가지다.

"타아아——랴아아앗……!"

오른쪽 허리로 빨려 들어가는 유우의 죽도. 하지만 카이세이는 굳이 방어하지 않은 채 계속 뛰었다.

—때리게 놔둬. 한판이 아니야!

쿠웅, 진동이 치달린다. 흔들림이 약했다. 무효타다. 카이세이의 속도를 유우의 죽도가 미처 따라가지 못했다.

"쯧—."

유우의 다리는 바람이 된다. 왼손을 빼내서 오른쪽 손 하나로 죽도를 내세운 채 카이세이의 옆을 지나쳐 달아난다.

등을 노출하며 검은 한 손에. 받아 허리 치기와 피해서 허리 치기는 빗나가면 즉사급의 빈틈을 노출한다. 다만 유우의 잘 단련된 스쳐 걷기는 웬만한 인물에게는 추적을 허락하지 않는다.

유우가 오른쪽 손 하나로 죽도를 비스듬하게 들고 호완을 가리면서 머리를 방어. 왼쪽 방향으로 마치 팽이처럼 회전했다.

눌어붙는 바닥의 마찰음이 둘. 카이세이는 이미 필살의 간격에서 유우를 포착한 채 서 있었다.

그곳을 지킬 생각인가. —죽어라!

"찌기이야——아야앗!"

오른손 하나를 쓴 잔심 자세를 간파하고 무방비하게 노출된 목을 두 손으로 기다렸다는 듯이 찔러 들어간다. 그 죽도가 뚝 떨어졌다. 세계가 느려진다. 나타나는 것은 유우의 반신. 면금 안쪽에서 귀신이 비웃었다.

몸을 돌리며 상대는 쳐다보지도 않고 움직인 유우의 오른쪽 손 죽도가 신속하게 찌름을 내리찍었다.

그렇게 나올 줄 예상했다. —죽어라!

“머리이——이씨야아아아아아앗!”

완벽하게 허를 찔러서 회수한 왼손과 함께 건곤일척의 들어가며 머리 치기.

휙, 아주 당연하게 꿰뚫어 본 카이세이는 목을 비틀어 회피했다.

—어떻게 이 공격까지 피하는 거냐, 변태 자식!

—어떻게 이런 반격이 나오는 거냐, 천재 자식!

검의 자력이 지금 웃음 짓는 두 사람을 코등이싸움으로 세차게 유도했다.

밀착 거리. 카이세이가 어떠한 상대와 맞붙어도 절대적으로 지배할 수 있었던 간격.

“크…….”

“하아아——샤아앗!”

그 지배력이 유우에게는 전혀 효력을 발휘하지 못한다. 우선 천재적인 발놀림으로 시선을 교란하고 맹점을 찔러 스르르 미끄러져 간다. 게다가 이쪽의 호흡에 맞춰 힘을 흩뜨린다. 마치 잔상이 춤추고 있는 것 같았다.

카이세이는 더는 버티지 못하고 살짝 고개를 끄덕였다가 서

둘러 코등이싸움을 멈춘 뒤 간격을 쭉 벌렸다.

—눈이 이상해진 것 같다. 대체 저 움직임은 어떻게 되어 먹은 것인가.

이빨을 꽉 깨무는 동안 두뇌는 자동적으로 대책을 강구한다. 잠깐의 짧은 빈틈이었으나 유우는 눈을 감아주지 않았다.

첫째가는 히든카드를 이때만 기다렸다는 듯이 때려 박는다. 맞닿은 죽도는 생명의 회오리바람, 옭아매듯 솟아올라서.

—같은 기술에 몇 번이나 휘말려주진 않는다!

팔의 지배력을 강제로 빼앗아 가는 저 기술에도 카이세이는 일부러 저항하지 않았다. 쭉, 죽도가 빨려 들어가는 짧은 한순간에 오른쪽 손 하나를 살짝 떼었다. 왼손으로부터 혼이 떨어져 나간다. 저편으로 칼이 휙 날려 가려는 찰나— 카이세이는 떼었던 오른손으로 다시금 죽도를 굳게 틀어잡는다!

—깨뜨렸다!

손 하나로 자신의 혼을 거머쥔 순간, 모든 희열이 마치 삭제되어 없어지듯이 등줄기가 얼어붙었다.

눈앞에서 최흉의 궤도는 이미 정점을 통과하여 호를 그리고 있다. 히든카드는 한 장 더 존재했다—!

"타아아——이야아아아아아아앗, 샤아아아아아아——앗!"

유우가 모든 것을 내걸어 부르짖는다. 궤도, 타이밍, 손목의 회전— 이견 없는 최고의 일격.

따악.

진검이었다면 틀림없이 칼까지 몸을 절단했을 일격이, 다만 무엇인가에 부딪친다.

뼈째 양단했어야 할 퇴격 기술의 잔심을 하는 대신에 유우는 코등이싸움으로 몸을 피했다. 등줄기에 오싹 소름이 돋는다.

—믿을 수 없어. 이 자식, 진짜로 인간인가?

유우는 눈을 부릅떴다. 칼날 방어도, 회피도 이미 늦었음을 깨달았을 찰나에 카이세이가 취했던 행동.

죽도 자루로 허리를 가려서 좌면 허리 치기를 막아 냈다. 왼손 하나로 검을 들 때만 생기는 특유의 빈 공간을 이용하여.

한편 카이세이는 가슴을 쓸어내리면서도 왼손을 되돌린다. 두 번 똑같이 해보라고 시켜도 절대 재현하지 못할 것이다. 가능할 리 없었다. 그냥 운이다. 다만, 동요했구나. 사냥의 때다—!

"타아앗샤아——야아앗!"

특기인 퇴격 머리 치기를 아낌없이 펼쳤다. 하지만 동시에 유우도 퇴격 머리 치기를 선택한다. 힘에서는 이겼으나 궤도가 어긋났다. 겹치는 두 개의 타격음은 둔하게 비대칭, 다만 내려간 뒤 잔심은 똑같이 대칭, 자웅을 겨루기 위해 두 사람은 다시 다가들어서 검의 폭풍이 된다.

"느아——아아아앗샤랴아아아아야아아아앗!"

"샤아——아아아르아아아아아아아아아아앗!"

5초가 작렬했다. 거울에 비춘 듯 똑같이. 머리 치기, 퇴격 허리 치기, 손목 머리 치기, 퇴격 머리 치기, 한 발짝 내디뎌서 유우는 한 손 찌름, 쳐내고 카이세이가 머리 치기로 반격하자 유우는 되레 파고든다. 손을 되돌렸다. 마지막으로 똑같이 교차하는 퇴격 허리 치기, 간격은 이족일도. 두 사람의 자세가 막 원래대로 중단 자세를 되찾아 가는 한순간—.

—이때다!

유우의 눈이 예리하게 치켜 올라갔다. 불을 붙이듯 스치며 왼쪽 다리를 앞으로. 오른쪽 발꿈치를 쭉 들어 올린다.

세차게 치켜든 열화의 태세가 지금 하늘을 찌른다!

—상단?! 어째서?!

간격을 좁힌 카이세이가 경악하며 다리를 멈췄다. 눈을 부릅뜰 틈조차 없이 유우의 굳센 자세가 완성.

화톳불이 지금 막 일렁일렁 두 차례 흔들리고—.

"손모오오오오——옥이샤아아아아아아앗!"

사선으로 떨어지는 일검이 본래 유우의 간격을 무시한 채 흉악하게 뻗어서 날아든다. 오른 다리로 뛰고 왼손을 쭉 내리 휘둘러서 발생시키는 거리의 연장. 카이세이는 깨달았다. 안 된다, 맞는다—!

"크읏……. 이, 자식—!"

굳으려 하는 신경을 잡아떼어 억지로 움직이며 카이세이는 저 손목 치기를 밀어서 올려 쳤다.

"씨야아아아앗, 머리이이이——이이야아아아아아아아아앗!"

종지부가 지금 굉음과 함께 유우의 호면에 떨어진다. 카이세이는 힘차게 상대의 옆을 지나쳐 가서 잔심을 했다.

유우는, 쫓아오지 않는다. 하늘을 우러러보지도 않고 제자리에 가만히 서 있을 뿐.

히죽, 웃고 있었다. 죽도를 내려뜨린 채 말을 읊는다.

"이번 건은 빚으로 달아주마. 마지막에 이기면 그만이니까."

"앗, 2위가 뭐라 떠드네. 대체 어쩌자는 거야?"

"잠정 1위……. 검도의 규칙을 가르쳐줄까? 시간이 끝날 때까지 두 판을 따내면 된다."

"응. 그러니까 이제 내가 한 판을 더 따내면 끝이지?"

빙긋, 웃는 얼굴이 둘 마주 바라본다. 곧이어 사이좋게 일족일도의 거리에 섰다.

"죽어라이놈아아아아아아앗—!"

"뒈져라자식아아아아아아앗—!"

그 후 두 사람은 자유 대련이 끝나는 시간까지 불모의 대결을 연출했고, 결국 양측의 교사가 잡아 뜯을 때까지 쭉 이어졌다. 처음 약속한 대로 죽기 직전까지 훈련에 시달렸고—.

주장 에사카와 타키모토가 마지막으로 걸레짝이 된 시체들을 챙기며 방문 훈련은 끝을 맞이했다.

× × ×

에사카는 혼자서 아무도 남지 않은 슈스이의 검도장에 서 있었다.

6월 상순이라 해가 길어졌다지만, 19시 30분을 지나가니 도장의 창문으로 보이는 하늘은 새카맣다. 형광등의 빛이 더욱 강하게 느껴지고 창문을 바라보면 자기 자신의 얼굴이 비친다.

3년 전과는 꽤나 달라졌다. 얼굴에는 인생이 새겨진다던데 과연 정말일까. 생각에 잠겨 있던 중 두 개의 발소리가 들려서 고개 돌렸다. 타키모토와 하시쿠라도 역시 예전과는 얼굴이 많이 달라진 것 같다.

"오늘은, 신세를 졌다."

"아, 괜찮다. ……마지막이기도 하고. 나도 꽤 억지를 부린 입장이니."

부 활동에 들어가고 3년간 언제나 먼 곳에서 봐왔던 괘씸한 적국의 주장, 타키모토의 바위와 같은 얼굴이 누그러졌다. 저 표정에서 지난 시절의 면모가 약간 느껴지는지라 우습다. 이쪽도 자꾸 표정이 누그러졌다.

중견에 눌러앉은 이 남자와는 더 이상 시합에서 검을 겨룰 수 없었다.

그래서 어떻게든 마지막으로 검을 겨뤄볼 자리를 마련하고 싶었다. 오늘 이 자리를 어렵게 만든 이유는 모두 이 때문이다.

지독하게 미워했던 적에게 이런 감정을 갖는 날이 올 줄이야. 인생은 역시 알 수 없다는 생각이 든다.

감상에 잠겨 있자니 하시쿠라가 주위를 둘러보고 입을 열었다.

"야, 에사카. 미츠루기랑 다른 놈들은 어디 갔냐?"

"옷 갈아입고 바깥에서 기다리고 있다. ……뭐, 미나카미는 아직 탈의실에서 뻗어 있을 테지만."

"엉~? 겨우 이 정도로? 그 자식, 역시 체력이 덜 붙었군. 어쩐지 카이세이한테 지더라니."

유쾌하게 흉을 보더니 하시쿠라는 양말을 신은 발걸음으로 죽도 보관함 쪽에 걸어갔다.

자신의 죽도를 잡아서 곧장 타격 인형에 깔끔하게 공격을 때려 넣는다.

휘파람을 불면서, 진심으로 즐거워하며. 녀석의 앞머리에 붉은색으로 염색한 부분이 죽도와 함께 흔들리고 있다.

"기운 넘치는군, 저 녀석은. ……미나카미도 바보짓을 벌였다지만 평소 같았으면 기운이 꽤 있었을 텐데."

"멍청이, 양쪽 다 오늘이 특별해서다. 넌 역시 둔하군."

큭큭, 적장이 목청껏 웃는다.

다만 저 음성에 질책하는 듯한 기색은 없었다.

"미츠루기는 오늘 온종일 눈을 번뜩거리더군. 너희들 전원 샅샅이 꿰뚫어 보고 죽여주겠다는 듯이. 그렇게 분발한 다음 이누이에 선생님과 붙었는데 당연히 뻗어야지."

"그 녀석이, 말인가……?"

"전부 다음 주 시합을 위해서겠지. ……그 녀석, 무섭더군. 이누이보다 몇 배는 더 무시무시한 자식이야."

할 말이 없었다. 전혀 몰랐다. 언제나 훈련 때는 눈앞에만 몰두하니까. 가만히 눈을 동그랗게 뜨고 있으려니까 타키모토가 오른손으로 가볍게 주먹을 쥐었다.

"아무튼 말이다. 그런 녀석이 네 이름이 나온 순간에는 바보처럼 활짝 웃더군."

툭, 가슴을 민다.

힘은 실리지 않았는데도 묘한 무게가 느껴졌다.

"정신 잘 챙겨라. 네가 캡틴이잖냐. 나 같은 놈보다 먼저 봐줄 건 봐줘야지."

"그래……. 맞는 말이군."

"아무렴. 이제 여기에는 오지 마라."

끄덕, 고갯짓했을 때 도장의 입구 부근에서 소리가 났다.

"부, 부장~. 돌아가죠……. 이제, 걸을 수 있어요……."

호구 주머니를 짊어지고 비틀비틀 들어오는 녀석은 바로 유우였다. 자력으로 서 있기는 힘든지 죽도 주머니를 지팡이 대신에 짚은 모양새다.

그 모습을 보자마자 하시쿠라가 멀리서 한쪽 손으로 죽도를 겨누어 들며 고함쳤다.

"야, 미츠루기. 죽도로 바닥 짚고 다니지 마라. 예의 없는 놈! 죽는다!"

"그 말투는 예의 바르고……?"

"엉? 네놈도 입버릇은 어지간하잖냐. 아까 나한테 뭔 소리 지껄였는지 벌써 까먹었냐?"

"뭐라 말했더라……. 오늘 일 전부 기억이 안 나서."

대번에 거짓말임을 알아볼 수 있는 시큰둥한 표정을 짓고 유우는 시선을 외면했다.

진짜 어째서인지 표정 관리만큼은 재주가 없다. 저런 유치한 면모에 친근감을 느끼는 것은 자신뿐 아니라 하시쿠라도 마찬가지였던가.

녀석은 죽도를 어깨에 올린 채 이쪽으로 걸어와서 도발적으로 웃었다.

“잊었다가 떠올렸다가 아주 편리한 머리통이군. ……야.”

“왜 불러.”

“제대로 올라와라. 우리랑 부딪치기 전에 나가떨어지는 망할 맥 빠지는 결말은 용납 못 한다.”

이야기 나눈 경험은 몇 번밖에 안 되지만 하시쿠라가 이렇게나 즐거워하는 표정은 처음으로 본다. 또한 호면을 벗고 있는데도 이렇게까지 불퉁불퉁하는 유우도.

“닭달 안 해도 돼. 진짜 시끄럽다니까. ……부장, 돌아가죠. 아, 맞다. 하시쿠라.”

“엉?”

“뒈져버려. 난 이미 너 같은 놈 아무 관심도 없다!”

메롱, 혀를 내밀며 유우가 중지를 들어 올린다. 하시쿠라도 혀를 차더니 죽도로 바닥을 때렸다.

바보가 나란히 핏대를 세우는지라 처치 곤란이다. 타키모토와 함께 한심하다는 눈빛으로 쳐다봐도 효과는 없는 듯했다.

“이 자식, 연성회 때 조금 쏴붙였다고 아직까지 꿍하는 거냐! 에라, 속 좁은 놈아!”

“네가 할 말은 아니잖아, 카이세이한테 지는 놈!”

“네놈도 진 주제에 큰소리치지 마라! 붙을까!”

"이봐, 타키모토. 그쪽 바보를 부탁하지."

"그래, 너희 쪽 바보는 잘 챙겨서 돌아가라."

에사카는 유우를 질질 끌어서 슈스이의 도장 문 바깥으로 나갔다. 품 안에서 유우가 버둥버둥 몸부림치는데 전혀 힘이 없는지라 오늘 훈련 중 정말로 전부 다 쏟아 냈구나 싶어 조용하게 웃었다.

"놔요, 놓아주십쇼! 제, 제기랄, 힘이 안 나네……."

"미나카미."

"뭡니까! 말해 두겠는데요, 평소 같았으면 저따위 놈 제가 2초 만에—."

"오늘, 큰 신세를 졌구나. ……미안하다."

바깥으로 나온 뒤 손을 떼고서 몸을 돌리며 고개 숙였다.

그러자 유우는 눈이 동그래지더니 곧 입술을 삐죽거렸다.

"부장한테 들키다니 나도 실력이 떨어졌네. 은퇴다, 은퇴해야겠다."

"하하, 1년은 빠르다. ……커닝까지 시켜주다니. 낙제는 차마 못 봐주겠다는 뜻인가."

머리를 긁적거리고 있자니 유우는 미소를 짓고 나서 뒤쪽을 돌아봤다. 신발을 신고 죽도 주머니를 어깨에 메고 전혀 갤 낌새가 없는 흐린 하늘을 올려다본다.

"이렇게 나올 줄 알았지. ……뭐, 괜찮습니다. 아빠랑 엄마를 위해서니까 말이죠."

왜 지금 부모를 가리키는 말이 나오는지 알 수 없지만, 다시 고개를 돌린 유우는 한쪽 눈을 찡긋하며 못 말리겠다는 듯이 웃고 있었다.

"제대로 봤죠? 제가 카이세이한테 뭘 했는지."

"그래. 똑똑히 봤다."

"좋아요. 거참, 바보라니까요. 벌써 부장이 카이세이한테 기술을 노출하면 이길 가망이 없잖아요. 진짜 나이스 세이브였어. 이 정도면 고기구이 사줘도 되지 않아요?"

뜻밖의 제안에 오, 반응을 했다. 분명 농담으로 한 말이었을 터이나 묘안이라고 생각했다.

새삼 생각하니 오늘은 금요일. 단체전까지 대강 일주일 남았다.

오늘 하루 고생한 부원들을 다독이는 김에 단합 대회도 겸하면 될 테지.

"좋군, 괜찮아. ……다들 데리고 고기를 먹으러 가자."

"으에엥—?!
연습 쉰다꼬?! 뭐라카노!"

후지노미야 고등학교 2학년

니노미야 치히로

명랑해서 남녀 구별 없이 교우 관계가 넓은 무드메이커.
키노사키와 작당해서 막 전학을 왔던 유우를 검도부 견학에 끌고 간 장본인이기도 하다.

여담: 이제 사투리 말투는 거의 오기에 가깝다. 표준어를 쓸 바에 할복하련다. 진짜라네.

"흥이다~.
만약 돈 못 내면
유우 선배는
저한테 뭘
해줄 건데요?"

후지노미야 고등학교 1학년

후카세 시오리

승부욕 세고 겁 없는 후지노미야 고등학교의 신입생.
부 활동 견학을 가던 도중에 유우와 만남으로써 검도에 발을 들여놓게 된다.

여담: 비를 싫어했는데 요즘은 꽤 좋다. 자전거 통학을 하는 유우와 비 내리는 날이면 같이 전철로 귀가할 수 있으니까.

BEYOND THE SWORD

제3합 비 내리는 밤의 품평회

"건배!"

다섯 개의 목소리와 함께 향긋한 연기가 피어오르는 철망 위쪽에서 유리잔이 짤랑 부딪쳤다.

쿠로세 마코토는 으슬으슬 차가운 레몬 소다를 꿀꺽꿀꺽 단번에 들이켰다.

온도 차로 안경에 김이 확 서려도 개의치 않고 쭉 마신다.

"크으……. 달다, 이 맛이지……."

지옥 같은 연습이 끝난 이후부터 아무것도 입에 안 넣었던 터라 탄산이 오장육부에 깊이 스며든다.

몸을 부들거리니까 통로 쪽으로 등을 향하고 앉은 키노사키, 쿠로세, 야시로의 자리 끝에서 키노사키가 웃었다.

"회사 다니는 아저씨 같군~. 밥 먹을 때랑 집에 돌아갈 때만 기뻐 보인다니까, 쿠로는."

"초밥이랑 고기구이랑 잠 이외에는 인생에 필요 없다고. 하나 더 보태면 게임인가."

"저기, 선배님들? 수다만 떨지 마시고 고기도 좀 구워주십쇼! 부장이 일하잖아!"

"아, 괜찮다, 야시로. 오늘은 내가 하마. 너희는 마음껏 편히 먹어라."

일요일의 아버지처럼 온화한 표정을 짓고 벽 쪽 가장 안쪽에 있는 키노사키의 정면 자리에 앉은 채 에사카가 고기를 쭉 불에 올린다. 엷은 분홍색을 띤 돼지고기 항정살이 망에 닿자 지글지글 악마적인 소리를 냈다.

이성이 녹아내리는 것을 실감한다.

"흐아아—! 진짜 맛있네~! 그래, 이렇게 마셔줘야 버티지! 검도가 다 뭔데. 바보 아니야? 역시 인생은 술이랑 여자랑 도박이지! 어때, 야시롱!"

다만 아무리 맛이 좋아도 유우는 좀 과하게 녹았다. 에사카의 옆쪽, 야시로의 정면 자리에 앉은 유우는 완전히 눈이 돌아버렸다.

"어어, 미나카미 선배? 그거 내가 익히던 고기인데!"

"어차피 이 세상은 고기구이가 전부……. 약하면 먹히고…… 강하면 먹는다……."

"뭔 헛소리야?! 야, 훔쳐 먹지 말라고!"

완전히 정신이 나간 유우를 보고 에사카도 웬일로 껄껄 웃는다. 본전을 뽑기 위해서 열심히 고기를 입에 가져가며 옆자리의 키노사키에게 귓속말했다.

"저 녀석 왜 취한 거야? 애당초 탄산은 질색하지 않았나?"

"으음~ 지쳐서 맛이 간 것 같은데? 어쨌든 재밌으니까 오케이!"

"그렇군……. 좋아, 나중에 놀려주려면 영상을 찍어 둘까."

악마냐, 라는 말은 안 들린다. 현대 인터넷 사회에서는 빈틈을 노출하는 사람의 책임이 더 크다. 교복 주머니에서 휴대 전화를 꺼냈는데 그 순간 알림이 뜬지라 먼저 확인했다.

검도부 관련은 전부 알림을 꺼 놓았는데 이렇게 창이 떴다면 2학년 채팅방이겠다. 다섯 명이 놀러 갔을 때의 아이콘을 터치해서 열었더니 치히로가 사진을 올려 놓았다.

여자 부원들 다섯 명이 같이 달콤한 디저트를 가운데 두고 앉아서 꺅꺅 즐거워하는 모습이었다.

[치히로] 연습 끝~! 여자들 다 같이 스위츠 파라다이스 왔데이! 어때, 부럽나!

[쿠로세] 남자 놈들은 다섯이서 땀내 나게 고기나 굽고 있다. 지옥인가?

[하즈키] 지옥? 여기 훈련이 지옥이었어. 너희도?

[쿠로세] 뭐, 어차피 예상은 했다……. 다만 좀 황당한 예상 밖 사태가 일어났군.

[치히로] 뭐가?

[슌스케] 유우가 취해서 정신 줄 놨어. 막 주정 부린다~ 쿠로가 지금 촬영 중이야.

키노사키가 카메라로 고기 먹는 남자들을 촬영하는 한편, 휴대 전화의 화면을 슬라이드해서 영상 기능을 켠다. 붉고 동그란 버튼을 터치했다. 대상은 에사카와 유우였다.

"더는 두 번 다시, 슈스이 같은 데 가고 싶지 않아요. 거기

도대체 뭐죠? 아즈카반인가?"

"확실히 연습이 지독하긴 했다. 100년 전 지도 방법을 왜 아직껏 고수하나? 무라세는 일단 죽어라."

"엥. 부장이, 『죽어라』……? 아니, 훈련 얘기가 아니라! 슈스이에는 여자가 없잖아요! 여자가!"

"얼마 전 공학으로 바뀌었다만……? 내가 입학했던 연도에는 아직이었지만."

"그게 아니라요, 도장에 여자가 없단 소립니다! 아~ 여자, 여자는 어디 갔어? 말괄량이 귀여운 칫히는? 장난꾸러기 큐트한 하 짱은? 그리고 내가 제일 만나고 싶은 유키무라 선배는?"

"오, 뭐냐. 넌 그 녀석이 좋은 건가? 뭐, 확실히 귀엽긴 하지."

"그쵸, 유키무라 선배 진짜 귀여워요! 저 가끔 엄청나게 가슴이 두근두근하거든요……."

"뭐, 검도부치고 드물게 얌전한 성격이기는 하지. 강한 녀석이다만. 타치바나도 좀 본을 받아주면 좋겠다."

"시오리도 그렇죠. 그 녀석은 저를 너무 우습게 봐요. 그냥 만만한 검도 기계로 생각하는 것 같다니까요……."

쿠로세는 아주 만족스럽게 고개를 흔들고 촬영 정지 버튼을 눌렀다. 정말 완벽하게 치명적인 영상이었다. 이런 영상이 만에 하나 여자들에게 넘어가면 달콤한 낙원은 단박에 붕괴되어버릴 테지. 그런 무시무시한 만행은 도저히 못 한다. 이것이 자비심일까, 손이 저절로 움직여졌다.

"말을 안 듣는군, 몸뚱이가."

“쿠로, 이거 좀……. 아니, 뭐, 아무튼 칫히만 안 떠들면 괜찮은 건가.”

야시로에게 고기 굽기를 시키면서 키노사키와 둘이 묵묵히 고기를 먹는다.

얼마 뒤 휴대 전화가 또 진동해서 확인했더니 개인 메시지였다.

[유키무라 마도카] 판결, 중죄.

어떤 처절한 연습에서도 이토록 전율했던 경험은 없었다. 무자비하게 추가 타격이 내리꽂힌다.

[유키무라 마도카] 근데 재밌으니까 더 해보자.

[유키무라 마도카] 미나카미 군한테 후부키 쨩이랑 시오리 쨩이랑 어떻게 생각하나 물어봐줄래♪

[쿠로세] 진짜요? 판도라의 상자인데요……?

[유키무라 마도카] 열어.

여왕 폐하의 명을 받들어 키노사키에게도 화면을 보여줬다. 둘이서 고분고분하게 선봉대로 나선다.

“야, 미나카미. 훈련 때 이누이 보고 생각났는데 말야. 너, 요즘에 그 애랑 어떻게 지내냐?”

“그 애?”

"후부키 쨩 말이야~. 유우. 데이트도 했다며. 관심 꽤 있지?"
"그래, 저번에 한 번 만났다고 했지. 사귀진 않는 건가?"
"검도 강한 여자가 취향이구나. 딱 선배답기는 하네."
잘한다, 4 대 1이다. 게다가 오늘 유우는 살짝 흥분 상태였다. 뭐, 아직은 아니겠으나 사실은 사귀고 있었다는 정보가 대뜸 튀어나와도 이상하진 않은 상황이었다. 아직은 아니겠지만.
미남 가죽만 뒤집어썼을 뿐 정작 얼굴값을 못 하는 이 인간이 설마 약삭빠르게—.
"뭐? 그건 그냥 사과의 뜻이었는데? 괜히 오해하지 마. 불쌍하잖아."
"그래, 고맙다. 역시 우리가 믿는 미나카미 유우 씨다……."
"엥~ 그치만 단둘이 시간 내서 외출까지 하는 사이면 마음은 좀 있는 거 아냐?"
"아니……. 후부키가 물론 귀엽고 다정하고 엄청나게 착한 아이라는 생각은 하는데 말야."
하는데? 네 사람의 목소리가 겹쳤다.
"후부키는, **카이세이 여동생**이잖아?"
"전쟁이 끝났구나……."
"너 진짜로 나쁜 놈이다. ……야, 키노사키. 탄 고기 내 앞에 옮기지 마라."
"진 선배도 귀 기울여서 듣고 반성 좀 하십쇼! 제발!"
"그나저나 선배, 후카세랑 잘되는 느낌 아니었나? 이해는 잘 안 되지만……."

"엉……? 에이, 아냐, 아냐. 시오리랑 절대 이상한 사이 아니야. 뭐야, 야시롱, 어디서 들은 정보야?"

뜻밖에도 나이스 어시스턴트가 들어와준 덕분에 마침 잘됐다 싶어 마도카에게 전화를 걸었다.

『앗, 여보세요~? 범죄자 쿠로세 군, 임무는 잘 수행하고 있나요~?』

"쉿. 유키무라 폐하, 옆에 후카세 있습니까?"

『네, 쿠로세 선배……? 불렀어요? 전 왜요?』

"반갑다, 미나카미 보수팀입니다. 장해가 발생해서 미안하군. 사죄 쿠폰을 주마."

『네?』

"너도 잘 아는 토오 여자애 말인데, 그냥 이누이의 여동생이라는 생각밖에 안 든다는군."

『아자아아아앗—! 잘했어!』

너는 후배잖냐, 눈살을 찌푸린다. 다만 초보자 처지에 방문 훈련에서 애썼을 테니 조금은 더 서비스를 해도 좋지 않을까.

"잠깐 조용히 해봐라. 마이크로 중계해줄 테니."

키노사키의 어깨를 둘째 손가락으로 톡톡 두드린 다음 하복의 가슴 주머니에 넣어 둔 휴대 전화를 또 톡톡 두드린다. 그러자 곧장 고개를 끄덕이고 엄지손가락을 척 들어 세워줬다. 역시 오랫동안 알고 지냈던 만큼 잘 통한다.

"그나저나 유우는 안경 낀 여자애 좋아하지! 내가 칫히한테 들었걸랑!"

"어? 응. 엄청 좋아해. 그런데 내가 좋아하는 건 수업—."

"너 후카세랑 사이도 좋지! 특별하잖아! 이름으로 부르는 사이이기도 하고!"

"뭐야, 갑자기? 왜 자꾸 말을 잘라먹어? ……난 친하다고 생각은 하는데 말야. 걔 마음은 잘 모르겠어. 아까 말한 것처럼 검도—."

"오케이, 이제 됐다. 수고 많았어."

대화를 뚝 중단하고 유우에게 숨어서 전화를 받는다.

"어때, 좀 만족스럽나……?"

『저요, 지금 우주가 개벽해도 좋지 않을까 생각해요. 이게 사랑일까요?』

"빅뱅급으로 기뻐하는군……."

『더, 더요! 더 들려주세요!』

"아니, 여기까지만 하자. 절대 열어서는 안 되는 상자도 있는 법이니."

『열어요! 열어줘요! 괜히 겁주니까 더 궁금해지잖아요!』

아, 맞다, 이런 녀석이었다.

"너 진짜 질척거리는구나. 그래서 똑같이 질척대는 녀석을 좋아하는 거냐?"

『뭐, 뭐라고요?! 따, 딱히 선배를 좋아하는 건 아닌데요! 그냥 지적 호기심인데요!』

또 솔직해지지 못하는 초등학생이 나타났다. 쿠로세는 한숨 쉬고 안경을 쓱 들어 올리며 눈을 번뜩였다.

“이봐, 판도라의 상자라는 말은 알고 있나?”

『바보 취급하지 마세요, 당연히 알죠. 뭔가 열었더니 절망이라든가 이것저것 막 튀어나오는데 마지막에 희망이 남아 있는 상자잖아요!』

“그거 말인데. 가장 악질인 절망은 마지막에 남은 희망이라는 얘기가 있지.”

『엥.』

“수고해라.”

빙긋 웃고는 키노사키를 팔꿈치로 찌른다.

키노사키도 웃는 얼굴로 고개를 끄덕이더니 한 번 더 엄지를 세웠다. 아래 방향으로.

“미안 미안, 유우. 아까 안경 이야기하다 말았지?”

“어, 그러니까 난 수업 중에만 쓰는 안경이 좋다는 뜻이었거든. 평소에 쓰는 여자애는 별로 상관없어.”

“그러고 보니 이누이 여동생도 이름으로 부르잖아. 그 녀석도 특별하다면 특별한 사이구나, 너랑은.”

“응. ……조금 부끄러운데 그렇긴 해. 후부키한테는 진짜 도움을 많이 받았으니까 말이야.”

“그 말도 꽤 자주 들었군. 그나저나 애당초 넌 부원 모두에게 친절하잖나.”

“에이, 이러지 마세요, 부장. 새삼스럽게. 뭐랄까, 이런 건 당연하잖아요! 다 같이 평등하게 소중하게 아껴줄 겁니다!”

“그럼 미나카미 선배는 후카세를 더 특별하게, 아예 사귄다거나……."

"엥? 무슨 섭섭한 소리야! 야시롱은 조금 더 나를 믿어주면 좋겠네!"

아, 슬슬 마무리 일격이 꽂히겠군. 대강 가늠을 한 쿠로세는 휴대 전화를 유우에게 더욱 가까이 가져갔다.

"나, 제자한테는 절대 손대지 않아! 그거 갑질에 성희롱이잖아? 안 되지, 진짜 나쁜 짓이야. 내 진심을 좀 알아줘라!"

네가 할 말은 아니지, 생각하면서도 만족하고 쿠로세는 다시금 휴대 전화의 화면을 본다.

마치 숨이 끊어진 것처럼 통화는 이미 끊어졌다.

쿠로세가 십자가를 긋고, 키노사키가 나무아미타불을 읊으며 두 손을 마주 댄다. 야시로는 눈자위를 꾹꾹 누르고 있었다.

"눈물이 나네, 너무 잔인하다……."

"너 의외로 후카세를 아껴주는구나. 내가 보기에는 의외인데……."

"그치만 너무 불쌍하잖아! 진짜 남 일이라는 생각이 안 들어!"

"부장, 야시롱은 왜 우는 겁니까?"

"눈에 연기라도 들어간 거 아닌가? 자, 야시로, 먹으면 낫는다."

"안 낫습다! 게다가 왜 하필 채소를 줘!"

어린애냐, 야시로가 온갖 타박을 듣는 동안에 키노사키가 주문용 패널을 연타하고 있었다.

불길한 예감이 든다.

"이봐, 슌, 너 분량 제대로 고려해서 주문하는 거 맞나……?"

"엥? 어차피 무제한인데? 일단 막 주문해서 쌓아 놓자고!"

"이 자식, 웃기지 마라! 계획이 어그러지잖나! 나의 고기 방정식을 망가뜨리지 마라!"

"뭐~?! 무제한 고기에 효율을 갖다 붙이는 생각이 애당초 잘못된 거다!"

실랑이를 하는 동안에 점원이 다가왔다. 명백하게 고기가 아닌 것을 들고 있었다.

"여기, 해산물 모둠 하나와 콘 버터 하나 주문하신 손님~?"

"아, 네. 저예요!"

저요~ 유우가 손을 들어올린다. 다들 쥐 죽은 듯이 조용해졌다. 철망의 지글지글 소리만 크게 들린다.

"어라, 왜……? 다, 다들 왜 이래?"

"꼭 있다니까, 자기 몫만 주문하는 녀석……."

"뭔가 좀 아니다 싶지? 유우. 주변을 잘 보고 행동하자?"

"게다가 이 타이밍에 해산물은 대체 뭐임까? 아직 전반전도 안 끝났는데 말임다."

"차마 무사가 할 행동이 아니군. 할복해라, 미나카미."

"가, 갑자기 왜 시비야?! 좋아하는 음식 먹는 게 뭐가 어때서! 다들 나한테 왜 이래?!"

유우를 규탄하면서 휴대 전화의 시계를 본다.

120분짜리 고기구이 전선, 막 전반전이 종료되려는 참이었다.

× × ×

하프 타임에 들어섰다.

야시로가 「소화 좀 시키고 올게요」라고 말을 남긴 뒤 바깥으로 걸어서 나간 동안에 쿠로세는 메뉴판을 손에 들고 후반전 계획을 구상한다.

아직 제패하지 않은 메뉴의 수, 남은 시간의 확인, 단위 시간당 취식 속도— 이 같은 요소를 변수 삼아서 고기의 방정식을 구축하는 과정이다. 쿠로세는 조용히 불타오르는 눈으로 메뉴를 노려봤다.

그러자 자기 위치에서는 안 보인다며 유우가 자리를 옮겨 앉았다. 2학년 세 명이 통로 쪽 자리에 나란히 앉아 얼굴을 셋 붙이고 이거다, 저거다, 주문 내용을 결정한다.

그러던 도중이었다. 유우가 휴대 전화를 보고 불현듯 고개를 끄덕거리더니 느닷없이 칼을 휘둘렀다.

“저기요, 부장. 아까부터 저한테만 자꾸 캐묻던데요, 부장이야말로 지금 어떻게 되고 있는데요?”

“음……? 나한테, 무슨 일 있나?”

“마토이 선배 말이에요, 마토이 선배. 진짜 어떻게 생각하고 있는 겁니까?”

옆자리의 키노사키와 얼굴을 마주 봤다가 둘 다 눈을 찌푸렸다. 어우, 그걸 물어봐? 진짜 물어보네…….

“어떻게 생각하긴……. 뭐, 소중한 부 활동의 동료다만.”

"아니, 다른 게 또 있잖아요? 뭐, 마토이 선배가 입이 거칠기도 하고, 폭력도 휘두르고, 이래저래 날라리 같기는 한데……. 열정 있고 좋은 사람이잖아요. 부장이랑 틀림없이 같이 좋아하는 사이가 아닐까 생각했는데요."

유우가 묻자 에사카는 조용히 웃고 있다.

얼마 전 보여줬던 아버지와 같은 웃음과도 비슷했지만 조금 달랐다.

뭔가 서랍장 안쪽에 고이 담아 둔 조그만 보물 상자를 애지중지하면서 웃는 듯한 얼굴이었다.

"너는 아마도 모르겠지만 그 녀석도 예전에는 언뜻 보기에 모범생 같은 녀석이었다. 까만 머리에 폭언도 뱉지 않았지. 붙임성이 좋아 교사들 사이에서 평판도 좋았다. 그래서 학생 회장 자리까지 올라앉았으니까."

"엥……? 엑, 그게, 진짜로요……?"

에사카가 웃는 얼굴로 긍정한다. 이어서 들려주는 진실을 쿠로세도 알고 있었다.

"그 녀석은, 차가운 녀석이었어. 자존심 세고 꾀부리면서 연습도 자주 빠졌지. ……솔직히 예전에는 못 견디게 싫어했었다."

무척이나 친근감이 솟는 사람이었다. 1년 전 검도부라는 부활동의 문을 두드렸던 것도 잘 버텨서 살아가는 데 도움이 된다고 웃으면서 권유해줬던 그 사람이 있던 덕분이다.

다만 그 사람은 1년 전 단체전 이후 맹렬하게 바뀌어버렸다.

"그럼 어째서 지금은……."

"그 이유는 나도 알지 못한다. ……다만, 지금의 그 녀석은 여러모로 인정할 수 있다."

손을 멈춘 채 에사카는 불꽃을 바라보고 있다.

저 눈동자 속에 어떠한 심정이 일렁이고 있는지는 알지 못했다.

"많은 일이 있었지. 이미 좋아하나 싫어하나 분간이 잘 되지 않는다. ……서로 간에 치고받는 사이이니까. 굳이 고민을 하지 않아도 소중하다는 생각은 든다. 지금은 그거면 충분하지 않나."

"부장, 그 말은……."

"죄송함다, 다녀왔습니다. 뭔가 바깥에 비 내릴 것 같은 느낌인데요. 시원해서 다행이야."

유우의 말을 바깥에서 막 돌아온 야시로가 가로막는다. 그러자 이번에는 유우가 자리에서 일어났다.

"시원하다고? 잘됐네. 나도 잠깐 소화시키고 올까."

"잠깐, 나도 간다……. 비싼 돈 지불했으니 오기로 본전은 뽑아줘야지."

"진짜 여전하구나, 쿠로세는. 둘 다 너무 늦지는 말고."

말없이 둘이서 같이 일어나 바깥으로 나왔다.

구름 낀 하늘이라 달빛도 별빛도 안 보이기 때문일까, 주차장 주변을 걸어 다니려니까 가게의 건물 주변에 장식으로 놓아둔 횃불이 유난히 밝게 느껴졌다.

번쩍번쩍 타오르는 불꽃이 누군가를 연상케 했다.

"부장은 말야."

"그래."

"되게 둔하네. 답답해서 죽을 것 같아."

"우리는 뭐 말을 안 해봤겠냐……. 나도 슌도 두 손 들었다."

쓴웃음 짓고 교복의 허리 옷자락으로 안경을 닦는다. 습한 바깥 공기를 쐬며 숨을 토했다.

"있는 데는 꼭 있더군. 자기 자신도 살펴볼 줄 모르는 녀석."

"사모님 생각하니까 안타깝네. ……그래서 좋아하는 건가."

부연 시야를 명료하게 만들고자 다시 안경을 쓴다. 이해할 수 없는 인종이었다.

언제나, 자기 자신은 과하다 싶을 만큼 잘 보였다. 또 한 명의 자신이 언제나 싸늘한 눈빛으로 스스로를 부감하고 있는 것처럼.

"마토이 선배가 왜 저렇게 바뀌었는지 쿠로는 혹시 알아?"

"아니, 모른다. ……대강 예상은 하고 있다만."

싸늘한 자신의 눈은 다른 사람의 마음 또한 관계도로 쭉 정리해버린다. 누가 어떠한 움직임을 취하면 무엇 때문인지, 누구 때문인지. 그러고도 끝내 믿지는 않았다.

사람이 사람을 바꿀 수 있다는 것.

"하긴 쿠로는 머리 좋으니까. ……나는 모르는 게 너무 많아."

눈앞에서 천의무봉의 남자가 웃는다.

절대 불가능하다고 생각했었다. 싸늘한 현실만을 선호하는 자신에게 이 같은 사태가 일어나다니. 말이 안 된다고 생각했었다.

그러나 그때 자신은 분명 이 녀석처럼 강해지는 꿈을 꾸기를 바랐다.

"뭐, 너는 머리가 나쁘잖냐. 검도를 과하게 해서 뇌세포가 죽은 거 아니냐?"

마음과 반대의 악담이 입을 뚫고 나온다. 이런 게 자신에게 어울리는 듯하여 좋았다.

"쿠로는 언제나 야박하네. ……됐어, 쳇, 어차피 난 검도밖에 못 해."

들어가자, 살짝 삐쳐서 유우가 말하기에 뒤를 따라갔다. 녀석의 등이 항상 꼿꼿하게 뻗어 서 있던 자세와 달리 새우등이었던지라 괜히 작아 보였다.

"꼭 이기자, 단체전."

"뭐, 민폐 끼치지 않는 범위에서 협력해주마……."

검도가 철저하게 개인 경기였으면 좋겠다는 생각을 한다. 상대도 없고 같은 편 동료도 없고 숫자만 출력되는 경기였다면. 그랬다면 내키는 대로 아무렇게나 설쳐도 되고 패배하더라도 태연하게 넘길 수 있겠지.

검도를 하며 누군가에게 꼭 이기고 싶다고 생각했던 적은 없었다.

다만 져버려서 민폐를 끼치는 게 싫을 뿐이었다.

"야, 미나카미."

"응?"

녀석의 등에 던져줘야 할 말. 정답은 이미 뚜렷하게 보인다.

—야, 가르쳐줘라. 나는 어떻게 해야 그 타키모토라는 녀석을 이길 수 있지?

"제대로 먹자……. 이 세상에서 소를 멸종시킬 때까지 집에 안 간다."

"뭐? 약한 소리 하지 마, 쿠로! 돼지랑 닭도 모조리 싹 없애버려야지!"

검도라는 구실이 없다면 이 머리는 누구 앞에서도 내려가지 않는다.

"말을 안 듣는군, 주둥이가……."

그래도 지금 이대로가 좋다며 비뚤어진 긍지를 가진 또 하나의 자신이 좋았기에 구제 불능이었다.

× × ×

"너무 먹었다. 힘들어……."

에사카와 나란히 역으로 돌아가는 길에 유우는 자꾸 뒤집어지려고 하는 속을 어떻게든 수습하기 위하여 호완 냄새가 나는 손으로 입을 꽉 막았다. 옆쪽의 에사카도 역시나 걷는 속도가 꽤 느려졌다.

"이상한데. 요즘에 뭔가 똑같은 실수를 자꾸 반복하는 것 같아……."

가로등이 적고 셔터를 내린 개인 점포가 잔뜩 늘어선 좁은 골목길에서는 목소리가 잘 울려 퍼졌다.

"그래도 고기가 무제한인데 배를 덜 채워서 먹겠다는 녀석은 남자라고 자처할 자격이 없지."

"알긴 아는데요! 에잇, 이게 다 슌스케 때문이야! 다들 배불렀는데 왜 또 고기를 주문하냐고!"

귀갓길이 갈라져서 에사카밖에 없는 이때를 노려 마음껏 푸념한다.

자리를 뜬 동안 음료수에 타바스코를 넣은 장난은 진짜 때릴까 생각했다. 그리고 키노사키는 아니지만 영상 유출도 용서할 수 없다.

"쿠로 이 자식……. 대체 어쩌자는 거야. 내일 훈련 때 여자들 만날 생각하니까 엄청 막막하네……."

"훗……. 사이가 참 좋군, 너희는. 일요일 일정은 2학년까지만 가도 되지 않겠나?"

옆을 지나쳐 가는 자동차보다 빨리 머리를 휙휙 흔든다.

"안 되죠. 3학년은 출석 필숩니다. 올 사람이 안 오면 의미가 없는걸요."

"그런데 왜 하필 테마파크지……? 피로를 풀기 위한 마지막 휴일이잖나. 오히려 더 지치지 않겠나?"

"에이, 시끄럽네……. 부장이랑 마토이 선배는 조용히 유키무라 선배나 데리고 와주시면 됩니다."

내일 훈련이 끝나면 일요일은 3학년이 부 활동에 참가하는 마지막 휴일이었다. 그러니까 식사 중 여자부에서 불쑥 제안

했던 놀러 가자는 말에 두말없이 승낙했다.

모든 것은 속 썩이는 미혼 부부를 위해. 다 같이 기회를 만들어줄 테니 결판을 내면 좋겠다.

"진짜 알아들은 거 맞죠?"

"음, 알았다, 알았어. 그렇게 해서 너희 의욕이 솟아난다면 싼값이지."

저 얼굴은, 아무것도 알지 못하는 얼굴이다. 진심으로 실망의 한숨을 쉬고 유우는 느릿느릿 걸음을 뗐다. 오늘은 이것저것 일이 너무 많아서 역까지 고작 몇 분 걸리는 길도 부담스럽다.

놔두고 먼저 가도 상관없는데 에사카의 어깨는 옆에서 나란히 같은 속도로 흔들리고 있다.

줄곧 보폭을 맞춰줬다는 것을 그때 처음으로 깨달았다.

"오늘 넌 즐거워 보이더군."

"네……?"

"긴장을 늦출 수 없는 연습에, 전력을 다 쏟아 내서 이누이와 대결을 하고. 하시쿠라와 무슨 일이 있었는지는 모르겠는데 그렇게 어린아이처럼 싸움을 하고, 방금은 같은 나이의 동료와 줄곧 까불어 댔지."

에사카가 멈춰 선다. 점멸하는 가로등의 빛을 받아서 보이는 저 표정이 신기하게도 어려 보였다.

"조금. ……부럽더군."

헉, 숨을 삼켰다. 다리가 멈춘다. 다시 걸음을 떼기 시작한 에사카를 차마 쫓아갈 수 없었다.

"저기요, 부장……."

"음?"

이 사람에게는 마토이와 마도카 이외에 같은 학년의 부원이 없다. 자신에게는 키노사키나 쿠로세처럼 어깨를 나란히 해서 같이 싸움에 나설 동료가 있는데 이 사람에게는 아무도 없다. 이렇게나 강하고 뜨거운 열정을 간직하고 있는 사람이.

어둠을 등진 외톨이의 등이 자신과 겹쳐 보였다.

"부장은 어째서 후지노미야에 들어온 겁니까?"

자신과는 다르다.

이 사람이라면 분명히 다른 길도 선택할 수 있었을 텐데.

"마토이 선배도 마찬가지죠. 두 사람 모두 실력 좋잖아요. 마음만 먹었다면 슈스이나 토오같이 강한 학교에서도 충분히 캡틴 자리를 차지했을 것 같은데요. 강한 동료가 잔뜩 있는 곳으로 가서 3년을 보냈겠죠. ……전국 대회를 노릴 수 있잖아요."

"약했을 때는 그게 어려웠기 때문이려나?"

등을 지나서 돌아오는 답에 아무것도 받아칠 말을 찾지 못했다. 침묵은 무엇보다도 뚜렷한 웅변임을 배웠는데도 도저히 달리 반응할 수 없었다.

오늘 훈련에서 새삼스럽게 절감했다.

지금 이대로는 분명히 슈스이를 이기지 못하리라고.

그런 결말을 이 사람에게 바치고 싶진 않은데도 싸움밖에 알지 못하는 몸은 솔직했기에.

가만히 멈춰 서 있자니 같은 고독을 등진 사람이 뒤돌아본다. 얼굴에 엷은 웃음을 머금고.

"그런 표정 짓지 마라. 딱히 탓하려고 한 말이 아니다."

"왜 반응이 비슷비슷한 거야……. 부부는 닮는다더니."

"음? 무슨 소리인지 잘 모르겠지만……. 네가 한 말은 옳다. 맞는 말이지. 나도 예전에는 같은 생각을 했었으니까."

걸음을 재촉하여 따라잡고 어깨를 나란히 한다. 역의 불빛까지 얼마 안 남았다.

그런 시간이 되어서야 비로소 경애하는 둔한 부장은 말했다.

"이제 시간이 다 됐군. ……고된 하루였지. 신세를 진 네게는 이야기할 의무가 있군."

"뭘요……?"

"나는 예전에 하시쿠라와 슈스이에 들어갈 예정이었다."

숨겨 놓았던 비수가 가슴을 푹 찌른다. 말을 못 잇고 가만있던 중 무엇인가가 똑 뺨을 때렸다.

"음."

"아……."

자욱이 끼어 있었던 먹구름이 결국 눈물을 떨어뜨렸다. 곧장 달려서 역 안에 들어간 뒤 개표구 앞에서 멈춰 선다. 에사카와는 전철 방향이 반대였다.

"금방 그치지는 않겠군. ……내일 연습은 오후부터다. 푹 쉬고 감기 걸리지 않게 조심해라."

"네……. 저기."

"아까 이야기는 괜히 떠들지 마라. 하시쿠라와 타키모토 말고는 모르는 속사정이니까. 그리고, 대답 말인데."

호구 주머니를 다시 어깨에 짊어지고 에사카는 왼손으로 죽도가 들어 있는 천 주머니를 세게 쥐었다.

그곳에 박음질된 『후지노미야 고등학교 검도부』라는 자수에 강렬하게 시선을 빼앗겼다.

"나는, 바보였다. ……이유는 이게 전부다."

웃는 얼굴의 뒤쪽 멀리서 천둥이 친다.

더 묻고 싶었던 말이 분명히 있었으나 쏴쏴 내리기 시작한 비에 휩쓸려서 밤의 어둠으로 녹아들었다.

BEYOND THE SWORD

제4합 검귀, 뇌명

『나는 예전에 하시쿠라와 슈스이에 들어갈 예정이었다.』

짧은 한마디가 머릿속에서 내내 떨어지지 않았던 터라 어젯밤 유우는 제대로 잠을 이루지 못했다.

침대에서 몸을 일으켜 커튼을 걷는다. 부슬부슬 내리는 빗소리와 아래쪽에서 흔들리는 물색 수국이 오랜만에 비 내리는 계절을 느낌을 준다. 오늘 연습에 자전거로 가기는 무리일 테지.

유우는 교복을 들고 샤워실로 직행해서 잠든 동안에 흘린 찝찝한 땀을 쭉 씻어 냈다. 옷을 갈아입은 뒤 주머니에 휴대전화를 넣고 거실로 갔더니 어머니가 바닥에 벌러덩 뻗어 있었다. 얼굴을 푹 숙인 채 노트북을 탁탁 두드리는 모습이 마치 좀비와 다를 바 없다.

"뭐 하는 거야……?"

"업무우……."

혼자서 소리를 내는 텔레비전은 방치한 채 어머니 좀비는 죽는 눈으로 키보드를 계속 두드린다. 손가락 움직이는 속도가 너무 빨라서 대체 뭘 하는지 알 수 없었다.

"그, 그거 아무렇게나 두드리는 거 아냐?"

"이 정도는 눈 감고도 칠 수 있어. 어휴, 바보 자식들, 진짜

쓸모없다니까. 어째서 난 분신을 못 쓰는 거야? ……진짜! 쓸모없어! 단가만 괜히 올라가잖아! 하등한 인류!"

회사 별 인간이 새까맣다. 무섭다. 근데 재미있다.

생각이 누군가랑 똑 닮았기 때문이었다.

유우는 바닥에 엎어져 있는 어머니의 곁으로 걸어가서 체중이 실리지 않게 주의하며 살며시 등에 올라탔다.

"뭐, 뭐야? 용돈이야? 용돈 필요하니? 그럼 겁주지 않아도 되는데."

"아니다, 바보야. ……어깨 주물러줄게. 많이 피곤하지?"

"어, 어어? 괜찮아! 뭔가 엄마랑 아들 같아서 되게 부끄럽잖니!"

"엄마랑 아들 맞는데……?"

"아차……."

꽁, 뒤에서 머리를 때려주자 어머니는 재미있어하며 킥킥 웃었다. 같이 웃는다. 자, 검도부의 악력을 보여줄 때가 왔다. 손을 꽉 쥐었다가 폈다가 어깨를 주무른다. 충격이 기다리고 있었다.

"어, 엄마……. 어깨가, 없는데……?"

"으음……. 뭐, 없어도 일은 할 수 있으니까 문제없네."

"문제 있어! 어, 대체 뭔데, 무서워 무서워 무서워. 어깨가 너무 뭉쳐서 잡히질 않아! 견갑골 어디 갔어?!"

그나마 말랑한 부분을 찾아서 겨우겨우 파고 들어간다. 기분 좋게 늘어지는 어머니의 목소리를 듣고 있자니까 어제 마음에 가득 담아 놓았던 이런저런 답답함이 조금이나마 녹아 내리는 것 같았다.

"운동을 너무 안 했어. 후리기 할래? 내가 가르쳐줄까?"

"그럴 짬 있으면 일을 해야지."

"좋아하는구나, 일……."

"좋아하진 않아~. 그냥 관두고 싶진 않고 관둘 수 없을 뿐이야."

역시 어머니와 아들이구나, 쓴웃음 지으며 계속 어깨를 주물렀다. 신음하면서 어머니는 말했다.

"오늘 말인데, 집에 못 올지도 몰라. 미안하지만 히토미라도 불러다가 밖에서 밥 먹고 올래?"

"알았어. 이제 와서 뭘. ……일이야?"

"응. 부하가 좀 실수를 해서. 토요일인데 또 금방 회사에 나가봐야 해."

꼼지락꼼지락 꿈틀거리며 어머니가 일어섰다. 방금 전처럼 죽은 눈이 아니라 맑고 늠름해서 멋있는 어른의 눈이었다.

"자, 가볼까. 으으, 출근하기 싫어. 출근하기 싫다~!"

분명 출근해서 회사에 가면 또 시간을 잊어버린 채 흐늘흐늘 지칠 때까지 몰두할 테지. 그런 의미에서 자신의 진짜 분신인 어머니에게 물어보고 싶었다.

"있잖아, 엄마. 그 부하라는 사람한테, 화나?"

"응? 굳이 화나진 않네. 실수는 누구나 하는 법이고 이미 유우 덕분에 다 풀렸는걸. ……그래도 뭐, 전부 수습한 다음에 엄한 말 한두 마디는 할지도 몰라."

"어째서?"

"싫어하는 게 아니니까. 부하 녀석. 같은 실수를 반복해서 우는 꼴 보기는 싫으니까 누군가는 꼭 말을 해줘야 돼."

오지랖 넓은 옛날 생각이지만, 라고 말하며 어머니는 웃었다. 어깨에 가방을 멘 작은 등에서 목소리가 들린다.

"어차피 일하는 재주밖에 없는 미련퉁이인걸. 미움받을 사람은 나 하나면 되잖니?"

"그러게……."

"이럴 땐 부정해야지, 아들아. ……아무튼, 다녀올게."

왼손을 흔들어 어머니의 뒷모습을 배웅한다. 현관문이 전부 닫히자 꽉 주먹 쥐었다.

"그러게, 맞아. ……할 사람은, 나밖에 없어."

줄곧 알고 있었다. 이기기 위해 무엇이 부족하며, 무엇을 꼭 해야 하는가.

그런데도 줄곧 자신은 행동하지 않았고. 그러던 중에 똑똑한 사람이 숙제를 내줬다.

어째서 이기고 싶은가. 진지하게 고민해보라고 다정하게 웃으며.

유우는 답을 맞춰보듯이 휴대 전화를 꺼내 들었다. 잠금 화면의 시계 아래에는 어제 고기구이를 먹을 때 키노사키가 찍어줬던 다 같이 웃는 사진이 있었다.

즐거웠다. 즐겁고 즐거워서 과분할 지경이었다.

줄곧 다 함께 지낼 수 있기를 바라며 어울리지도 않게 까불어 댔을 정도로.

"바보구나, 나는……. 다른 사람한테 뭘 말할 자격이 없어."

자기 자신조차 알지 못하는 녀석이 여기에도 또 한 사람 있었다.

유우는 오른손에 든 휴대 전화의 화면을 빤히 들여다본다.

어떠한 암흑 속에서도 이 얼굴들을 기억할 수 있도록.

"너희는 안 울면 좋겠어."

웃으며 전원을 끄고 주머니 속에 넣었다.

유우는 일어나서 손질을 위해 거실에 놓아두었던 죽도 주머니를 손에 들었다.

『후지노미야 고등학교 검도부』 자수가 있는 위치를 굳세게 쥐고…….

『너는 이기면 뭐든 다 좋아?』

지금 또 물어봐주는 다정한 사람의 목소리에 천천히 고개를 흔들었다.

뭐든 좋을 리 없다. 대답은 이미 이 손안에 있다.

"나 혼자 이겨도 기쁘지 않아. ……다 같이 이겨야 의미가 있는 거야."

굳세게 검을 쥐고서 거실 창문으로 이제 장대비가 쏟아지고 있는 바깥을 노려본다. 저 멀리 하늘에서 번개가 번쩍이자 창문 유리에 일순간 자신의 얼굴이 비쳐 보였다. 귀신으로 바뀌어 가는 자신의 굳은 얼굴이.

『나는, 바보였다. ……이유는 이게 전부다.』

"무조건 취소하게 만들어주지……."

전부 다 망가뜨려버릴지도 모른다. 그렇게 생각하면 오늘처럼 두렵고 가기 싫은 연습은 없겠다.

다만 믿을 수밖에 없다. 모두를.

그러고도 만약 전부를 잃어버린다면, 그때는.

"맛없는 식사, 부탁해야지……."

소중한 가족이 있는 이 집에서 꼴사납게 눈물 쏟으며 위로받자는 생각을 했다.

× × ×

후리기와 기본 타격이 끝나고 자유 대련 전 휴식 시간도 절반을 지났을 무렵.

야시로 미사오는 찬물을 쭉 들이켜고 검도장 안으로 돌아왔다. 도장 창문을 때리는 비를 보고 있자니 후, 숨이 새어 나왔다. 그 숨과 호응하듯이 세계가 일순간 번쩍 빛난다.

"꺄아앗—! 천둥, 천둥은 안 댄닷! 야시롱, 어떻게 좀 해보그래이!"

"니노미야 선배? 저한테 대체 뭘 바라십까……."

이런 날씨면 내일 테마파크 계획도 중지될 테지. 정말 다행이었다. 야시로는 웅성거리는 부원들 사이에서 기분 좋게 자신의 호면을 놓아둔 곳으로 걸어간다.

불현듯 2학년 줄에서 혼자 앉아 있는 남자가 신경 쓰였다. 너무나 지나치게 조용했기 때문이었다.

마침 잘됐군. 슈스이에서 한 훈련을 통해 발견했던 과제도 있다. 대열을 크게 돌아가서 정면에 서고 정좌한 유우에게 말을 붙여보기로 했다.

"미나카미 선배. 오늘 대련은 맨 처음으로 부탁드립다. 손목 머리 치기의 상태가 별로 안 좋아서요."

"그건 실력이 좋아져서 예전보다 더 멀리 뛰어나가게 됐기 때문이야……. 한 발짝 내디딜 때 조금 더 짧게 뛰도록 조정해라. 노리는 곳에 들어갈 테니. ……있잖아, **야시로**.".

음색이 바뀐다. 그냥 이름으로 불린 것은 오랜만이었다.

"앞으로 일주일, 너랑은 훈련을 못 하게 됐어. 미안하다."

"예……?"

영문을 알 수 없었다. 얼빠진 소리가 입 바깥으로 새어 나온다. 그런데도 유우는 전혀 웃지 않았다.

"오해하지 마. 절대로 네가 싫어서는 아니야. ……너라서, 부탁하는 거다."

유우는 답답한 마음을 달래듯이 왼쪽 주먹을 쥐었다. 저 얼굴을 보면 딱히 좋아서 하는 말은 아님은 알 수 있었다. 그동안 쭉 이 사람을 봐왔으니까.

"내 몸은 하나뿐이지. 아무리 계산해봐도 전원을 봐주는 것은 도저히 무리야. ……누군가 한 명은 스스로 노력해주길 바랄 수밖에 없어."

藤宮
八代

말을 잃는다. 아무리 발악하며 덤벼들어도 건드릴 수조차 없는 이 남자가.

"부탁한다, 야시로. ……혼자서, 강해져라."

나이도 어리고, 건방지고, 실력도 아득하게 떨어지는 자신에게 머리 숙였다.

"알겠습니다."

지금 딴소리를 한다면 남자도 아니라는 생각을 했다.

말없이 자신의 호면 앞으로 돌아가서 전원이 앉아 호령이 떨어지기를 기다린다.

"호면 착용!"

"네엣!"

오늘만큼은 절대 누구에게도 한판을 내어 주지 않을 각오로 세차게 소리쳤다.

× × ×

"슌스케."

얼음에 닿은 것 같은 착각에 휩싸이며 키노사키는 고개 돌렸다. 호면을 착용했을 때 다른 사람으로 바뀐다는 것은 잘 알고 있지만, 오늘 앞쪽에 있는 이 녀석은 다른 무엇인가로 보였다.

"너부터다. 빨리 맞은편으로 가라."

"어, 어어……? 처음에는 사사키 선생님한테 가서 줄 서려고."

"못 들었어? 맞은편으로 가라니까. 가만히 서 있어도 될 만큼 너한테 시간이 많았던가?"

열이 확 올랐다. 친한 사이여도 최소한의 예의는 지켜야 하지 않겠는가.

왜 저렇게 날카로운지 모르겠는데 도통 달갑지 않은 언사였다. 순순히 따르는 시늉을 하고 맞은편으로 가서 거칠게 준거를 한 뒤 일어섰다.

"야아아아——시야아아아아앗!"

키노사키의 목소리가 멎은 순간에 손목의 중력이 달라졌다.

한기가 들 만큼 아름다운 유우의 잔심이 시야에 나타난 것과 때려 부수다시피 손목에서 난 소리가 고막을 덮친 것은 거의 동시였다. 아픔과 함께 키노사키가 혀를 차며 상대의 잔심을 쫓아간다. 제기랄, 안 놓친다. 방금은 좀 방심했을 뿐이다—!

"머리이야아아——."

"손모오오옥——으아라아앗!"

바짝 쫓아가는 머리 치기를 또다시 회피한 뒤 방금 전 공방과 거의 다르지 않은 위치로 손목 치기가 콱 날아들었다. 안 된다, 머리 치기는 반격당한다. 다른 기술로 전환해라!

다시금 간격을 좁혀 파고들며 두 번의 페인트. 다시 한번 머리를— 치는 척 상격 손목 머리 치기를 먹여주마!

"하앗, 시야아아아아랴아앗!"

우직하게 휘두른 두 번의 검이 살짝 모자랐다고 이를 갈 수 있다면 괜찮았겠다. 다만 불가능했다. 손목 치기는 미세하게 궤도를 빗겨 냈을 뿐 회피당했고, 머리 치기는 대뜸 목 앞까지 다가든 유우의 죽도 때문에 아예 닿지도 못했다. 이를 갈고 목을 돌리며 간격을 좁힌다. 어중간한 간격에서 눈싸움이나 했다가는 무조건 죽는다. 다리를 써서 좌우로 살짝살짝 몸을 흔들며 결국 코등이싸움으로 몰아갔다.

그런데 정작 유우가 없었다. 키노사키의 손목이 뚝 내려간다.

"손모오오옥――으라아아앗!"

아예 죽도를 쥔 손을 놓아버릴까 생각했다. 그만큼 묵직하고 강렬한 퇴격 손목 치기가 또 같은 위치를 가격한다. 잔심을 쫓아가지 않고 한 차례 심호흡한 뒤 다시 자세를 가다듬고자 했다.

"느아아아아――아아아아아아앗시야아아앗!"

그러나 밀물처럼 은밀하게 스르륵 다가드는 망령은 무자비했기에 짧은 안식조차 허락해주지 않았다.

"빌어, 먹을 놈아아아아아아아앗!"

키노사키는 특기인 연속 타격을 거듭 날렸다. 수법을 바꿔 기술을 바꿔 거듭거듭.

아주 당연하게 빗나간다. 마치 이 손에 쥔 죽도가 짚단으로 바뀌어버린 것 같다. 그리고―.

"손모오옥――으아아아아으랴앗!"

찌릿찌릿 저리는 손목의 위쪽. 겨울도 아니건마는 악력이 사라져 간다.

그러나 추위가 아닌 분노로 손이 떨렸다.

—이미 알아차렸다. 네놈, **손목만 노려서 때릴** 작정이지!

"이 자식…… 깔보지 마라아앗—!"

× × ×

분명 다음은 자신을 찾아올 테지. 그래, 뻔하다. 겨우 죽도를 챙긴 뒤 도장의 한편에서 허물어진 키노사키를 보고 쿠로세는 눈을 감았다. 그 전에 일순간 녀석을 살펴보러 가는 치히로가 보였다.

지독한 공방이었다. 그냥 기술로 제압만 한 것이 아니다. 벽에 거칠게 밀어버리거나 바닥으로 넘어뜨리는 등 유우는 아예 작정을 하고 처참하게 몰아붙였다. 그럼에도 30분의 자유대련 중 쓴 시간은 딱 10분에 불과하다.

그렇다면 자신에게 할당된 시간 또한 비슷할 테지.

아니나 다를까, 유우가 주먹으로 어깨를 두드렸다. 말은 없었다. 다만 죽도 자루로 맞은편을 가리킬 뿐이다.

효율적이니 불만은 없다. 쓸데없는 말은 생략하는 것이 좋다고 평소에도 늘 생각했었다.

"저 녀석, 가만 놔둬도 되냐."

하지만 입술은 말을 읊었다. 키노사키를 신경 써주는 자신이 조금 의외였다.

"그럴 시간은 없어. 다른 사람을 신경 쓰다니 꽤 여유가 넘치는군."

“안심해라……. 그딴 거 없다. 네놈이 맞은편으로 가라.”

설령 아무리 강하더라도 같은 나이의 녀석에게 얕보이는 처지만큼은 절대 용납하지 못하는 이런 자신이 진짜 자신이라고 생각했다.

혀를 차는 동시에 준거를 하며 일어선다. 검붉은 불꽃이 타오르고 있는 유우의 눈동자를 그저 노려본다.

“느아아아아——샤아아아앗!”

맞받아 외치지는 않는다. 저런 도발에는 절대로 안 넘어간다. 꾹 참으며 밀치락달치락하는 검 끝에 집중했다. 일족일도의 거리로 붙박인 채 탐사기 대신 오른손이 흔들거린다. 유우의 무게가 문득 사라지— 손목이군!

“손모오오옥!”

“하아앗!”

제대로 읽어 낸 끝에 선택한 것은 손목 치기 되돌려 머리치기. 검 끝을 빙글 돌렸지만, 그 무렵에는 질풍으로 화한 유우가 이미 제로 거리에 다가들었다. 무효타로 끝난 쿠로세의 죽도가 면금을 깡 때린다. 곧장 몸 받음으로 이어 나갔지만 허공을 갈랐고, 일부러 제대로 때려 박지 않은 유우의 퇴격 허리 치기가 간격을 차서 날려버린다.

이를 꽉 깨물고 몸을 돌려서 또 머리 치기를 날리지만.

“머리이이시야——라아앗!”

너무나 압도적으로 내리꽂히는 유우의 상격 머리를 맞은 쿠로세는 목소리조차 내지 못했다. 몸을 두 동강이로 가르고 가는 바람을 굳이 쫓지 않으며 생각한다. ……어째서지. 방금 전에는, 뭐가 안 좋았던—.

"타아아——라아앗!"

—어째서 벌써 눈앞에 나타나 있나, 빌어먹을 놈!

심장을 쥐어뜯어 낚아채 가는 듯한 열풍이 눈앞에서 메어 허리 치기로 휘둘러 올라간다. 세차게 휘둘러지는 대리석 기둥처럼 강렬한 공격을 간신히 쳐서 떨어뜨리자 역시나 세 개로 갈라졌다.

"손목머리허리이이이——이샤아앗!"

막아 내고자 발버둥 쳐도 내뻗는 모든 죽도를 피해서 건드리고 간다. 그렇다, 건드렸을 뿐. 전혀 제대로 힘을 싣지 않았다.

"이 자식…… 제기랄—!"

퇴격 허리 치기로 물러나는 유우에게 날린 들어가며 머리 치기. 분명히 먼저 때렸는데도.

"머리이이——이랴아아아아아아앗—!"

그런데도 교차한 검은 또다시 쿠로세를 정수리부터 두 동강 냈다. 아예 잔심을 하지도 않고 쿠로세는 다시 돌아선 유우에게 머릿속 생각을 묻듯 눈살을 찌푸리며 노려본다.

유우의 눈은 숨김없이 도발적으로 머리 위쪽만 보고 있었기에. 확 배알이 뒤틀렸다.

—어디 할 테면 해봐라. **전부 상격 머리로 끝장을 낼 수 있다면 말이지!**

"죽……어라, 망할 놈아아앗—!"

× × ×

귀신이 여기 있다는 생각만 들 뿐이다.

아무 말 없이 무자비하게 인간을 처단하고, 쓰러진 자를 돌아보지도 않는다. 한기마저 느껴지는 저 모습은, 다만 저 모습으로 계속 남아주기를 바라며 고양되는 자신이 있다는 것 또한 사실이었다.

에사카는 왼손에 든 죽도를 세게 쥐었다. 하지만 검을 질질 끌면서 눈앞에 나타난 망령은 뜻밖에도 말을 꺼냈다.

"부장한테는 미리 말하겠습니다."

"무얼 말이지……?"

"카이세이는, 상단 자세를 상대할 때 분명 약점이 있습니다. 렌신 도장은 검 휘두르는 분위기가 대체로 고지식해서 중단을 안 쓰는 경우가 적은 데다가 슈스이에는 애당초 상단을 제대로 쓰는 녀석도 없죠. 무엇보다 제가 이기는 히토미한테 상당히 밀렸습니다."

꿈틀, 에사카의 눈살이 움직였다. 도저히 묻지 않고는 못 배기겠다.

"오해하지 마십쇼. 모든 숫자가 100만인 녀석한테 딱 한 군데 99만짜리 틈이 있을지도 모른다, 그냥 그런 정도입니다. ……하지만 만약 기적이 일어난다면 유일한 가능성이죠."

유우의 눈동자가 파랗게 얼어붙어 간다. 모든 사람이 우러러보게 되는 저 위압감은 경험한 적이 있었다.

"벼락치기를 때려드리죠. 죽을 각오로 덤비십쇼."

고개를 끄덕거리고 갈라진다. 정점에 군림하듯이 유우가 도장 상부로, 가장 안쪽에서 검을 뽑았다.

"씨야——아아아아아아아아아아아앗!"

죽도가 비스듬하게 올라가는 평정안의 너머, 미나카미 유우의 등 뒤로 이누이 카이세이가 보인다. 토할 것 같은 검의 압박감. 그럼에도 불구하고 저 남자를 베어 보이겠노라고 왼쪽 다리를 앞으로 내밀며 불꽃을 치켜들었다.

"오오——으라아아아아아아아아아아아앗!"

땅을 깨부수다시피 굳세게 필살 반경의 원을 넓힌다. 이 선을 넘어오는 대상은 죄다 모조리 두 번의 칼질도 필요 없이 단칼에 절단할 테다. 상궤를 벗어난 단련을 거듭한 끝에 터득한 에사카의 간격.

하지만 전혀 위축되지 않고 바닥이 도려져 나가는 듯 신속한 직선 궤도로 유우의 발놀림이 시작되었다. 공간을 직각으로 어지럽게 날아다니는 저 움직임은 몹시도 다채롭다. 간격의 지배는 곧 깨져 나갔다. 뛰지 않아도 상대가 손목을 포착할 수 있는 위치, 그곳에서 멈춘 유우에게 두 손으로 있는 힘껏 머리 치기를 내리 휘둘렀다.

"우읏!"

뚝, 둔탁한 소리를 내며 두 자루의 죽도가 십자가로 교차. 평정안의 자세에서 전진 방어— 다만 예상한 대응이다! 코등이싸움 이후에 퇴격 허리 치기를.

"머리——이시야아아아아아아아아아야아아아, 라아아앗!!"

언제 얻어맞았는지 도무지 알 수가 없었다. 세계가 푹 가라앉고 호흡은 멈추고 뒤늦게 굉음이 귓불을 때린다. 귀신과 같은 기량으로 유우가 재현한 기술— 그것은 정녕 이누이 카이세이의 퇴격 머리 치기와 완벽하게 같았다.

냅다 무릎을 꿇리는 강한 일검으로 마음까지 절단해서 상대가 누구이든 대적할 기백마저 없애버린다.

그러나 저 기술에 당하고도 에사카는 끝내 무릎을 굽히지 않았다.

"우오——오오쌰아아앗!"

한층 더 격렬하게 불타오르며 다시금 치켜든 상단 자세는 힘이 넘친다. 흉악한 속도로 후방에 물러나는 유우의 잔심을 좇아 왼쪽 다리를 내세우는 스쳐 걷기는 분명 목표를 따라잡았다. 끊임없는 단련은 어떠한 상황에서도 거짓말을 하지 않는다.

그럼에도 범접할 수 없는 존재가 바로 최강이었다.

"찌……이이이이이——야아아아아아아아아앗!"

창문 바깥의 구름이 빛나며 최속의 일검이 가차 없이 목구멍에 꽂혀 들어왔다. 바짝 뒤따라가던 몸은 반대 방향의 힘을 받아서 크게 휘어지며 후방으로 마치 화살처럼 쌩 날아갔다.

콰앙! 등에 치솟는 충격으로 의식이 살짝 흐릿해진다. 도장 벽면에 세차게 부닥쳤다. 주르륵 미끄러지며 힘을 잃고서 엉덩방아를 찧는다. 숨이 쉬어지지 않았다. 목의 위화감은 구토를 요구하고 있었다.

"크……. 쿨럭, 꺽."

육체의 반사 작용으로 시야가 눈물에 젖는다. 하지만 엎드리지 않고 의지로 목을 치켜들었다.

"일어서."

눈이 포착한 것은 야차의 얼굴. 저곳에 검귀가 서 있었다.

"일어서라!"

여전히 죽도를 쥔 양쪽 호완으로 쓰러져 있는 자신의 도복 가슴을 부여잡는다. 호면과 호면이 딱 부딪치고, 이빨을 드러내는 얼굴 형상은 마치 인간이 아닌 듯 보였다.

"이 정도로…… 이런 정도로 카이세이를 이기겠다고 지껄이지 마라! 죽여버린다!"

그러나 울부짖는 듯한 저 말에서 에사카는 분명 가면을 뒤집어쓴 인물을 목격했다.

"너다……. 그 녀석과 붙을 사람은 내가 아니라, 바로 너다!"

멱살을 틀어잡은 유우의 왼손은 굳세고 굳세기에 검을 놓지 않는다. 그 손이 떨리고 있었다.

"비켜, 물러나! 바꿔라! 너를 죽이고 내가 나가면 그만이다!"

모든 의지를, 저력을, 집념을, 끝내 짓밟게 되더라도 맞은편에 끝까지 서서 몰아쳐야 한다는 것.

지금 막 이해했기에 끝내 일어나서 주먹을 뿌리쳤다.

"아직이다……."

찢어진 입 안에서 쇠 맛이 난다. 그렇지만 아직껏 한참 물렁하다며 쓴 물을 되삼켰다.

"아직이다! 와랏!"

호응하듯이 뇌명이 울려 퍼진다.

"씨아——아아아아아아아아아아아앗!"

"우오——으라아아아아아아아아아앗!"

빛나며 부서지는 먹구름보다 격하게, 맹렬하게 두 마리 짐승이 부르짖었다.

× × ×

빗소리만이 조용히 마음을 때렸다.

전등을 끄고 텅 빈 도장에서 유우는 정좌한 채 호구 주머니에 호구를 채워 넣는다. 마음에 아무것도 없으면 손 움직이는 속도도 빠르다. 마지막으로 죽도만 남았기에 왼쪽 옆에 놓아 둔 검에서 코등이와 코등이 받침을 떼어 냈다. 그러던 도중 도장의 입구 부근을 돌아본다.

아무도, 없었다.

눈을 꾹 감았다가 몇 초 뒤 알몸뚱이가 된 죽도를 죽도 주머니에 집어넣는다. 어째서인지 피에 젖어서 더러워진 것 같았다.

뒷정리가 전부 끝났다. 이제 교복으로 갈아입기만 하면 끝이다.

그런데도 일어설 수 없었다. 멍하니 허공을 응시한다.

"미나카미."

움찔, 유우는 차분한 목소리에 놀라서 몸을 떨었다. 저 남자만큼은 절대로 자신에게 말을 건네지 않으리라 생각했었다.

"부장……."

교복으로 갈아입은 다부진 남자가 도장에서 꾸벅 머리 숙인 뒤 눈앞으로 다가온다. 저 걸음에는 푹 가라앉는 듯한 무게가 있었다. 틀림없이 다른 사람을 책임지는 위치에 서 있기 때문일 테지.

게다가 저 사람은 이런 방식을 싫어한다. 사람의 존엄을 짓밟는 방식으로 지도를 하는 무라세에게도 입을 더럽히며 『죽어라』라고 말할 정도다. 그런데도 녀석과 똑같은 방식을 자신이 선택했다.

마땅히 베어버려야 한다.

다른 사람을 짓밟은 귀축에게 자비를 구할 자격은 없다.

결코 용서를 구걸하며 울지 않겠노라고 입술을 꽉 다문다. 그리고 정좌한 채 뺨을 때리기 쉽게 눈을 꾹 감고 턱을 들었다.

바람이 느껴졌다. 내리 휘두르는 것처럼.

"오늘은, 고마웠다. ……부탁이다, 더 가르쳐다오. 나에게 무엇이 더 부족하지?"

그런데도 눈을 떴을 때 목전에 기다리고 있었던 것은 펼쳐진 손바닥이 아니라 놀랍게도 에사카의 구부러진 몸이었다.

"진짜, 황당하게 바보네요……. 부장한테는, 자존심이라는 감정이, 없는 겁니까?"

입술을 꽉 깨물고 버틴다. 그렇게 하지 않으면 눈물이 쏟아져버릴 것 같았다. 그런데 이런 자신의 마음도 모르고 에사카는 온화하게 웃었다.

"있지. 있어서 이렇게 물어볼 수 있다."

"말뜻을, 모르겠는데요……."

"이미 한 차례 거하게 나자빠졌다. 그렇다면 또 아무리 진흙투성이가 되든 똑같지."

커다란 왼쪽 어깨를 오른손으로 붙잡고 에사카는 빙글빙글 돌렸다. 강철과 같은 굳건함이 느껴졌다.

"게다가 머리를 숙이는 것도 꼭 나쁘지만은 않아."

"어디가요……?"

"네가 졌을 때 가르쳐주마. 그때가 오기를 기대해라."

분명 죽어도 고쳐지지 않는 불치병에 걸린 것이다, 이 사람은. 유우는 혀를 내둘렀다.

"안심하십쇼……. 영원히 안 올 테니까요, 그때는."

"말은 잘하는군."

그러니까 기뻐서 마냥 웃었다.

더 이상 이 병을 혼자서 끌어안고 앓지 않아도 된다고 정말 용서받은 기분이 들어서.

"가르쳐드리죠. ……카이세이와 싸울 때 생각해야 하는 게

뭔지."

얼마나 전해질지는 알지 못한다. 다만 유우는 절절하게 시간을 들여 설명했다.

아직 발버둥질할 과제는 남아 있었다. 그중에서 작은 한 조각이라도 전해지기를 바라며, 전심전력으로—.

"카이세이와 붙을 때는 때리지 않는다, 다가붙지 않는다, 접근시키지 않는다, 이게 중요합니다—."

글쎄, 시간은 충분하려나.

이러고 있는 동안에도 숙적들은 비인간적으로 치열한 훈련 속에서 실력을 쌓아 나갈 것이 분명하다.

창문을 때리는 낙숫물이 지금 등에서 흘러내리는 땀 같았기에 번지수가 틀린 원망임은 잘 아는데도 지금만큼은 지나치게 강한 친구 녀석이 못 견디게 얄미웠다.

× × ×

온도가 없는 눈으로 카이세이는 눈앞의 광경을 내려다보고 있었다.

호면 날개를 붙잡힌 하시쿠라가 쓰레기처럼 도장 벽면에 나가떨어진다. 벼락보다도 더 강한 사람이 신음을 했다.

"끄…… 큭."

"느아아아——아씨야아아앗!"

저 남자에게 과연 교사라는 직함을 달 자격이 있는가. 호구를 몸에 두른 고문 교사 무라세 켄지로는 벽에 붙어서 꼼짝 않는 하시쿠라에게 가차 없이 검격을 때려 박는다. 저항도 못한 채 모든 공격을 얻어맞으며 하시쿠라의 몸은 맥없이 흔들거렸다.

비틀비틀, 하시쿠라가 일어선다. 이미 신체에 의식이 없는지라 몸이 줄 달린 인형처럼 자동적으로 자세를 잡아 일으켰을 테지.

"키아——샤아아앗, 아아앗!"

검도 겨누지 않은 채 가만히 꼿꼿하게 서 있는 무라세에게 하시쿠라가 뛰어들어 머리를 때린다. 그 공격을 무정하게 피하며 무라세는 또 소매를 붙잡아다가 반대편으로 하시쿠라를 집어 던졌다. 카이세이의 바로 곁에서 또 파열음이 울려 퍼진다.

기둥에 못 박힌 듯 움직이지 않는 선배를 끝내 감싸주지는 않는다. 곧 이어질 광경은 이미 알고 있었다.

"뭐 하나, 벌써 뻗었냐, 쓰레기 자식!"

움직이지 못하는 하시쿠라의 목을 세 번 연속으로 찌른다. 벽이 흔들렸다. 탁한 신음은 빗소리에도 지워지지 않는다. 마침내 털썩 엎어져서 쓰러진 하시쿠라를 무라세가 걷어찼다. 골프 스윙을 하듯 죽도를 크게 휘둘러서 하시쿠라가 붙든 죽도의 끝을 후려친다. 슈스이 부원이라면 누구나 당하는 죽도 쳐내기 세례였다.

손을 놓아버리면 끝장, 비참하게 개처럼 죽도를 쫓아갈 수밖에 없다. 아울러 다시 붙잡을 무렵에는 구타당하며 「그 쓰레기는 갖다 버려라」라는 목소리와 함께 의식을 잃는다. 고정된 최후.

다만 하시쿠라는 후려치기를 당하고도 끝내 자신의 왼쪽 주먹에서 검을 놓아버리지 않았다.

"음……."

왼쪽 손 하나로 검을 지팡이 삼아 망령처럼 일어선다.

"꺼, 으…… 크읏, 흐느아아앗—!"

기력을 쥐어짜서 휘두르는 정갈한 일검이 무라세의 머리를 지나쳐 간다. 시체처럼 힘없이 하시쿠라가 몸을 돌리며 잔심을 하는 광경까지 지켜본 뒤에 무라세는 혀를 한 차례 찼다. 준거를 하며 죽도를 거두는 의례조차 무시한 채 도장 안쪽에 마련해 놓은 큼지막한 북으로 가서 두툼한 채로 세차게 때렸다.

"쳇. 마음에 안 들어. 이 자식들이 내일 휴일이라고 못 봐주게 늘어졌군. ……이누이."

"네!"

"이 쓰레기를 데리고 상호 공격 삼십 판, 당장 실시해라."

상호 공격. 그것은 검도에서 가장 거칠고 격한 훈련이다. 큰북을 치기 시작한 이후부터 다음 큰북 소리까지 한 번도 멈추지 않고 상호 간에 연타를 반복한다. 방어는 하면 안 된다. 기합도 끊어지면 안 된다. 안식을 허락해주는 큰북 소리도 북채를 쥔 사람의 마음에 따라 영원히 멎어버린다.

그것을 잘 알면서도 네, 소리쳤다. 반시체가 된 남자를 향해 검을 겨눴다.

"카이, 세이……."

하시쿠라가 인간으로서 마지막 말을 쏟았다.

"대충, 하면…… 죽는, 다……."

"끝날 때까지 나머지 얼간이들은 후리기, 빠르게 한다! 실시!"

큰북과 함께 뇌명이 울려 퍼진다. 카이세이의 눈이 예리하게 얼어붙는다.

"씨야——아아아아아아아아아아앗!"

이곳에 인간은 없었다.

× × ×

"윽, 어으……. 진짜 무라세는, 언젠가 죽인다……."

연습 후. 단둘이 남은 도장에서 벌러덩 쓰러져 있는 하시쿠라를 카이세이는 팔짱을 끼고 내려다본다.

이미 자신을 걷어찰 기운도 남지 않았을 테지. 가끔은 힘내서 다른 사람에게 분풀이를 해봐야겠다.

"겨우 이 정도로 뻗은 주제에 유우를 이기겠다고요? 이러면 저도 웃음이 나오는데요."

최근에 하시쿠라에게는 불만이 많은 탓이었다. 단체전의 포지션이라든가 단체전의 포지션이라든가 그리고 단체전의 포지션이라든가. 부럽다. 조금은 불만을 늘어놓아야 마음이 가라앉는다.

이 자식아, 선배한테 막말 지껄이지 마라. 그렇게 굴욕으로 부들거리는 하시쿠라를 기대했다.

다만 돌아온 것은 여유작작하게 히죽거리는 웃음이었다.

"이미 매일같이 웃고 다니잖냐, 이놈아. 사람이 확 바뀌어버렸어."

"그렇습니까……? 저는 예전과 똑같은데요."

목표는 단 하나. 분명히 앞으로도 쭉 똑같을 테지.

"지금이 가장 강하다는 자신감이 있습니다. 아무한테도 안 져요."

"그렇군……. 시답잖은 소리를 했다."

벌렁 드러누운 자세로 하시쿠라가 천장에 손을 뻗더니 꽉 부르쥐었다.

"그때, 예전하곤 다르다. ……이번에는 기필코 죽여주마. 검귀."

이토록 즐거워하며 웃는 하시쿠라는 꽤 오래 알고 지내면서 처음으로 봤다.

정말 진심으로 부럽다.

"젠장……. 아까 상호 공격 때 전력으로 때려줘야 했는데."

그렇게 말하자 하시쿠라는 가만히 드러누운 채 머리를 옆으로 흔들었다. 눈을 감고서 웃고 있었다.

"인마~ 제대로 힘 쏟아 냈잖냐. 그래서 내가 이렇게 죽어나자빠졌지."

"그야, 어떻게 대충 하겠어요……. 그렇게는 못 하죠."

괜히 민망해져서 바닥에 있는 하시쿠라의 죽도를 손에 들었다. 휘두르고자 했다.

하지만 어디에 저런 힘이 남아 있었는지 하시쿠라가 다리를 퍽 차면서 일어난다.

"내놔. 건들지 마라. 내 거다, 내 검이다."

윽박지르다시피 왼손으로 세게 죽도를 붙잡아 되가져가며 하시쿠라가 늑대처럼 눈을 부라렸다.

물렸다, 라고 생각했다. 다만 이것은 경솔하게 역린을 건드린 자신의 잘못이다.

"죄송합니다."

고분고분 머리 숙였다.

그러자 하시쿠라는 머리카락을 벅벅 긁더니 난처해하며 눈을 돌렸다.

"쯧, 사과하지 마라. 내가 좀 예민했다. 머리 숙여야 할 놈은 ……오히려 나다."

난처한 상황이다.

그렇게 말한 뒤 하시쿠라가 진짜로 꾸벅 머리를 숙였으니까.

"미안하다. 언제나."

"이, 이러지 마시죠……. 뭡니까, 갑자기. 선배한테도 인정사정없는 귀축이라고요, 저는."

"너 같은 놈이 귀축인 척 행세하지 마라……. 100년은 이르다."

얼굴을 들어서 하시쿠라는 왼손 하나로 손에 든 죽도를 어깨에 걸쳤다.

목소리에 옛 추억을 떠올리는 듯한 자취가 있었다.

하시쿠라는 빈 오른손으로 빨간 앞머리를 붙잡더니 아무도 없는 도장 주위를 이리저리 둘러봤다.

"너는 왜 남아 있었냐? 설마 내가 걱정돼서 일부러 남진 않았을 텐데?"

에이, 걱정돼서 남았죠, 이렇게 대답하는 것은 도저히 불가능하다. 솔직하게 답했다.

"그냥 목검 휘두르다 보니까 어느덧 혼자였어요. 평소랑 똑같은데요?"

"그렇군……. 역시 넌 이런 녀석이야."

뢴트겐 사진에서 불길한 조짐을 발견한 의사처럼 하시쿠라는 입술을 꽉 다물고 떨떠름한 표정을 지었다.

"인마, 너 말이다. 콘노라든가 다른 2학년이랑 얘기는 좀 하냐?"

"예? ……아뇨, 거의 안 하죠. 음, 카게시타하곤 이래저래 얘기할 때가 좀 있네요."

"그 자식은 예외다. 아무한테나 들러붙으니까. ……뭐, 역시 이 꼴인가. 딱히 붙임성 있게 굴라는 말은 아니다만. 아무튼, 제대로 알아는 둬라?"

무엇을 말인가, 묻는 대신에 고개를 갸웃거리자 믿기지 않는 일이 일어났다.

하시쿠라가 자기 죽도의 자루를 쓱 내밀었다. 가져가라, 라고 말하는 듯이.

"나도 타키모토도 머지않아 여기서 사라져버릴 거다. 차기 **캡틴**."

슈스이 대학 부속고에서는 전국 대회 예선에 앞서 차기 주장과 부주장을 임명한다. 교사가 아닌 현역에 있는 두 사람이 직접. 카이세이는 타키모토에게 이미 후임자로 지목받았다.

"넌 지금도 제일 강하잖냐. 잠깐은 한눈 좀 팔아도 아무도 군소리 못 한다고. ……게다가, 1년이 더 남아 있지."

아기의 반사 작용처럼 죽도를 받아서 쥐자 하시쿠라는 등을 돌렸다.

고독한 늑대이기를 선택해서 아무도 곁에 두지 않았던 저 등을.

"넌 말이다, 나처럼 되지는 마라."

잠시만요, 말 대신에 비어 있는 오른손을 하시쿠라에게 뻗는다.

아아, 가버린다. 놓치는 건가. 그때 하시쿠라가 척 유턴을 하며 돌아섰다.

"아, 맞다. 몸이 막 나른해서 내일 불안하니까 전화로 깨워 줘라?"

"혼자 알아서 일어나십쇼……! 진짜 못 미덥네!"

내일은 드물게도 연습을 쉬는 날이었다. 그리고 더욱 드물게도 일찍 일어나서 다 같이 놀러 가기로 했다.

"설마 하시쿠라 선배가 테마파크에 간다니……. 갑자기 눈 내리면 어쩌죠?"

"시끄럽다. ……뭐, 미움받는 녀석도 가끔은 할 일을 해줘야지."

"예? 일이요?"

"단체 미팅 분위기 담당."

"뭐, 뭐라고요……? 잠깐만! 단체 미팅이라니?! 난 못 들었는데요!"

"그야 말을 안 했으니까. 간다, 수고해라."

"수, 수고는 뭔 수고요?! 으으, 싫다! 아, 상대 학교는 어딘데요?!"

"거 되게 시끄럽네. 아무튼 넌 여자한테 관심 좀 가져라. 소름 끼친다고."

"아니, 지금 관심을 보이고 있잖아요?! 왜 상대를 안 가르……. 앗, 도망치지 마!"

혀를 내밀어 비웃더니 도주하는 하시쿠라를 쫓아가며 죽도를 번쩍 치켜들었다. 그런 이유로.

"가기 싫다……."

카이세이에게 다시 또 구름이 드리워진다.

BEYOND THE SWORD

**"다, 다른 여자랑……!
저렇게, 즐거워하다닛!"**

토오 학원 2학년

이누이 후부키

사립 아가씨 학교, 토오 학원에 다니는 검도 일편단심 미소녀.
고등학교 검도계 최강의 남자, 이누이 카이세이를 오빠로 두었고 지닌 실력은「검희」라고 불린다.
유우의 앞에서는 사랑에 빠진 소녀이지만, 연애 초보자라서 결정타를 못 날리고 자멸할 때가 많다.

여담: 꽃 모양의 머리 장식은 옛날에 카이세이에게 받은 물건.「다른 게 없어서 쓰고 있을 뿐」이라고 본인은 주장.

BEYOND THE SWORD

제5합 눈 녹는 마법

"가기 싫다……."

일요일의 이른 아침. 유우는 투덜거리면서도 준비를 하고 테마파크행 전철에 탑승했다. 일요일인데도 사람이 많다. 아니지, 일요일이라서 사람이 많은 건가. 유우는 높은 습도 및 밀집된 승객들로 후끈거리는 차량 안에서 잠을 청하지도 휴대 전화를 만지작거리지도 못하고 창밖을 본다.

어제 억수 같았던 비는 멎었지만, 바깥의 하늘은 흐림. 그리고 창문 유리에 비치는 얼굴까지 흐려졌다.

만나고 싶지 않았다. 키노사키와 쿠로세를. 어제 막 야멸차게 몰아붙이지 않았던가.

하지만 다 같이 놀러 가기로 한 오늘 하루를 포함해서 스스로 뿌린 씨앗이었다.

단체전까지 이제 일주일도 남지 않았다. 지금 도망칠 수는 없었다.

창밖에 바다가 쭉 펼쳐진다. 간척지 위로 천천히 떠오르는 목적지가 눈에 들어왔다.

"오오, 설산이다. 얼음 성도 있어……!"

저절로 목소리가 나왔다.

시골에서 살던 시절에는 소문만 들었던 터라 이렇게 막상

실물을 보니까 조금 흥분하게 된다.

통칭 SDK, 스노드롭 킹덤. 마스코트 캐릭터인 눈토끼 공주님 윳키가 다스리는 영원한 겨울의 왕국이다. 들은 이야기.

또한 겨울의 왕국에 보물을 훔치러 온 멋쟁이 괴도 북방 여우 루콘, 범인을 쫓아온 능청맞은 북극곰 탐정 시롯쿠. 이렇게 세 마리 캐릭터가 만들어 내는 우당탕퉁탕 소동을 각종 어트랙션으로 구현한 테마파크, 그것이 SDK의 세계관이다. 들은 이야기.

유우는 열심히 어젯밤 예습 내용을 되새겼다. 꿀꺽 침을 삼켰다.

"조, 좋아……. 이제는 갈 수밖에 없어."

전철이 역에 도착한 뒤 사람들의 탁류에 몸을 실어서 약속 장소로 걸어간다. 그러자 개표구를 나온 곳에서 사복 차림의 마토이가 혼자 서 있었다. 지루하다는 듯이 머리카락을 손가락으로 빙빙 돌리며 휴대 전화를 만지작거리고 있다.

가까이 달려가는 도중 마토이가 자신을 발견하더니 여우 같은 얼굴에 빙긋이 기분 좋게 웃음을 띠고.

"안녕하세요, 마토이 선—."

"짜샤아!"

예리한 중단 발차기를 옆구리에 꽂아 넣었다. 그림같이 미려하게 마무리 짓는 잔심과 통증에 호흡이 멈춘다.

"어, 어째서……. 마토이 선배는, 곧장 주먹부터 나가는 거야……."

“나간 건 주먹이 아니라 다리잖니. 한 방으로 용서해줄 테니 반성하렴.”

“바, 반성……? 무슨 소리예요……?”

“뭐어? 한 시간이나 지각한 주제에 무슨 소리냐고? 너 배짱 꽤 좋다?”

눈이 동그래진다.

개장 시간에 딱 맞춰 오라고 어젯밤 2학년 여자 둘에게 확인 연락도 분명 받았다. 변명하고 싶어도 킥이 보디를 뒤흔들어 놓은지라 말이 안 나왔다.

“뭐, 됐어. 미리 말은 들었고. 눈총은 좀 맞겠지만 다른 애들이랑 얼른 합류하자.”

“사람들 눈 신경 쓰려면 냅다 걷어차지나 말지…….”

든든한 여왕님의 등을 따라서 입장 게이트 구역의 인파를 밀어 헤치며 나아간다. 5분 전인데 벌써 이렇게 줄을 늘어섰다는 것이 유우는 무척 놀라웠는데 더욱 놀랍게도 검도부원들은 저런 사람들을 제치고 거의 맨 앞에 진 치고 있었다.

부원들 사이에서 커다란 몸을 꼿꼿하게 세운 채 문고판 책을 한 손에 들어서 읽던 에사카가 맨 처음 자신을 발견해줬다. 입술에 씩 웃음을 띠며 책을 탁 덮는다.

“왔구나, 연예인. 마치 자신이 주연이라고 주장하는 것 같군.”

에사카의 말에 반응하여 야시로와 시오리, 건방진 1학년 콤비도 유우에게 이를 드러낸다. 특히 시오리가 눈을 번뜩거렸다.

“와, 진짜 믿기지가 않슴다! 늦잠?! 대체 뭐임까.”

"어제 밤새서 지각이나 하는 거예요. 세상에, 유우 선배는 한 번 죽어야 해요."

"아, 아냐! 이건 칫히랑 하 짱이!"

"우리가 뭐?"

원흉의 목소리가 들려 쳐다봤더니 블라우스에 치마 차림의 하즈키와 대조적으로 활동성 좋은 바지를 입어 코디한 치히로가 당당하게 서 있었다. 두 사람 다 부자연스러울 만큼 눈부시게 웃는 얼굴이다.

치히로는 테마파크의 굿즈인 북극곰 귀 달린 탐정 모자를 쓰고 있었고, 하즈키는 토끼 귀를 머리에 달고 있었다.

"칫히, 어젯밤에 시간 틀리게—."

"으응~? 뭐이~?"

허리에 가져다 댄 양손으로 치히로가 북극곰 귀를 납작 눕히며 활짝 웃었다.

"난 지금 귀가 안 들린데이~."

"뭐어?! 웬 생뚱맞은 소리야!"

두 사람에게 불만을 늘어놓아도 이번에는 평소와 같이 2학년 남자들이 말을 더 보태지는 않았다. 키노사키는 말없이 휴대 전화를 만지고 있고, 쿠로세는 이어폰을 귀에 꽂은 채 음악을 듣고 있다.

이미 각오는 했었으나 막상 이렇게 자신이 저지른 행동의 결과와 직면하게 되자 가슴이 미어지게 아팠다. 이윽고 토끼 귀를 머리에 단 마도카가 차분한 목소리로 말했다.

"전원 주목."

"유키무라 선배……?"

"티켓은 다들 챙겼습니까. 연간 패스 소지자도 잊은 물건은 없겠죠. 집에 놓고 온 녀석은 눈사람 속에 묻어버리겠습니다. 이제부터 최종 확인에 들어갈게요. 팀 편성은 아까 얘기했던 대로 네 팀. LINE에 내용을 적어 놨으니 지각이나 한 멍텅구리는 얼른 확인하렴. 전달 끝."

수많은 전장을 헤치고 나온 사령관처럼 위엄 넘치는 마도카에게 아무도 말대답을 하지 않는다. 다만 전혀 말뜻을 이해할 수 없었던 유우는 미련하게도 참호 밖으로 머리를 내민 신병처럼 손을 들었다.

"티, 팀을 나눈다는 게 무슨 말이죠? 다 같이 함께 다니는 게……."

"멍청이. 뭉쳐 다녀서 어쩌려고. 각각 흩어져서 한 장이라도 더 많이 인기 어트랙션 스피드 패스를 확보해야지. 두 시간 제한이니까 퍼즐처럼 짜 맞추는 거야. 타협을 하지 마. 미나카미 군, 여기가 어디인지 알아? 왕국이지? 처형당하고 싶어?"

바짝바짝 가까이 다가붙은 마도카의 눈에서 검은 불꽃이 타오르고 있다. 무심코 몸을 빼냈다.

"자, 잘은 모르겠는데요, 이왕에 다 같이 왔으니까 느긋하게 즐기면—."

콱, 멱살을 틀어잡힌다. 마도카의 무기질적으로 웃는 얼굴이 눈앞에 있었다.

“노는 데가 아니야, SDK는. ……정말 모르겠어?”
떨려서 목소리가 안 나오는 유우는 거듭 위아래로 고개를 흔들었다.
“앗, 열렸네. 점심 식사는 다 같이 시롯쿠의 얼음집 돔에서, 밤에는 스크린샷으로 보낸 명당자리에서 퍼레이드를 봅니다! 절대 잊지 말도록! 그러면— 해산! 다들 움직여!”
전원 마도카에게 경례를 한다. 결전을 앞둔 마지막 휴식이 시작됐다.

× × ×

“엄청 빠른 녀석으로 받아 왔데이! 운 좋구로~!”
“응. 이런 기회는 되게 드물어. 빨리 타는 게 좋아.”
눈사람을 본뜬 캐릭터 발권기의 주둥이에서 나온 스피드 패스라는 티켓을 손에 들고 무척이나 기뻐하는 특공 소녀 A팀의 치히로와 하즈키. 두 소녀와 같은 팀이 된 것은 유우였다.
먼저 이동한 곳은 북서쪽의 펭귄 빌리지라고 불리는 구역이었다. 얼음산과 호수를 지나 흐르는 물결에서 편안하게 늘어져 있는 펭귄 군이 마음을 치유해준다.
머리 위에는 레일이 있고, 썰매를 본뜬 기차가 느긋하게 달려 나간다. 저기에 타고 싶었다.
“꺄아앗—!”
이렇게 눈사태같이 획획 떨어지는 기구가 아니라. 유우는 진짜 눈사태를 마주한 사람처럼 축축이 땀을 흘리며 지금 막 손에 쥔 스피드 패스를 등 뒤로 감췄다.

"이, 있잖아. 이건 타고 싶다는 다른 사람한테 넘겨주고 부원들이랑 합류하지 않을래……?"

"에엥, 왜? 난 꼭 타고 싶데이."

"후지노도."

"나는, 별로, 마음이 내키질 않네!"

튀어 오르는 물보라보다도 싸늘한 시선이 둘 유우에게 박힌다. 하필 인형 귀까지 달아 놓아서 짐승 같았다.

매정한 하즈키가 고개를 밀리미터 단위로 기울이며 결국 진실을 입에 담았다.

"미나카미, 급류 무서워?"

"사실은, 제트 코스터가 좀……. 몸이 붕 뜨는 감각이 도저히……."

"야는 여기 뭐 하러 왔노……. 그럼 스노드롭에서 즐길 놀이기구가 거의 없다 안 카나?"

"나, 나는 괜찮잖아, 넘어가! 애당초 오늘은 부장이랑 마토이 선배를 빨리 이어주자는 게 목적이니까!"

변명하며 필사적으로 빠져나가고자 애써도 치히로는 말이 없었다. 노란색 머리핀이 흐린 하늘 아래에서도 묵직이 빛나고 있다. 최근에 별로 얼굴을 보고 이야기한 적이 없었던 터라 깨닫지 못했는데 단발머리가 조금 길어진 것 같기도 하다.

"같이 놀기 싫어가꼬 이러는 기가? 나랑."

"어? 아니야, 그냥."

"어젠 시오링이랑 찰싹 붙어가지꼬 우산 쓰지 않았나. 나랑 하 쨩이랑은 놀이 기구 하나도 타기 싫어가꼬 이러는 기가?"

또 땀이 쏟아진다. 어제 우산을 도둑맞았을 때 잠깐 신세를 졌다. 그런데 어째서 알고 있지?

묻고 싶은데 웃음 띤 치히로의 얼굴에는 딴소리를 용납하지 않는 압박감이 있어서 무리였다.

유우는 소리가 되지 않는 소리를 흘린 뒤 밋밋한 가슴 앞쪽으로 팔짱을 끼고 있는 치히로에게 머리 숙였다.

"탈게요……."

"옳지, 도망치믄 안 되는 기라. 칭찬해주께! 가자~!"

껑충걸음으로 줄 서러 가는 치히로의 뒷모습을 하즈키와 함께 좇는다. 유우는 옆에서 걷는 하즈키의 자그마한 어깨를 집게손가락으로 톡톡거리고 살금살금 귓속말했다.

"저기, 있잖아. 하 쨩."

"왜?"

"칫히, 뭔가 화났나……? 나한테……?"

하즈키의 눈이 씰룩, 둥글어진다. 그다음은 손으로 입가를 가린 채 살짝궁 웃었다.

"정답. 치히로 자격증, 4급."

"그런 건 이력서에 못 쓰잖아……. 어, 어째서지? 난 아무런 짓도 안 했는데?!"

"왜 화났는지 직접 물어보지는 않고?"

"못 물어봐! 보나 마나 『화 안 났어』라면서 기분만 더 나빠질 텐데!"

이런 패턴은 본가의 도장에서 같이 지냈던 누님들에게서 경험한 바가 있었다. 유우가 머리를 부여잡고 있으려니까 하즈키는 또 쿡쿡 웃더니 토끼 귀를 이쪽 머리에 얹어 놓았다.

"저 아이, 꽤 복잡해."

비밀 힌트, 라고 말하면서 하즈키는 집게손가락을 입술 앞쪽에 가져다 댔다.

"요즘 치히로랑 점심밥, 먹었어?"

"아니, 점심 연습 때문에 시간이 안 나서……."

"우산도. 어째서 치히로가 일고 있을까? 난처할 때 자기가 보고 있었으니까."

아, 얼빠진 목소리가 나왔다. 답은 자신이 이미 말했구나.

"치히로, 외로운 거야. ……아무것도 안 해서 화났어."

× × ×

엉뚱한 화풀이라는 것은 잘 안다. 딱히 특별한 의미로 질투를 하는 게 아니라는 것도.

그런데도 자꾸 마음이 토라지니까 어쩔 수 없었다. 치히로는 하즈키과 사이에 유우를 끼고 펭귄 모양의 탈것에 올라탔다. 다만 평소와 같이 즐기는 기분으로 타지는 못하겠다.

내내 얼굴을 픽 돌리고 있었다.

"아아아앗?! 지금 살짝 붕 떴어, 붕 떠올랐어! 왜 쓸데없이 불쑥 내려앉는 거야, 진짜 좀 살려줘! 주, 죽이려면 마지막에만 하면 되잖아!"

그러나 어두운 얼음 동굴 안쪽을 오르락내리락할 때마다 옆자리의 유우가 시끄럽다. 뭐랄까, 너무 허접이다. 진짜 어제 도장에 불쑥 나타났던 귀신과 동일 인물이 맞을까.

아예 작정을 하고 하즈키처럼 침묵을 지키고자 했는데 문득 실소가 나와버렸다.

"에이, 요거 드럽게 시끄럽구로. 유우 군, 여자애였드나?"

"차별 발언이다! 남자애도 무서운 건 무섭다고! ……있잖아, 칫히."

안전 바를 붙들고 덜덜 떨면서 유우는 고개만 기울여 이쪽을 본다. 그리고 주저 없이 힘껏 머리 숙였다.

"미안!"

"뭘 사과하는 기가……?"

"요, 요즘 좀 이래저래 일이 있어서, 칫히랑 같이 못 놀아주고……. 저기, 검도는 단체전만 끝나면 또 열심히 가르쳐줄게. 점심밥도 또 같이 먹자!"

갑자기 눈치 빠르게 구는 유우를 보며 치히로는 눈에 꾹 힘줬다. 이어서 한 칸 더 옆쪽에 앉은 친구를 째려봐주자 오른쪽 위를 쳐다보며 입술을 쓱 끌어 올린다.

"니 커닝했제?"

"응……."

겸연쩍어하는 얼굴. 숨기려 하진 않는다는 게 솔직해서 좋지만, 조금 전제를 놓친 대답이었다.

치히로는 두 손을 안전 바에서 떼어 내고 유우의 뺨을 있는 힘껏 꽉 잡아당겼다.

"땡이다~! 그래서 화난 거 아니다카이~!"

어차피 커닝한 답이 전부 맞다는 법은 없기도 하고. 에잇, 이 바보.

"뭐라 캐쌌노, 못 놀아줘서 미안타? 내가 니 여친이가? 엉?"

"아퍄, 아얏, 아흐다이까?!"

"뭐, 재미가 좀 없긴 했다쿠네! 근데 진짜 화난 건 어제 일 때문이다!"

유우의 저항이 사라진다. 얼굴에서 손을 떼주자 앞에서 불어닥치는 바람에 유우의 앞머리만이 흔들거렸다.

"나도 안다 아이가? 가끔 치고받아야 할 때가 있다는 거이. ……근데 말이다."

조금 신기하게도 눈물이 나오려고 해서 꾹 참으며 두 손으로 안전 바를 부여잡는다.

"먼저 나한테 한 마디 해줘도 갠찮지 않나?"

딱히 같이 치고받기를 하자는 말까지 듣고 싶은 것은 아니다. 다만 너랑은 상관없다고 통보를 받은 것 같아서, 선을 긋는 것 같아서 그런 태도가 못 견디게 섭섭했을 뿐이다.

"귀 따갑게 잘만 떠드는 아가. ……이제 까묵지 말그래이."

"미안……."

문득 깨달았다. 안전바를 붙들고 떠는 것은 자신의 손뿐. 얼굴도 손도 지금 유우는 잔잔했다.

“몰입하면, 주변을 잘 못 봐서 이렇게 되네. 그치만 다음에는 열심히 의지해볼게.”

“다음……?”

“응. 다음. ……나중에도 이런 경우가 틀림없이 있을 테니까. 조심해 봤자 피하지는 못할걸. 이미 못 고치는 병 같거든.”

아마 시합을 하며 생겼을 눈 아래의 상처를 긁적이며 유우는 웃었다.

“또 폐를 끼칠 것 같은데 그때는 의지해도 될까?”

위로를 바라는 것도 지켜주는 것도 아니라 의지하겠다는 말. 이 대답이 치히로는 무척이나 기뻤다.

“에이, 어쩔 수 없구로…….”

그러니까 용서해준다. 삐쳐서 툴툴대는 건 이제 끝이다. 원래 푹 자면 잊어버리는 성격이기도 하고.

차량이 또 털썩 내려간다. 이번에는 셋이서 같이 소리를 질렀다. 어트랙션의 끝이 가깝다.

“화해, 안 도와줘도 갠찮나? 아무 말 없을 때 떠들어줄 수 있데이. ……사람 바까가지꼬 어렵게 안 떠들어도 되게 거들어줘도 개않은데?”

쓸데없는 짓을 했을까. 집합 시간.

다만 자신이 유우라면 도착해서 한 시간을 묵묵히 같이 버티는 것만큼은 너무 괴로우리라 생각을 했다. 흠칫흠칫, 둥글게 구부렸던 몸을 뻗어서 유우를 본다.

"고마워. 여러모로. ……근데 괜찮아. 조용히 혼자서 기다려볼게."

등을 쭉 펴고 앞쪽을 내다보는 모습이 남자답다는 생각이 든다.

"그 녀석들은 얼마 전 때리러 와줬으니까. 이번에는 내 차례지."

이 사람과 함께 달려가고 싶다는 마음을 진심으로 갖게 해주는 굳세게 웃는 얼굴로 머리 위쪽에 나타난 빛을 노려봤다.

"분명 괜찮을 거야. 그 녀석들이 이런 정도로 부러질 리 없어."

"하긴 그렇데이……."

치사하다. 끼어들 수 없다. 남자로 태어나는 것도 제법 재밌지 않았을까, 치히로는 쓴웃음을 지었다.

덜컹, 바퀴를 끼워 달리며 차량이 마지막 상승에 들어갔다. 빛이 점점 가까워진다.

"아아아아아아, 싫어! 이러지 마! 떨어지지 마! 그냥 후진해서 돌아가면 안 되나?! 나는 올라가는 건 엄청 좋지만, 내려가는 건 엄청 싫다고! 끄아앗—!"

모처럼 조금 남자답다는 생각을 하던 참인데 진짜 이 녀석은.

치히로가 웃다가 옆을 보니 하즈키도 비슷한 표정을 짓고 있었다. 앙큼한 짓 꾸미는 여자아이의 얼굴.

아이 콘택트로 뜻이 통한다.

해버릴까. 어차피 아무도 안 보는 곳인걸.

"유우 군~."

"미나카미."

"뭐, 뭐야, 또 뭔데?! 지금은 딴 데 신경을 쓸 틈이—."

양쪽 옆에서 유우의 팔을 꽉 껴안았다.

"으핫?! 어, 뭐야?!"

"동영상, 상 줄게."

"봐라, 유우 군~! 귀엽다고 말해줘서 기뻤데이! 억수로!"

분명 남자는 부럽다. 부럽지만, 하지만 역시 지금 이대로가 좋았다.

치사한 여자아이는 어느 쪽에든 갈 수 있으니까.

"전부 다 끝나믄 또 우리랑 같이 놀아도—!"

"놀게 놀게 놀게 놀 테니까 놔줘 집에 갈래 죽고 싶지 않—."

덜커덩. 빛.

"으와아아아아아아아아아아앗—?!"

""꺄아아아아아아아아아아아앗—♪""

× × ×

전원 집합, 체크 포인트에서 점심. 북적이는 사람들 때문에 집합 장소, 시롯쿠의 얼음집 돔. 즉 실내 식사 공간으로 쓰는 이곳도 무척 혼잡한 상황이었다. 얼음집인 만큼 에어컨을 가동하고 있기에 6월의 손님은 다들 이곳에 오려고 한다.

그러나 어느 한 지점. 에어컨이 망가졌나 싶도록 거센 작열이 소용돌이치며 누구의 접근도 허락하지 않는 테이블이 한

곳 있었다. 나찰이 둘, 그곳에서 서로를 노려본다.
눈의 결정처럼 모양을 낸 테이블을 거의 때려 부수다시피 후카세 시오리가 두 손으로 쾅 내리쳤다.
"왜 네 녀석이 여기에 있지, 이누이잇……!"
"시끄러워. 너야말로 왜 여기에 있어, 후카세엣……"!
지지 않고 이누이 후부키도 테이블을 친다. 시합이 막 시작되려 하고 있었다.
"오늘 선배는 나랑 놀러 온 거야! 방해하지 마!"
"거짓말하지 마! 유우 군, 학교에서 오는 거라고 말했거든!"
"그, 그건……! 아니, 백만 보 양보해서 데이트는 아니라고 쳐도 빨리 토오 쪽 사람들한테 돌아가! 학교에서 온 거잖아?!"
"싫어……. 싫어엇……! 절대 안 돌아가!"
"뭐어?! 애야? 왜 떼를 써! 이유가 뭔데!"
"싫어! 말 안 해!"
후부키는 입술을 꽉 깨물고 끝내 침묵을 고수했다. 도저히 말할 수 없었다.
진짜 싫었는데도 단체 미팅의 얼굴 담당으로 끌려 왔다는 것. 게다가 상대 학교는 슈스이. 다시 말하자면?
맞다. 이대로 돌아가면 오빠와 단체 미팅을—.
"시…… 시…… 싫어—! 죽여서라도 내가 빼앗을 테니까 내놔!"
"이게……! 진짜 화났어! 오늘은 절대 안 봐줄 거야!"
부르짖는 후부키에게 시오리 또한 각오를 다지고 외쳤다.
두 사람의 시선에서 불꽃이 터져 나오는 순간, 햄버거가 담긴 쟁반을 가지고 어슬렁어슬렁 유우가 다가온다. 지금이야말로 전쟁의 심지에 불이 붙었다.

“어, 어라. 후부키랑 시오리, 둘이서 먹는 건가! 그, 그러면 나는 여기서—.”

“잠깐!”

먼저 행동에 나선 사람은 후부키. 선수를 빼앗기고 한 발짝 물러난 시오리를 샐쭉 노려봤다가 치마의 주머니에서 비수를 뽑았다. 빠르게 결판을 낸다. —인기 제트 코스터 『윳키의 플라잉★매직』 스피드 패스!

“저, 저기, 유우 군. 점심 먹고서 나랑 같이 이거 타자!”

“으……. 제트, 코스터?”

강하다! 말했어! 이겼다! 후부키가 주먹을 불끈 쥐지만, 그때 시오리의 안경이 번뜩 빛난다. 무효로 만들어주지, 비틀린 입이 악마의 말을 읊조린다.

“어라라~? 이누이 선배. 설마 **단둘이서 타자**고 어필하는 거예요~?”

“어……. 후부키, 지, 진짜야?”

“그, 그런 거 아니야! 그런 게 아니…… 헉!”

얼간이— 비웃어주고 시오리가 안경을 밀어 올린다. 저 변태 플러스 왕소심 여자가 직접 좋아좋아 진짜 좋아, 라고 말하기는 어차피 무리였다. 물러났겠다, 바보 녀석. 곧바로 마무리 일격이다!

“서, 선배. 저런 거 말고요, 저랑 이거나 타죠!”

마치 결투에 나선 플레이어처럼 검지와 중지로 스피드 패스를 드로우하며 바람을 가른다. 시오리의 히든카드―『루콘의 이스케이프☆폴 다운』이다! 흔들 다리 효과를 발동해서 사랑의 늪으로 떨어뜨린다!

"으……. 그, 그거, 확 떨어지는 녀석이지?"

"확 떨어지죠! 당연하잖아요!"

"유우 군. 저거 커플이 잔뜩 타는 놀이 기구야. 알아?"

"어?! 지, 진짜야?!"

"뭐야?! 거짓말하지 마!"

"거짓말 아냐. 유우 군, 믿어줄래?"

물론 거짓말이다. 후부키는 새하얗게 웃는 얼굴로 유우를 향해 귀엽게 미소 지었다.

"뭐, 후부키가 하는 말인데 그게 맞겠지……. 어제는 이것저것 잘 가르쳐주기도 했고."

"응. **밤새도록.**"

끄흐, 시오리의 목에서 새어 나오는 패배자의 신음 소리를 똑똑히 듣고 후부키는 히죽 꺼멓게 웃었다. 바보 녀석, 아무 계책도 없이 검희가 전투에 임할 줄 알았더냐. 승부는 본래 싸우기 전에 결판나는 법. 예습이라는 명목, 진짜 편리해. 뭐랄까, 어제 보냈던 시간은 최고였어. 열심히 예습하는 유우 군, 완전 귀여워. 쭉 독점하고 싶어, 그러니까― 죽어라, 후카세.

"그래도 유우 군은 다정하니까. 후배가 **머리 숙여서 제발 저하고 같이 타주세요, 부탁드릴게요, 애원하면** 같이 탈 거야?"

"으음……. 뭐, 그렇게까지 말하는데 거절은 못……."

"누, 누가 부탁을 하고 애원까지 하겠어요! 저를 뭐라고…… 헉!"

어리석기는— 후부키는 입가를 가린 채 히히 조소한다. 그렇게 자기 자존심이나 챙기면서 영원히 땅속에 박혀 있어라, 이 지뢰 여자야!

서로 간에 한 걸음도 물러나지 않은 채 후부키가 신장의 차이 때문에 아래에서 시오리에게 눈을 부라린다. 위에서 시오리도 똑같이 눈을 부라린다!

"흐끄으으……!"

"으끄으으……!"

"어어, 둘 다 진정하자, 싸우면 안 되지?! 그만하래도!"

제지의 말도 듣지 않는 일진일퇴의 공방은 그야말로 두 달인의 코등이싸움.

그리고 결국. 무가치한 대결에 결말의 때가 온다—.

"앗, 유우. 찾았다! 빨리 가자!"

"엑, 들켰다!"

"오빠……!"

"카이세이 씨……!"

소녀들의 다툼은 끝났다. 사나이의 승리.

"패스 받았어~. 어젯밤 말했잖아. 하나 정도는 같이 타줘야지?"

"버, 벌써 탔어! 탔다고! 그러니까 좀 봐줘라!"

"어라, 안 타려고……?"

카이세이가 거절당하는 전개를 보고 좋았어, 아직 괜찮아, 소녀 두 명이 득의양양 미소 짓는다.

다만, 안이했다. 가장 잘 유우를 이해하고, 가장 가까이 유우와 있는 남자는 딱 1초를 생각한 뒤 손뼉을 짝 쳤다.

"도망치는구나? 그래서 2위구나!"

"당장 패스 내놔라. 팔짱 끼고 타줄까? 또 사진이나 찍자고, 잠정 1위. 엉?"

"간단하네……. 뭐, 괜찮아. 가자!"

큰일이야, 큰일이야, 큰일이야. —후부키와 시오리는 오월동주의 심정으로 양쪽에 붙어 끌어안고서.

"안 돼! 유우 군은 나랑 제트 코스터로 쭉 날아갈 거야!"

"아니거든요! 저랑 확 떨어질 거예요!"

"잠깐만, 둘이 왜 갑자기 끼어들어! 내가 먼저니까 순서는 지키자!"

세 사람의 놀이 기구가 된 유우의 표정이 절망으로 물들어 간다. 숨을 쭉 들이마셨다가 외쳤다.

그냥 혼자 있게 해줘—.

× × ×

"그건 무리지."

세 사람에게 끌어안긴 채 비명 지르고 있는 유우를 에사카는 조금 떨어진 탁자 자리에 앉아 웃으며 지켜봤다.

본인에게 자각은 없을 터이나 그래서 더욱 모두에게 사랑받는다.

모두가 부러워하는 미인의 호의를 한 몸에 받아 누리는 것을 질투하는 마음은 없다.

오히려 자랑스러웠다. 소중하게 아끼는 보물을 모두가 칭찬해주는 기분이 든다.

더욱더 많은 사람들이 좋아해주길 바란다.

그만한 가치가 있는 녀석이다.

에사카는 잠시 유우를 구경하던 시선을 거둔 뒤 같은 탁자에서 식사하는 손을 멈춘 채 턱받침을 하고 있는 키노사키, 음료수와 휴대 전화를 든 채로 굳어 있는 쿠로세를 돌아본다. 조금 떨어져 있는 여학생들의 자리에서 우걱우걱 식사를 하는 야시로도.

얼굴을 빤히 바라봤으나 세 사람 중 누구도 알아차리지 못했다.

다들 똑같이 난처하게 웃는 얼굴로 유우를 바라보고 있었기 때문이다.

"모두들, 너를 좋아해준다……."

언제였던가, 연성회 날에 울먹이는 얼굴로 옆에 앉아 있었던 유우에게 건넸던 말을 되풀이한다.

모두들 이미 알고 있었다.

표현을 잘 못한다는 것. 겁이 많다는 것. 강하면서도 정작 약하다는 것. 아울러 다른 사람을 상처 입히는 행동은 좋아서 하는 녀석이 아니라는 것.

그럼에도 유우는 모든 공포를 밟아 넘어서서 귀신의 가면을 뒤집어쓰는 길을 선택해줬다.

저런 헌신적인 자세에 감동하지 않는 남자가 대체 어디에 있을까.

이런 녀석이야말로 사실은 대장을 맡아줘야 하는 법이다.

에사카는 눈을 감고 내부 평가전 다음 날, 출진표를 정하던 날의 기억을 떠올렸다.

땀내 나는 남자가 다섯 명 도장에 옹기종기 모여서 고민에 찬 얼굴로 끙끙 신음했다. 선봉, 차봉, 중견을 결정하는 사이에 해가 저물었고 남은 포지션은 부장과 대장.

선택지는 하나인 만큼 만장일치로 결정되리라 생각했다.

『이제 다 끝났습다. 굳이 안 떠들어도 대장은 부장이니까.』

『동감. 역시 가장 잘난 녀석한테는 가장 큰 책임을 얹어주는 게 전술의 기본이기도 하고…….』

『유우는 진 선배 앞자리네. 화려하게 박살 내줘라~?』

『맡겨줘. 죄다 3초로 끝장을 내주자고. 다 같이 센베이나 먹으면서 부장 시합을 구경하자!』

『이, 이봐, 잠깐만……! 너희들, 무슨 소리를 하는 거지?!』

잠시 머리가 이해를 못한 까닭에 끼어들지 못하고 듣고 있다가 허둥지둥 소리쳤던 것을 기억하고 있다.

『대장은 당연히 미나카미가 맡아야 한다! 시답잖은 배려는 하지 마라! 게다가, 슈스이의 대장은 틀림없이 이누이가 나온다. 넌 정말 이러고도 괜찮은 건가?!』

『네. 카이세이하곤 개인전에서 무조건 붙을 테니까요. ……어라, 부장 혹시 쫄았어요?』

『뭔 뚱딴지같은 말임까, 선배. 쫄기는, 부장인데?』

『하긴~. 오히려 덤벼라, 펄떡펄떡 가슴이 뛴다, 소리칠 것 같잖아. 진 선배는.』

『진짜 바보라니까. 병원을 갖다 놔야 하나…….』

넷이 똑같이 뭔 당연한 말을 늘어놓냐는 듯이 웃는다.

다만 납득할 수 없었다. 저러한 마음 씀씀이는 원하지 않았다.

『이러지 마라. 내가 검도부 부장인 것은 그냥 직책이니. ……난 어쩌다 보니 혼자 남아서 버틴 녀석에 불과하다.』

어리석은 남자가 오기를 마구 불태우며 이곳에 끝까지 남는 길을 선택했을 뿐. 단지 우직했을 뿐 아무 가치도 없다. 그러니까 이제는 좀 머리를 위아래로 흔들어라, 다시 전원에게 묻는다.

다만 네 개의 머리는 똑같이 좌우로 흔들렸다. 마치 거울에 비춘 것처럼 똑같이 바보짓을 한다.

이윽고 자기 자리를 기꺼이 내주겠다고 말한 누구보다도 강한 남자가 입을 열었다.

『그치만 부장은 여기에 쭉 있었죠. ……부장이 없었다면 우린 여기에 없었고요.』

뜨거운 눈동자를 불태우며 고개를 끄덕거리는 부원 모두의 앞에 나서서 유우가 말한다.

『부장은 혹시 가장 강한 사람이 대장을 맡아야 한다고 생각하는 겁니까?』

『모든 의미에서, 그렇지 않나……?』

『아니에요.』

단호하게 고개를 흔들며 유우는 미소 지었다.

『대장을 맡는 녀석은 가장 센 놈이 아니에요. 가장, 그 자리에 있어주기를 바라는 사람이죠.』

그렇게 말한 뒤 유우는 똑바로 머리 숙였다.

『우리는. ……누구보다도 나는, 부장이 뒤에 서 있어주기를 바랍니다. 기필코 결전의 판에 세워 드릴 테니까 그 자리에서 기다려주십쇼.』

밟아라.

밟아서 자신의 위에 올라서라.

누구보다도 강한 남자는 머리 숙였다. 또한 스스로는 진흙탕을 구르는 길을 선택해줬다.

『알겠다.』

지금, 결의와 함께 다시금 각오를 되새긴다.

『내가, 너희들의 대장이다.』

모두가 간단하게 머리 숙이는 길을 선택할 수 있지는 않다.

지금 유우에게 말을 붙이지 못한 채 옆에서 입을 다물고 있는 키노사키와 쿠로세 또한 마찬가지였다.

맞는 답이라는 이유로, 꼭 필요하다는 이유로, 그저 합리성을 따라서 머리 숙일 수 있다면 괜찮다.

다만 불가능하다. 남자는 본래 이러한 생물이니까. 과거의 자신도 마찬가지였기에 잘 안다.

또한 잘 알기에 더더욱 이제부터는 자신이 나서야 할 테지.

고개를 끄덕기린 뒤 자리에서 일어나 혼자 지루하게 앉아 있는 저 여자의 곁으로 걸어간다.

자신 혼자서 잘 해낼 수 있다면 좋겠지만, 이러한 대인 관계는 극도로 서툰 분야였다.

"타치바나."

"뭐야, 왜……?"

"부탁이 있다. 힘을 빌려다오."

부끄럽지만, 한심하지만 머리 숙였다. 아무리 누추해져도 개의치 않겠다는 각오를 했다.

뭐든 하겠다. 그러지 않는다면 부끄러워서 도저히 부원들의 윗자리에 설 수 없었다.

단단히 마음을 먹던 때 마토이에게 턱을 붙잡혀 얼굴이 들려 올라갔다. 찰싹! 세차게 뺨을 때린다.

"으읍?!"

"아, 진짜, 바보야! 머리 막 숙이지 마! 너는 남자가 자존심도 없니!"

눈이 동그래져서 마토이의 얼굴을 잘 살펴본다.

보라색과 검은색 여우 귀가 달린 괴도의 실크해트를 꾹 눌러쓴 표정은 진심으로 언짢아하는 것 같았다.

"뭐, 왜. 얼굴이 아주 넋이 나갔네! 애당초 말야, 넌 언제나 언제나—."

"아니. 잘 어울린다는 생각이 들어서."

전부 잊어버린 채 무의식중에 휴대 전화를 꺼내서 찰칵 찍었다.

"얘, 갑자기 뭐니?! 돈 내고 찍어!"

"그래. 얼마지? 충분히 내고 찍을 수 있다."

"네가 빈말을 다 하네……. 어지간히도 급했나 봐."

"빈말? 뭐가 소리지? 아무튼 한 장 더 찍어도 되나?"

"아, 안 돼! 휴대 전화 치워! 아, 알았어! 뭐든 들어줄 테니까 빨리 휴대 전화 치웟!"

새빨개져서 모자를 깊이 눌러쓰고 마토이가 아쉽게도 예쁜 얼굴을 가린다.

바람 때문에 쫑긋쫑긋 귀가 움직이고 있었다.

"뭐든 들어주겠다는 말 함부로 하지 마라. 조금 걱정된다만."

"시끄러……. 아무것도 안 하는 주제에. 그래서, 뭔데?"

"애들이 삐쳤다. 절반, 도와줄 수 있겠나?"

평소와 같이 생략하며 농담하듯 떠든다. 그러자 곧장 모자 아래의 입술이 히죽 구부러졌다.

"그럼 똘똘한 애는 맡아줄 테니까 넌 바보 녀석 데리고 가."

"알겠다. ……언제나, 미안하군."

"얘가 또 뭐래니. 이쯤이야 내가 마법 좀 쓰면 눈 깜짝할 새에 극장이거든?"

마토이는 탁자 위쪽에 놓아뒀던 멋쟁이 괴도 루콘의 마법 지팡이를 손에 들더니 끝부분으로 모자의 챙을 밀어 올렸다. 히죽 웃자 평소와 같이 불손한 미소가 나타났다.

절대적인 안심감. 틀림없이 금세 해결해줄 테지.

"잘 봐라~? ……원, 투, 스리, 짠!"

× × ×

"선전 포고의 악수다~ 유우."

"설마 도망치진 않겠지?"

"당연하잖아. 잠꼬대하지 마라!"

마치 진짜 마법 같았다.

에사카는 해 질 녘, 왕국의 중앙 광장에서 퍼레이드의 자리 맡기용 시트에 앉아서 주홍빛 하늘을 올려다본다.

마토이가 죽도처럼 지팡이를 내리 휘두른 이후부터 흐린 하늘도, 또한 시간까지도 싹 날아가버린 것 같다는 생각이 든다.

역시 타치바나라고 인정할 수밖에 없다.

얼굴을, 시트 가까운 곳에서 마주 웃는 세 후배에게 눈을 돌린다. 영원한 겨울의 왕국에 눈 녹는 계절이 찾아왔다.

키노사키의 옆에 쿠로세가 나란히 서서 유우에게 왼손을 내밀고 있다.

유우도 북극곰 귀 탐정 모자를 오른손으로 벗으며 같이 빈 왼손으로 꽉 힘줘서 맞잡았다.

역시나 걸려드는구나. 수갑 채우듯 키노사키가 유우의 왼쪽 손목을 붙잡았다.

"어? 뭐, 뭐야? 뭐 하는 거야?"

"걸렸구나~ 명탐정. 손을 벌려봐라!"

"잔혹한 현실은 언제나 하나라던가……."

쿠로세가 단순하게 악수나 할 리 없었다.

꽉 쥐여준다. 스노드롭 킹덤 최고봉의 설산에서 냅다 추락하는 지옥의 어트랙션, 『시롯쿠 카타스트로프☆마운틴』의 스피드 패스를.

"아아아아아아아아아아아아앗?! 싫어엇—!"

그야말로 약점을 꽉 잡힌 유우가 도망치고자 애써도 이미 늦었다.

유우를 뺀 LINE 대화방에서 약점은 모조리 다 공유되었다.

"설마 도망은 안 치겠지~? 칫히랑 꾹~ 포옹도 한 유우 군~♪"

"우리하고도 놀아줘라. 같이 떨어지면 더 친해질 거다♪"

트라우마를 자극하기 위해 두 사람은 사진 속 치히로, 하즈키와 같은 구도로 유우의 팔을 끌어안았다.

바라만 봐도 통쾌해질 만큼 유우는 얼굴이 핼쑥해졌다.

"싫어 싫어 싫어 싫어 살려줘! 저렇게 높은 덴 진짜 무리야! 죽는다니까?!"

"안 죽어~ 안 죽어~ 유우라면 괜찮아. 좋아하잖냐~? 꼭대기."

"그건 올라갈 때 얘기잖아?! 떨어지긴 싫어! 군림하고 싶다고!"

"벌써 떨어졌잖냐. 2위."

"시끄러, 2위 소리 좀 하지 마. 아앗, 무리 무리 무리 진짜로 무리라고! 부장!"

그래, 이때를 기다렸다. 드디어 불러주는구나.

지금이야말로 은혜를 갚아주마.

"퍼레이드 시간 잘 맞춰서 돌아오도록."

만면에 미소를 띠고 사형을 선고한다. 시체가 되어 돌아와라.

후배에게 꼼짝 못 하고 당한 주제에 마음이 편안하다면 검도부 따위 옛날에 벌써 관뒀다.

"약점을 찌르는 건 기본이잖나? 가서 죽어라, 미나카미."

"아……. 아……. 내일, 두고 보자!"

"끌고 가라."

검도장보다 몇 배는 비참한 비명인지라 기분 좋았다. 유우의 뒷모습이 점점 더 작아져 간다.

저 광경을 가만히 앉은 채 마냥 멍하니 쳐다봤다.

"마법, 인가. ……정말로, 분에 넘치는군."

행복했다. 이제 더 이상 누군가에게 소원을 빌 필요는 없겠다.

꿈은 이루어졌다. 저렇게나 어여쁜 사내의 형태가 되어, 지금 여기에.

"오, 에사카냐……?"

들은 적 있는 낮은 목소리에 고개 돌렸다.

햇빛을 반사하며 스킨헤드가 빛나고 있었다.

"이누이가 온 것은 알고 있었으니 썩 놀랍지는 않다만. ……묘한 곳에서 만나는군, 타키모토."

"뭐, 나도 미츠루기를 보기는 했다. ……너도 자리 맡기냐. 옆쪽에 시트 깔아도 괜찮겠나?"

"괜찮지 않나? 하시쿠라가 같이 왔다면 싫어할 것 같기는 한데."

"그 녀석은 어디든 간에 싫어할 테니 똑같다."

맞는 말이군, 웃는다. 시트를 까는 타키모토를 거들어주지도 않고, 깔아 놓은 녀석의 영토에 굳이 들어가지도 않는다. 시선도 마주치지 않고 나란히 앉아서 둘은 조용히 비일상의 풍경을 바라봤다.

"오늘은, 어째서 왔나? 솔직히 슈스이의 남자 녀석들끼리 스노드롭에 왔다는 게 무척 신기하군."

"아, 다른 학교랑 같이 왔다. 이른바 단체 미팅이라는 녀석이지."

"뭐, 뭐라고? 너희가 말인가?!"

얼빠진 목소리와 함께 저절로 타키모토에게 시선이 쏠렸다.

낯간지러워하는 표정을 예상했는데 뜻밖에도 태연한지라 그것이 또 놀라웠다.

"못 믿겠군……. 너희는 다 하나같이 여자 따위 관심 없다고 말할 것 같았는데……."

"맹추, 뭔 헛소리냐."

타키모토도 이쪽으로 고개 돌렸다. 온화하게, 어딘가 앳된

구석이 있는 저 웃는 얼굴은 처음으로 본다.

“여자는 당연히 있는 게 좋다. 네가 축복받았다는 거 알기는 아나?”

“그럴지도…….”

어째서인지 위안을 받는 기분이었다.

돌이켜 보면 타키모토와는 쭉 대결의 자리에서만 만났다.

마지막으로 마음을 터놓을 수 있는 한 명의 인간으로서 같이 대화할 기회가 주어졌다는 것이 조금 기뻤다.

“다만 여자밖에 없다는 것도 힘들었지…….”

이런 약한 소리는, 적에게 털어놓을 말은 아닌지도 모른다. 하지만 딱히 상관없다는 생각을 했다.

올바름만이 정의라면 지금 이곳에 앉아 있는 자신은 애당초 존재할 수 없었다.

입장을 달리하는 남자가 그런가, 라며 웃는다. 분명 말 이상으로 전해지는 것이 있으리라 믿었다.

“뭐, 오늘은 난 아무래도 좋다. ……다른 녀석들이 즐거워해주면 되는 거다. 좀처럼 없는 휴일이니. 잔뜩 있는 부원들이 다들 기뻐해준다면 뭐든지 해줄 거다.”

“많지……. 슈스이는.”

“그래. 전국에서 참 많은 녀석들이 몰려들잖나. ……강하기로 유명한, 학교니까.”

고교 검도에 몸을 둔 부류 중 명문 슈스이 대학 부속 고등학교의 이름을 모르는 사람은 없다.

최강의 남자, 이누이 카이세이가 소속된 고등학교이며 전국대회의 단골손님. 여러 화려한 수식어를 자신도 한때 동경했었다.

"알 테지, 다들 떠들잖나. 슈스이는 강하다. 재미없다. 전국에서 강한 녀석들 끌어모아다가 끝내주는 환경에서 연습시켜주는데 이기는 게 당연하지 않냐고. ……빨리 져버려라, 마치 사악한 제국 같지. 뭐, 너희들 같은 공립 학교가 이겨주면 드라마를 보는 기분이 들어 재미있다는 건 알겠는데 말이다."

큭큭, 목청껏 타키모토가 웃는다. 흔들리는 어깨가 큼지막했다.

"그래도 잠깐 상상해봐라. 다들 부모님 곁을 떠나서 많은 것들을 버리고 여기에 왔다. 이렇게 놀러 다닐 수 있는 일상을 버리고, 그 끔찍한 훈련을 받고도 강해지고 싶다며 버티고 노력한다. ……그런데도 말이다. 시합조차 못 나가는 녀석이 있단 말이다."

타키모토 류고는 명문 슈스이의 주장이다. 직책만 보면 이보다 더 화려한 위치에 있는 사람은 없을지도 모른다. 다만 근사한 이름 이외에 저 남자가 짊어져야 했던 간절함과 중압감은 과연 어떠했을까.

책임을 지는 입장에 있는 녀석의 등에 조용히 경의를 보냈다.

"그 녀석들을 위해서라도 질 수 없다. 절대. 검도는, 재미있지 않아도 괜찮은 거다."

"뭐, 나는 재미있게 하고 있다만……."

"큭큭, 말은 잘하는군. ……이봐, 에사카. 네가, 대장이라며?"
작전이 들통났다는 말은 이미 들었다. 숨기지 않고 끄덕거리며 긍정했다.
"나는 처음에는 거절했다만. 미나카미에게 시키라고. ……하지만 모두들 어째서인지 양보하질 않더군."
"그런가. ……그랬을 테지."
타키모토는 소리를 내서 웃었다. 이유는 잘 모르겠으나 자신도 묻기로 했다.
"알고 있기는 한데. 너는 중견일 테지?"
"맞다. 안 숨긴다. ……이 자리를 제일 좋아한다. 설령 너와 싸울 수 없더라도."
검도 단체전은 세 명이 이기면 승리가 결정된다.
따라서 어떤 유리하거나 불리한 시합에서도 세 번째 자리에 있는 중견은 반드시 팀의 승패가 걸린 대결에 나서게 된다. 타키모토는 그 자리에 있기를 선택했다.
"이제는 나보다 네가 더 강하다. 혼자서 용케 거기까지 나아갔구나. ……나는 이누이나 미나카미한테는 못 이긴다. 하시쿠라한테도. 개인전에도 못 나가는 처지이지. ……다만, 괜찮다."
타키모토가 사납게 웃는다.
"나는 캡틴이다. 마지막에 팀이 승리하면 만족할 수 있다."
"그래……. 네가 거기에 있어 줘서, 나도 좋았다."
숙직이 인생을 채색해준다. 그것을 인정할 수 있는 경지에 올라섰다는 것이 기뻤다.

에사카가 손목시계를 본다. 부원들이 모일 때까지 아직 시간이 꽤 남아 있었다.

"한가하지……? 잠시 옛날이야기나 나눠볼까."

후지노미야 고등학교 검도부 주장, 에사카 진은 시계판의 숫자를 편안하게 바라보다가 눈을 감았다.

시곗바늘이 어느 외톨이였던 어리석은 남자를 향해 거꾸로 돌아갔다.

BEYOND THE SWORD

제6합 가끔은 옛날이야기를

대나무를 쪼갠 것처럼 단순한 바보였다.

조부의 책장에 꽂혀 있었던 검객 소설을 정신없이 읽다가 초등학교 수학여행에서 목검을 샀다. 가방에는 지금도 녹슨 검 모양의 열쇠고리가 달려 있고.

그런 바보였기에 대나무를 쪼개서 만든 검을 손에 쥘 때까지 별로 긴 시간이 걸리지는 않았다.

열중했다. 시간을 잊었다. 힘들 때도 많았으나 몸과 마음이 하루하루 강해져 가는 실감을 느낄 수 있었다. 어떤 게임보다 재미있었고 매일매일 어떻게 해야 더 강해질 수 있을까 하는 생각만 했다.

중학교에서는 좋은 동료와 만나는 복을 누렸다.

공립 학교의 부 활동에 6대 도장 출신 따위 아무도 없었지만, 다들 심신이 두루 강인한 최고의 전우였다.

그런 동료들과 함께 거머쥐는 단체전의 승리는 각별했다. 개인으로 거둔 승리는 전혀 비교도 되지 않는다. 쭉 이어주는 의지를 대장전에서 넘겨받아 결국은 승리를 거둔다는 짜릿한 감각을 지금도 잊을 수 없었다.

녀석들과 함께라면 어디에도 갈 수 있을 것 같았다.

『그런가…….』

그래서 마지막 시합, 전국 대회 출장을 한 발짝 남겨 둔 시합. 부장전에서 팀의 승패가 결정 나버린 순간에는 하늘을 우러러보며 입술을 꽉 깨물었던 것을 지금도 잘 기억하고 있다.

분했다. 죽을 자리를 놓친 심정이었다. 결국 스러져야 한다면 모두의 기대를 제 등에 짊어진 채 스러지고 싶었다.

그러니까 설령 자신 혼자서라도 더 앞으로 나아가는 길을 선택해야 한다고 생각했다.

『에사카 진입니다. 잘 부탁드립니다.』

『오냐…….』

상승, 슈스이 대학 부속고. 그곳의 고문 무라세 켄지로에게 머리 숙이며 은퇴한 이후에도 가능한 한 연습에 참가했다. 기필코 이곳에 입학해서 이번에는 꼭 전국 대회에 나가겠다. 의지를 굳게 다지며.

그러니까 너를 특대생으로 받는 것을 고려하고 있다는 말을 들었을 때는 가슴이 두근두근 뛰었다. 자신은 이렇게 슈스이에 인정받았다고, 충분히 강해졌다고 어리석게도 기뻐하며.

다만 실상은 그게 아니었다. 상승이라는 수식어가 붙은 학교도 선수 쟁탈전이라는 어려움을 겪기 마련이며 가끔은 뜻하는 대로 영입이 이루어지지 않는 연도도 있다고 했다.

소질을 살짝 기대했을 뿐이다, 칼날을 들이밀듯이 녀석은 말했다.

그렇지만 견뎠다. 딱히 상관없었다. 더욱더 강해져서 훗날 돌이켜 봤을 때 너를 데려오길 잘했다는 말이 나오게 만들어주는 것도 꽤 재미있을 테지.

『너를 특대생으로 받진 않겠다.』

『예……?』

『6대 도장의 연줄로 타키모토라는 놈을 데려올 거다. 반드시 영입해야 할 인재지.』

승부의 세계. 어른의 입장. 상승불패(常勝不敗)를 지켜 내기 위하여.

지금이라면 말수가 모자랐던 악귀나찰의 발언에 나머지 빈 부분을 채워줄 수도 있을 것이다.

『너는 일반 학생으로 들어와라. ……원한다면 입학 시험은 면제해주마.』

하지만 네가 아니어도 상관없다는 말을 들었다.

머리 숙이면 너를 키워주겠다는 거만한 통보.

『버러지 취급하지 마라!』

그따위 무례한 말을 듣고도 따를 바에야 차라리 죽는 게 낫겠다.

『이따위 학교, 오라고 해도 안 간다!』

기꺼이 검을 치켜들었다.

긍지보다 더 소중한 것은 절대 없다고 우직하게도 믿어 의심치 않으며.

녀석들과 싸울 수 있는 장소를 혈안이 되어 찾아다녔다. 운 좋게도 마침 적당한 곳이 있었다.

현립 후지노미야 고등학교.

고문을 맡은 사사키 토지는 인격자이면서도 6대 도장에서 이름을 떨친 달인이며, 무엇보다도 당시에 후지노미야는 불만의 여지 없이 강했다. 이른바 황금 세대였다. 공립 학교는 이따금 이런 시기를 맞이한다. 승부처는 이곳밖에 없다는 생각에 열심히 공부해서 아슬아슬하게나마 합격했다.

『에사카 진입니다. 목표는 슈스이를 쓰러뜨리고 전국 대회에 나가는 겁니다. 잘 부탁드립니다.』

정식 입부 후 인사할 때 칼같이 선언하며 머리 숙였다. 이미 앞뒤를 돌아볼 수 있는 처지가 아니었다.

하지만, 그때. 다른 녀석들은 알아차리지 못했을 터이나 옆에 서 있었던 자신은 알아차렸다.

『바보 아니야……?』

언뜻 보기에 성실하다는 인상을 주는 흑발의 여우가 코웃음을 치며 꺼냈던 말을.

『타치바나 마토이예요~. 학생회에도 들어가 있답니다~. 두 개를 같이 하려니까 정신없어서 폐 끼칠 수도 있겠지만, 양쪽 다 열심히 할 테니 지켜봐 주세요. 잘 부탁드립니다~.』

따뜻한 박수 속에서 싸늘하게 시선을 주며 생각했다.

이 녀석은 짜증 나는 여자라고.

『저, 저기, 유키무라 마도카입니닷! 우우우, 운동부는 처음이지만요, 자, 잘 부탁드립니닷?!』

그리고 이 소심한 단발 여자애는 도대체 왜 하필 검도부에 들어온 건가? 의문을 느끼기도 했다.

열 명 있었던 신입 부원중 기억하는 사람은 단둘뿐이다.

그 밖에는 아무것도 눈에 들어오지 않았다. 강해져서 슈스이를 쓰러뜨리자는 생각뿐.

그리고 5월의 내부 평가전. 1학년임에도 끝내 살아남아서 드디어 녀석들과 싸울 자격을 손에 넣었다.

『출진 순서는 이렇게 한다. 괜찮겠지? 에사카.』

포지션은, 대장이었다. 쭉 맡아왔던 자리. 하지만 둘러보게 된 풍경은 조금 달랐다.

『부담 없이 지켜봐라. 네 차례 전에 반드시 끝장을 내줄 테니까.』

선배들은 정말 강했다. 결국 마지막까지 누구 한 명도 이기지 못했다.

따라서 주어진 역할은 가짜 대장이었다.

단체전은 세 사람이 먼저 이기면 된다.

따라서 전력을 앞쪽에 집중하여 가장 강력한 적이 나오게 될 대장 자리에는 가장 약한 인원을 배치하고, 마지막 대결 이전에 승부를 미리 결정짓는다. 그런 굴욕적인 전법이었다.

『그러지 마시고 제가 할 일도 남겨주십쇼.』

딱히 상관없었다. 이미 멋없는 역할이어도 개의치 않는다. 자기 차례가 돌아왔을 때 가장 멋있게 활약하면 된다.

다만 바보들의 몽상은 역시 이루어지지 않았다.

상대는 슈스이. 대장전 전 승수는 2 대 1로 우위, 득점수조차 2 대 1로 우위.

무승부여도 승리, 한 판 패배여도 대표전. 이제 조금만 더 손을 뻗으면 전국 대회에 나갈 수 있었다.

『타아아아아씨야아아아아앗—!』

그런데도 자신은 녀석의 압도적인 힘 앞에서 마지막까지 검을 제대로 겨누지도 못했다.

『허리 한판. ……시합 종료!』

가짜 대장은 허수아비처럼 베여 쓰러진 뒤 비참하게 자기 진영으로 돌아가서 머리를 바닥에 조아렸다. 한심해서 눈물로 모든 것이 번지는데도 끝끝내 입은 멈추지 않는다.

죄송합니다, 죄송합니다, 죄송합니다. 저 때문에—.

그런 자신의 어깨와 등을 선배들은 다정하게 토닥여줬다. 괜찮아, 잘 싸웠어. 너 때문이 아니야.

『관둬요! 이딴 배려는, 필요 없어! ……어째서. 어째서 웃고 있는 겁니까?!』

『너도 언젠가 알 거야…….』

아니, 알지 못할 것이다. 버럭 외치며 얼굴을 들어 올렸다. 그리고 못 견디게 미운 반대편 진영의 원수를 노려봤다.

하시쿠라 타카히토. 잿빛 눈동자와 하얀 피부의 이스루기 검우회에서 온 천재 검사.

절대로 잊지 않겠다. 빨리 네 얼굴을 이쪽에 내보여라, 있는 힘껏 노려봐준다.

하지만 녀석은 이쪽을 단 한 번 힐끗거리지도 않았다.

『이 망할 놈들아! 제대로 좀 해라, 장난하자는 거냐! 죽여버린다!』

코트에서 나간 순간, 녀석은 시합에 진 아군의 몸을 걷어찼다. 거의 숨통을 찢을 기세로 멱살을 틀어잡더니 으르렁거렸다.

『저딴 잡것들은 박살 내는 게 당연한 거다! 왜 저딴 놈들한테 맞아주는 거냐, 왜 고전을 하냐! 빌어먹을 것들아! 발목 붙잡지 마라! 지금 당장 여기서 죽여줄까!』

『이런, 하시쿠라! 멈춰라!』

타키모토에게 뒤에서 두 팔을 꽉 붙들리고도 끝내 녀석은 이빨을 번뜩이며 고함질렀다. 핏발이 선 눈은 도저히 사람 같지가 않았다. 죽을 장소를 찾아 헤매는 늑대처럼 녀석은 부르짖었다.

『가장 높은 곳까지 올라간다! 그곳이 아니면 그 자식은 오지 않아! 알고 이러는 거냐!』

녀석이, 녀석들이, 무엇을 바라보기에 저러는지 알 수 없었다. 다만 분명한 것은 하나였다.

『용서 못 한다……. 절대로, 용서 못 한다……!』

적도, 미숙한 자신도, 모든 것을 용서할 수 없었다. 그저 증오로 머리가 미쳐버렸다.

『가르쳐주십시오, 선생님. ……제게는, 무엇이 부족한 겁니까? 어떻게 연습을 해야 하시쿠라 같은 천재에게 이길 수 있는 실력자가 되는 겁니까?』

머리 숙였다. 도장에서.

그러자 사사키는 다정하게, 다만 무자비하게 진실을 선고했다.

『있잖아요, 에사카 군. 재능은 본래 잔혹한 법입니다. 제아무리 열심히 산을 올라도 자신보다 빨리 오르는 사람, 그리고 뒷모습조차 보이지 않을 만큼 아득한 경지에 올라서는 사람이 같은 산 위에 반드시 존재하지요.』

『하시쿠라가, 그런 천재입니까…….』

『아니요, 하시쿠라 군은 많이 모자라요. ……위에는, 또 위가 있습니다. 막다른 길도 있다는 것을 알아야 해요.』

사사키는 옆에 놓아두었던 죽도를 쥔다. 굳세게.

『이기고 싶다면 다른 길에서 갈고닦을 수밖에 없죠. ……에사카 군은 신장이 강점입니다. 자세를 바꾸도록 합시다.』

사사키의 두 팔꿈치가 마름모꼴을 그린다. 검 끝이 정상을 목표로 하듯 하늘을 찔렀다.

『상단, 말입니까……?』

『예. 열화의 태세라고 하죠. 검을 들어 올리면 끝, 절대 물러남은 없습니다. 생명을 불사르는 자세라고도 불립니다.』

팔을 내린 뒤 사사키는 검 끝을 붙잡아서 자루를 이쪽에 내밀었다.

『제대로 익히려면 남은 시간을 전부 바쳐야 하고, 아울러 그동안 쌓아온 것을 일단은 전부 무너뜨려야 합니다. ……그러고도 싹을 틔워서 꽃이 피어날 텐가 묻는다면 도박에 가깝습니다. 그럼에도…….』

『하겠습니다.』

망설임은, 없었다. 내밀어주는 검을 굳세게 잡아 쥔다.

『이대로는 죽지도 못합니다.』

『좋습니다……. 모든 것을 바치도록 하세요.』

365일, 암흑 속에서 희미하게 불을 피운다.

해 뜨는 시간보다 빨리 도장에 와서 죽도를 들어 휘둘렀고, 해가 저문 다음에도 죽도를 휘두른 다음에야 손을 내렸다. 비 내리는 날에도, 바람 부는 날에도, 찌는 듯이 더운 날에도, 눈 내리는 날에도, 혼자서 거꾸로 가는 스쳐 걷기에 매진한다.

연습에서는 모든 것을 토해 냈다.

사사키는 자신을 마치 사람이 아닌 것처럼 몰아붙여 주었다. 대체 몇 번을 세면실에서 거듭 토했던가, 또한 거울에 비친 꼴사나운 자신과 몇 번을 마주 바라보았던가 헤아릴 수 없다.

핏발이 선 눈. 침을 뚝뚝 흘리는 짐승 같은 입. 베인 상처에서 흘러내리는 혈액.

그럼에도 눈에서 후회의 눈물이 흘러내린 적은 한 번도 없었다.

『여기서 뭐 하나! 빨리 연습에 와라! 장난하자는 건가!』

『그만 좀 다그쳐라……. 난 관둘 테니까.』

『너 혼자 놀던가. 그렇게 슈스이를 이기고 싶으면 어딘가 다른 체육고에 갔어야지.』

『마음대로 해라……! 너희들 따위 처음부터 필요 없었다!』

증오에 가득 찬 칼로 많은 것들을 베어 내쳤다.

여름이 지나고 낙엽이 흩날리던 무렵에는 동기 남학생 부원들은 이미 전원이 부 활동을 그만뒀다.

『너희는 게을리 사는 게 부끄럽지도 않나!』

증오만이 몸을 가득 채웠다. 어째서 다들 저렇게 똑같이 의지가 약한가. 위에서 좀 두드리기만 해도 대번에 부러지고 불이 꺼진다. 어째서 누구도 같은 열량으로 살아가주지 않는가—.

거울 앞에서 계속 증오의 화염을 불태웠다. 암흑 속에서 혼자 정점을 목표로 하며 죽도를 찔러 올린다.

그렇게 혼자 맞이하는 새카만 아침, 거울에 자신이 아닌 누군가가 비쳤다.

타치바나 마토이. 흑발의, 너무나 짜증 나는 여자.

『있잖아……. 슬슬 좀 관두지? 되게 바보 같거든, 너.』

『바보가 맞다. 가만히 내버려 둬라.』

『쓸데없는 노력이라는 거 알잖아? 많이 애썼어. 이런 곳에서 너 혼자 강해져 봤자 뭘 어쩌려고? ……그런다고 너한테 도대체 뭐가 남는데?』

『아무것도 남지 않아도 좋다.』

어리석음을 묻는 단계는 이미 지나갔다. 이제 와서 삶의 태도를 바꿀 순 없었다.

『내일 운석이 떨어지더라도 나는 이곳에 있겠다.』

왼쪽 손 하나로 휘두른 죽도가 우뚝 멈춘다.

어느새인가 어깨의 폭도 얼굴 생김새도 몰라보게 바뀌어버렸다.

『아, 진짜……. 바보 아니야?! 넌 한번 죽어봐야 돼! 도저히 못 봐주겠네!』

거울 뒤쪽에서 마토이가 손에 든 가방을 바닥에 내동댕이친다. 그리고 불쑥 교복을 벗기 시작했다.

『이, 이봐! 무슨 짓이냐?!』

『뭐, 왜?! 도복으로 갈아입잖아! 지금 여기서 널 죽여주겠다니까!』

『가, 갑자기 이상한 소리 늘어놓지 마라! 넌 여자—.』

찰싹, 강렬한 따귀가 뺨을 덮쳤다. 어떤 기술의 타격보다도 아팠다.

『여자인데 뭐 어쩌라고! 시답잖은 변명으로 핑계 만들어 놓지 마, 약해 빠진 자식아! 시간 없잖아, 빨랑 호구나 입어! 그렇게 내 몸을 구경하고 싶냐!』

『윽, 마음대로 해라……! 너 상대로 봐주지는 않는다!』

치고받았다. 전력으로. 그럼에도 당시에는 호각이었을 만큼 타치바나 마토이는 굉장한 여자였다.

뜨겁게, 격렬하게, 우아하게, 무엇보다도 이성을 가진 인간답게 저러한 열렬함을 싹 감춰버리는 강인함.

몹시도 부러움을 느끼게 될 만큼 자신과는 정반대의 영리한 생물이었다.

『첫, 시간 다 됐네. 수업 들어가자. ……아, 짜증 나. 진짜 찝찝하네! 이렇게 땀 잔뜩 흘린 몸으로—.』

『타치바나.』

『또 뭔데?!』

『고맙다. ……좋은 연습이 됐다.』

머리 숙였다. 양분이 되어주는 것 전부에.

게다가 더 이상은 짜증 나는 여자도 아니었다.

『윽……. 바보, 바보, 바보야! 진짜, 좀 죽어! 바보, 바보!』

사라져 가는 뒷모습을 보며 살며시 웃는다. 그 이후로 같이 치고받는 날이 늘었다. 그러는 동안 조금이나마 증오를 잊을 수 있었다.

다만 끝끝내 무엇인가를 용서하는 날은 오지 않았고, 그렇게 1년의 세월이 흘러갔다.

기다리고 기다렸던 2학년의 6월. 얼마 안 남은 선배, 새로 들어온 후배들과 함께 복수전에 임한다.

단체전 2회전. 상대는 기다리고 기다린 슈스이 대학 부속고. 자신의 포지션은 중견이었다. 세 번째는 단체전의 승패에 약간이나마 가능성이 남아 있는 위치다. 그리고 더는 대장이 아니게 된 하시쿠라와 타키모토 중 어느 한쪽이 이곳에 마주설 테지. 그렇게 생각을 정리한 뒤 지원했었고, 지금 탁한 눈빛으로 배부받은 출진표를 살핀다.

중견, 타키모토. 모든 톱니바퀴를 어긋나게 했던 원흉의 이름. 그것이 번지수가 틀린 원망임을 알려주는 이성은 이미 자신의 마음속에 없었다.
심판이 「시작」이라며 소리를 높인 순간에 의식이 사라졌다.
까맣게 격렬하게 타오르는 증오의 불꽃을 머리 위로 치켜 들어서 모조리 재로 불사르고자 내리 휘두른다.

『우오오오오오오오오오오——씨야아아아아아아아아앗!』

간단하게, 두 판으로 끝냈다. 2분도 걸리지 않았을 테지. 깨달았을 때는 이미 죽여버린 뒤였다.
아군 진영에 돌아가 앉을 무렵에는 부장 하시쿠라가 역시나 1분 안에 승부를 결판냈고. ……그다음은.
『머리이——이씨야아아아아아아아아아야아아아, 라아아앗!!』
지상 최강의 대장, 이누이 카이세이의 시합은 30초도 지나지 않나 끝났다. 깨부수는 듯한 퇴격 머리 치기로.
무엇인가가 뚝 부러지는 듯한 소리를 들으며 비틀비틀 정렬한 뒤 머리 숙였다.
허망한 눈이 시합의 결과를 바라본다.
4 대 1.
슈스이의 승리.
그리고 에사카 진의 압도적인 승리.
『흐…….』
나오는 것은 메마른 웃음뿐. 허탈해서 눈물조차 안 나왔다.
『이딴 시답잖은 것을 위해서, 나는…….』

힘이 들어가지 않아 우두커니 서 있는 자신과 시합을 마치고 철수하는 슈스이 대학 부속고의 부원들이 엇갈린다.

『제법이잖냐, 카이세이. 또 20초냐?』

다른 사람 같다고 생각했다. 그만큼 하시쿠라의 눈은 잔잔하며 늠름했었다.

『세지 않았습니다. 더 이상은, 뭐든 상관없어. ……반드시 이긴다. 누구한테도 지지 않아요. 그게 전붑니다.』

그 대신에 싸늘하게, 절망이 얼어붙은 듯한 눈으로 최강의 남자가 하늘을 본다.

『가장 높은 곳으로, 올라가야 합니다. 나한테는 이제 달리 남은 게 없으니까.』

『그렇지.…… 야, 다음에는 일 제대로 해라. 차기 캡틴.』

『그래……. 미안하다.』

녀석들은 똑같이 위를 바라본다. 아무도 아래 따위 봐주지 않는다. 그러니까 이제 스스로 뒤돌아보며 물을 수밖에 없었다. 함께 하늘을 볼 동료가 이곳에 있기는 한가?

『으음~ 역시 나한텐 무리였네~. 슈스이를 어떻게 이겨.』

『뭐, 당연한 결과이기는 하지. 땀 흘리지 않고 바라기만 하는 건 너무 욕심이잖냐.』

아무도 없다. 아무것도 남지 않았다. 영리한 여자가 가르쳐 준 대로 되었다.

언제 무엇을 잘못한 걸까. 애당초 왜 이기고 싶었던가.

너무나 바보였기에 전부 끝나버린 다음에야 간신히 깨달았다.

『나는……. 다 같이, 이기고 싶었는데…….』

가슴에서 불타올랐던 불꽃이 사라져 감을 알 수 있었다.

다음 날, 처음으로 이른 아침의 연습을 빼먹고 등교했다. 교복 바지의 주머니에는 퇴부서를 넣은 채 체육관에 들른다. 그러고 나서 교관실에 들러 사사키에게 제출하면 끝이었다.

『음……?』

움직이던 다리가 멈춘다. 분명 아무도 없어야 하는 도장에 불빛이 켜져 있었다. 이미 관두겠다고, 쳐다보지 않겠다고 결정했는데도 마치 빛에 이끌리는 날벌레처럼 다리가 움직여졌고 검을 내려놓은 손이 문을 열었다.

그곳에서 불꽃이 타오르고 있었다.

『앗, 에사카 군. 좋은 아침이야!』

『빨리 좀 다녀, 굼벵이 자식! 감히 땡땡이라니 팔자 참 좋네!』

『큭…….』

더 이상은 견딜 수 없었다.

『하하하하하핫! 아하, 아하하하하하하핫! 타치바나, 머리, 머리가……. 아하하하하!』

염색했다. 멍청한 날라리처럼. 성격처럼 머리카락도 비뚤어졌다.

내숭 부리던 가면이 떨어져 나간 것일까, 아니면 반대로 둘러쓴 것일까.

잘은 모르겠다만 웃음이 멎지 않았다.

『뭐야, 뭔데……. 그렇게까지 웃진 않아도 되잖아!』

『우, 웃지 말라는 게……. 풉, 아하하하하하! 유, 유키무라, 살려줘라. 웃다 죽겠군!』

『어휴~. 설마 이렇게까지 저지를 줄은 생각을 못 했거든~. 학생회장은 잘리려나~?』

『시, 시끄럽네, 안 잘리거든! 아예 나한테 맞춰서 교칙을 전부 바꿔주겠어!』

예의 없이 죽도로 바닥을 짝 내리친다.

검도인이라면 절대로 안 하는 행동을 일부러 보란 듯이 저지른 타치바나 마토이가 이글거리는 불꽃처럼 소리 질렀다.

『삼검이 도대체 뭔데. 검희는 또 뭔데. 웃지 않는 남자가 도대체 뭔데?! 중2병이냐! 오글거리게 폼이나 잡는 녀석들은 말야, 앞으로 내가 다 흠씬 두들겨 패줄 거야! 이렇게 웃기는 머리카락으로 염색한 여자가!』

죽도를 척 들이댄다. 목 앞에.

『앞으로 잘 봐. 진짜 쌤통일 테니까. ……제일 굉장한 녀석은 바로 나란 말이야!』

이 여자에게 어떤 사정이 있어서 머리카락을 염색했는지는 알지 못한다. 다만 모르는 녀석은 분명 아니었다. 이렇게 염색을 하고 큰소리까지 치고 만약에 진다면 누가 가장 민망할지.

『이렇게 지고 끝나진 않아! 다음에는 진짜 본 실력으로 내가 이겨!』

그럼에도 마토이는 기꺼이 검을 치켜들면서 소리 질렀다. 물러나지 않는다.

이글거리는 열화의 태세로, 당당하게.

『그래, 그래야지…….』

사그라졌던 가슴속 불꽃이 다시 격렬하게 타오른다. 이 여자한테만큼은 지지 말라며 피가 후끈거린다.

『이렇게 지고 고분고분 끝낼 순 없지. ……다음에는 반드시 다 같이 이긴다.』

강하게, 왼쪽 주먹을 부르쥐었다. 그런 자신을 보고 길게 자라난 머리카락을 만지작거리며 마도카가 웃었다.

『다 같이에 나도 들어가 있어?』

『그래. 물론이다. ……결국은, 겨우 셋뿐인가. 우리 학년에서 남은 사람은.』

쓴웃음을 지으며 마도카에게 머리 숙였다. 굳이 사과하지 않아도 되는 무례함을 사죄했다.

『미안하다. 솔직히 예전에 나는 네가 맨 처음으로 그만둘 거라 생각했었다.』

『아하하. ……응, 나도 그렇게 생각했어.』

검도가 어울리지 않는 여자애. 그렇게 생각했었던 아이는 역시 눈앞에서 푸근하게 웃었다.

『근데 말이야, 난 관두지 않아. 진짜 애써서 여기까지 버텨 왔는걸.』

그때 처음으로 알았다.

싸움의 안에 몸담고도 이렇게 웃음을 짓는 강인함이 있다는 것을.

『나는 꼭 마지막에는 웃으면서 끝내고 싶어. 그동안 애쓴 나한테 비웃음을 당하고 싶지 않으니까.』

세찬 동요를 느끼며 머리 숙였다.

역시 유키무라 마도카는 검도부의 강한 여자라고 진심으로 인정하면서.

『너는, 멋진 여자구나.』

『야, 갑자기 무슨 소리야…….』

『앗, 진짜~? 기뻐라~. 있지, 마토이도 염색했는데 나도 또 머리카락 잘라볼까? 에사카 군은 긴 머리랑 짧은 머리랑 뭐가 더 좋아? 에사카 군 취향, 가르쳐줄래~?』

그리고 과하게 강한 여자임을 알게 된 것도 이때였다.

이 이후 한 번도 이겨보지 못했다.

『이, 이봐, 가만있어. 슬금슬금 달라붙지 마라! 너한테 그쪽 관심은 없다!』

『엥~? 진짜루~? 나 사실은 알고 있는데? 에사카 군, 가~끔씩 내 가슴 힐끔 쳐다보잖아? 설마 안 들킨 줄 알았어?』

『남자인데 어쩔 수 없잖나…….』

『뭐가 어쩔 수 없다는 거야! 역시 넌 지금 여기서 죽어!』

『이봐, 죽도 휘두르지 마라! 위험하잖나?!』

웃자. 마지막까지.

이곳에 있는 누구 하나도 빠짐없이 마지막까지 쭉 달려가주마.

『앞으로 1년 더, 기꺼이 도전해주겠다…….』

거울에 내건 등불의 너머로 신기루와 같은 꿈을 꾼다.

여자아이들 틈이 아니라 같은 열량을 가진 남자들과 함께 들고일어나서 숙적을 쓰러뜨리고 서로 얼싸안는 꿈.

이룰 수 없다는 것은 안다. 분명 이 불꽃은 어중간한 인간에게는 옮겨붙지 않는다. 모든 문제를 해결해주는 구세주 따위 나타나지 않는다.

그럼에도 만에 하나가 일어날 가능성이 있다면 목숨을 불태우며 이 자리를 지켜 나가겠다.

그리고 계절이 바뀌어 3학년. 마지막 의지를 내걸었던 봄.

『괜찮아. 구경만 하는 약속이었잖아.』

애타는 마음으로 누군가를 기다리면서, 누가 되었든 간에 꼭 머리를 숙여주겠다고 다짐하던 시기에.

『앗…….』

아득히 먼 꿈의 저편에서 온 녀석이 도장에서 머리를 숙여줬다.

× × ×

타키모토와 이야기에 열중하다 보니까 어느덧 저녁 해가 저물어 가는 시간대가 되었다.

비일상의 왕국 하늘에 밤의 어둠이 펼쳐진다. 운치가 있다. 불꽃놀이를 하면 무척이나 멋진 광경이 연출되겠다.

곧 퍼레이드를 하는 시간이었다. 그럼에도 불구하고 가족

손님들은 관람을 포기하고 잇따라 출구로 간다. 다시 일상으로 돌아간다. 그런 와중에 홀로 저항하듯 흐름에 거역하면서 걸어오는 인물이 있었다.

회색 눈을 찌푸리며 소름 끼치는 광경을 봤다는 듯이 녀석은 쏘아붙였다.

"으엑……. 이 자식들, 우락부락한 머리통 두 개 나란히 붙어서 뭐가 재밌다고 웃는 거냐……?"

"오, 왔구나, 하시쿠라. 빨리 교대해줘라."

화장실에 갈 테니까 교대 인원을 부른다더니 설마 하시쿠라인 줄은 생각하지 못했다.

이 남자와 도대체 무슨 이야기를 하면 되는가. 막막함을 숨기고자 마침 떠올렸던 의문을 입에 담았다.

"이제부터 재미있어질 텐데 왜 가족 손님들은 다들 돌아가는 걸까."

"저녁밥이라든가 내일 출근이라든가 이것저것 이유가 있겠지……. 슬슬 꼬맹이들 지쳐서 잠들어버릴 테고."

천천히 떠나가는 타키모토와 교대해서 하시쿠라가 시트에 벌렁 드러누웠다. 즐거운 시간은 다 끝났군, 투덜투덜 지루해하며 하품을 하고 있었다.

"미리 말해 두겠는데 난 타키모토가 돌아오면 곧바로 빠질 거다."

"훗……. 너는 여전히 꿋꿋하달까, 혼자 다닌다고 할까. 변함없구나."

하지만 변한 것도 분명히 있다. 분명 옛날의 이 녀석이었다면 설령 타키모토가 부탁했어도 이런 곳에 오지는 않았을 것이다. 중학교 3학년에서 고등학교 3학년. 세월은 분명 흘러갔다.

"뭐래, 네가 심하게 바뀐 거다. 옛날에는 약해 빠졌던 놈이 살인자 같은 눈빛으로 노려보고 말이야. ……지금은 완전 반대다. 이렇게 까다로운 놈이 또 없어."

이런 평가를 하시쿠라에게 받게 되리라 생각하진 못했다. 절절히 와닿아서 입술에 미소가 피어난다.

"그렇게 말하자면 너도 마찬가지지. 옛날에는 짐승 같은 분위기였잖나."

"엉? 네놈도 둥글어졌다는 소리 지껄이려는 거냐."

"그래. 험한 분위기가 가셨다. ……그래서, 지금이 가장 강해 보이는군."

저녁 하늘을 올려다보고 있으려니까 한숨 내쉬는 소리가 들렸다.

한때는 누구보다 증오했던 남자가 옆에서 웃었다.

"난 언제나 지금이 최강이다. 한 번도 도망치지 않았으니까 말이지. ……야."

"뭐지?"

"너 인마, 1년 전 단체전 기억하냐? 우리랑 붙어서 너만 타키모토한테 이겼던 시합."

"그래. 잊을 리 없지."

하시쿠라가 몸을 일으킨다. 두 손을 뒤로 짚더니 녀석은 목소리를 낮춰 말했다.

"그다음에 말이다. ……타키모토는 일주일 동안 훈련을 쉬었다. 그만둘 생각까지 했던 것 같더라."

"뭐, 라고……?"

"멍청한 녀석이지. 덩치는 큰 놈이 말이야. ……의외로 섬세하거든. 혼자 이것저것 잡생각이 많아. 상대를 미워하지도 못하고 끙끙 앓는다니까. ……그때 지겹게 주절거렸다. 우리 검도부에 올 사람은 자기가 아니라 오히려 에사카가 아니었겠냐고."

잠시간 아무런 말도 못 했다.

다만 하시쿠라는 당황하는 자신을 똑바로 쳐다보며 히죽 웃었다.

"근데 말이다. 타키모토 자식은 결국 돌아왔다. 잠깐 도망쳤는데 어쨌든 돌아왔다고. 미츠루기도 마찬가지지. 결국 또 슬금슬금 돌아온다니까. ……사연 없는 자식이 어디 있겠냐. 나도 네놈들도 다 똑같은 거다."

잿빛 눈동자에서 타오르는 불꽃은 조용하지만 언제나 사라지지 않는다.

"지금 이곳에 있다는 것. 그게 전부다. ……슈스이 대학 부속고의 캡틴은 타키모토 류고다."

"그래. 그러면 된다."

선택한 길이 정말로 옳았는지는 지금도 알 수 없었다.

"후지노미야 고등학교의 부장 에사카 진이 가장 강하다."

그러니까 이미 선택한 이 길을 자기 힘으로 정답으로 만들면 된다고 생각했다.

"흠, 이제야 돌아오는군……. 그럼 난 슬슬 빠지마. 밤에도 안 올 거다."

"훗. 미나카미가 있기 때문인가?"

"아주 잘 아는군. 안 마주쳐야 더 타오르는 인간이걸랑, 나는."

투덜투덜 말하며 웃고 하시쿠라는 일어섰다. 변함없이 유우는 골치 아픈 녀석들의 애정에 시달리는군, 정작 자기 자신은 제쳐 두고 그렇게 생각했다.

"자~ 이제 뭐 할까. 불꽃놀이는 역시 여자랑 같이 봐야지~."

"뭐냐, 의외로 잘 즐기는군."

"뭐, 이왕에 여기까지 왔잖냐. 게다가 나쁘지 않은 수확도 있었고."

분명 누군가에게 연락처를 받아 냈을 휴대 전화를 얼굴 옆에서 흔들며 하시쿠라는 웃었다.

붙임성이 좋은 녀석인지 나쁜 녀석인지 잘 모르겠다. 분명 어깨를 나란히 하여 지냈다면 둘도 없는 절친이 되었을 테지.

"잘 있어라, **후지노미야.**"

"그래. 작별이다, **슈스이.**"

아무튼 마지막 꿈은 이제 끝났다.

적의 뒷모습을 배웅하며 후지노미야 고등학교 검도부 부장은 웃는 얼굴로 보물들이 돌아오기를 애타게 기다렸다.

BEYOND THE SWORD

제7합 가슴에 불을 붙이고

에사카 진은 후지노미야 고등학교 검도장에서 부원들을 데리고 호면을 벗은 뒤 심호흡했다. 몸은 자동적으로 왼쪽 대각선 위를 바라보며 도장에 걸어 둔 벽시계를 확인했다. 저녁 시간임을 알려주는 시계판 한가운데에는 날짜와 요일도 분명하게 표시되어 있다.

3년 동안 이곳에서 쭉 연습하며 저 표시를 의식한 것은 처음이었다. 또한 지금이 마지막일 테지.

쓱 눈을 감은 뒤 배에 힘줘서 소리 질렀다.

"휴식! 30분부터 자유 대련!"

예, 대답해주는 목소리가 기분 좋았다.

마지막으로 듣는 격려의 목소리. 이보다 더 유쾌한 성원이 과연 있을까.

오늘은 토요일. 고교 체육 대회 단체전 예선, 하루 전.

전국 대회에 출장하지 않는 한 3학년은 오늘이 마지막 연습이었다. 에사카는 정좌한 채 팔짱을 끼고 오른쪽으로 왼쪽으로 도장을 쭉 둘러봤다.

"얘, 야시로. 빨리 바꿔줄래? 나도 때리고 싶단 말이야!"

"시끄럽다, 넌 맨날 쓰니까 양보 좀 해라! 이름을 써 놓던가, 후카세라고!"

항상 단둘이 시간을 보내왔던 타격 인형은 어느 사이인가 1학년의 인기인이 되었고.

“하 짱, 나 봐라! 꽤 늘지 않았나? 부장이랑 비슷하구로!”

“아냐. 어설퍼. 후지노가 더 비슷해. 에잇.”

줄곧 거울만 혼자 따라해줬던 저 자세는 최근 2학년 여자 부원들의 유행이 된 것 같다.

“마지막이야. 잘 알고 있겠지?”

“네, 네에, 잘 알고 있답니다~. 마토이는 마지막까지 안달복달 야단이네~.”

그리고 지난 3년을 쭉 함께했던 두 사람은 여전히 여자들끼리 은밀하게 대화 나누고 있다.

마도카는 또 옛날처럼 머리카락을 잘랐다.

지난 2주간 여자 부원들에게도 많은 일이 있었다. 여자들 나름대로 뭔가 사정이 있었을 테지.

일어선다. 목이 특별히 마르지는 않으나 물을 마시는 것도 괜찮겠다. 그런 생각을 하며 도장의 입구로 걸어가려다가 문득 걸음을 멈췄다.

“이제 이판사판으로 머리 노리고 뛰어들지 마라, 슌스케. 오늘은 슬슬 손목 때려주기 머신에서 졸업시켜달라고.”

“그래, 알았다. 그렇게 맨날 얻어맞았는데 싫어도 몸이 기억하지. ……하지만 또 엉성하게 버릇이 들면 냅다 때려서라도 고쳐줘라. 부탁한다.”

“그래. 사정없이 때려줄 거다. ……아무튼, 진짜 마지막 다

듣기다. 받아 허리 치기 말인데—."

머리 숙이며 마지막까지 발버둥 치는 키노사키를 방해하고 싶지 않았다.

유우가 입부하고 나서 녀석은 언제나 입버릇처럼 말했다. 자신은 멋없는 놈이라고. 거울을 볼 때마다 질색하게 된다고. 뭐라고 말을 건네지 못했다.

다만 사실은, 아니라고 말해주고 싶었다.

"너는 멋있는 놈이 됐다, 키노사키……."

손 옆에 둔 자신의 죽도를 주워서 그 장소로 간다. 몇 년이나 마주 봐왔던 자기 자신의 앞쪽으로.

우선은 중단 자세를 취했다. 그리고 왼쪽 다리를 앞에 내밀며—.

"부장."

"쿠로세……. 불렀나?"

혼자 쭉 치켜들기를 반복했던 동작 하나를, 다만 끝까지 마무리하지 못했다. 똑같이 거울 앞쪽에 와서 선 쿠로세는 죽도를 들고 있었다.

휴식 시간에는 쉬는 게 맞다고 누구보다도 큰 목소리로 거듭 주장했던 녀석이 자기 손에서 죽도를 떼어 놓지 않게 된 것은 언제부터였을까.

"오늘 자유 대련 말인데요. 제가 타격을 마치거나 잔심을 할 때 곧바로 때려주실 수 있습니까? 연속으로요. 부장이라면 가능하죠."

"그래. ……사실 상단은 그런 훈련에는 잘 어울리지 않는다만."

"부장 의견을 물어본 게 아닙니다. 관리직이면 말단을 위해서 힘 좀 써주십쇼."

정말 여전히 철저하게 자기 자신을 첫째로 생각한다. 대체 어디에 있는 누구를 닮아 이렇게 됐을까. 쓴웃음을 짓고 있자니 녀석은 안경을 중지로 밀어 올리고 거울을 향해 가볍게 검을 겨눴다.

"순발력이, 제게 주어진 과젭니다. 그래서 녀석은 일부러 때린 다음에 상격 머리를 반복했죠. ……이게 답입니다. 이제 고치기만 하면 됩니다."

"너는, 미나카미한테 직접 가지는 않는구나……."

"네."

자기 자세에 납득한 뒤 쿠로세는 납도 동작을 하고 이쪽을 돌아봤다. 당돌해서 마음에 드는 웃음이었다.

"저 녀석들은 저 녀석들이고요. 저는 접니다."

"그래……. 너는, 잘하고 있다."

"뭐, 져도 제 탓은 아니죠. 책임지는 건 높은 사람, 부장입니다. 출진표 정할 때 말했잖습니까."

건방진 녀석이다. 괜히 웃음이 나온다. 어쨌든 1년이나 함께 지내면 진짜 속마음을 조금은 이해할 수 있었다.

나는 나다, 다른 녀석들은 알아서 해라. 언뜻 생각하기에 매정한 태도 같아도 알고 보면 절대로 다른 누군가에게 폐를 끼치지 않겠다는 긍지가 있는 행동이다. 이 녀석 또한 고집스러운 자신을 영리함으로 감추는 길을 선택했다.

"물 마시고 오겠습니다. 이따 잘 부탁드립니다."

고개를 끄덕이고 이번에야말로 검을 들어 올리고자 왼 다리를 앞에 내밀어서 머리 위쪽으로 팔을 치켜세운다.

그때 불현듯 질풍이 거울 저편에서 은밀하게 다가들었다. 어여쁜 녀석이다. 가만히 허리를 비워주며 고개 돌렸다.

"허리이——야아앗!"

도장에 있는 전원의 움직임을 멈춘 벼락이 왼쪽 허리를 덮친다. 그냥 장난인데도 흉악한 좌면 허리 치기였다.

"좋았어~ 컨디션 최고! 지금 상태면 아마 쉿덩이도 두 동강을 낼 수 있을 겁니다."

"네가 말하니 농담으로 들리지 않는군. ……거참, 잠깐 놔두면 금방 놀아달라고 이렇게 들러붙는구나."

"시끄러, 시끄러. 약한 녀석을 보면 베어서 날려버리고 싶어지는 병이라고요~."

미나카미 유우가 혀를 내밀며 웃는다. 이렇게 농담을 하며 떠들어준다는 것이 못 견디게 기뻤다.

"그거요, 이제 좀 할 만하던가요? 오늘도 안 빼먹고 검사할 겁니다."

"너무 어렵더군……. 기껏해야 열 번에 한 번, 게다가 몇 초가 고작인 수준이다."

"가능하냐 불가능하냐 묻는 게 아닙니다. 해내십쇼. 포상도 드렸잖습니까."

히죽 웃는 유우에게 똑같은 표정으로 답한다. 휴대 전화로 매일 보내주는 영상이 머릿속에 떠올랐다.

"끝내주죠, 그 영상."

"그래. 보물처럼 모셔 놨다."

여자 부원들 쪽에서 따가운 시선이 날아오는데 별로 상관없었다. 아이하라 히토미와 미나카미 유우의 상단 자세 대처를 이 눈으로 보고 배울 수 있다면 어떤 대가를 치러도 싼값이었다.

게다가 어디에서 손에 넣었는지는 알 수 없으나 유우는 이누이 카이세이의 시합 영상 및 득점 내역까지 보내줬다. 감사의 뜻을 이루 다 표현할 수 없다.

고맙다, 평소처럼 말을 건네도 되겠다.

하지만 유우에게는 고작 말로 끝내고 싶지 않았다.

"넌 정말 연상을 좋아하는군. 질리지도 않고 매일매일. 그렇게 내가 좋은가?"

"시끄럽다니까요……. 너무 우쭐거리지 마십쇼. 울려드립니다?"

"하하하, 어디 해봐라. 나는 연습에서 울어본 경험이 단 한 번도 없다."

"앗, 그런 말 하면 어떻게든 울려보고 싶어지는데요! 두고 보자~!"

같이 웃는다.

아득히 먼 자신의 꿈은 어느새 이렇게나 가까운 곳에 세상에서 가장 귀여운 후배의 형태가 되어 나타났다.

"부장. 시간 됐습니다. 시작하죠."

"음? 벌써? ……좋아, 시작할까. 정렬!"

결국 혼자서 거울과 마주 보는 시간은 갖지 못했다. 마지막 연습치고는 신기한 날이라는 생각을 하며 호면의 앞에 앉았다. 그리고 한껏 숨을 들이마신다. 점검을 하지 못했던 것은 딱히 상관없었다.

"호면 착용!"

전국 대회에 나가서 오늘 이때를 마지막 연습이 아니게 만들면 그만 아니겠는가—.

× × ×

"잘 가~ 내일 보자~."

뱃속 시커먼 숙적, 웃는 얼굴의 마도카에게 말없이 손을 흔들어줄 수밖에 없었던 마토이는 떠나가는 친구의 등을 쳐다보며 라면 냄새가 나는 숨을 토했다. 3학년 셋이서 먹으러 온 것은 오랜만이었다. 다만.

마지막 순간 쓸데없는 배려를 받아버렸다. 게다가 커다란 폭탄이 딸려 있기까지.

옆에 선 에사카도 어리둥절하며 호구 주머니와 죽도 주머니를 내려뜨린 채 라면집 앞에서 우두커니 서 있었다.

비슷하게 한숨을 쉬고 에사카도 이쪽을 봤다. 같이 얼굴을 마주하며 쓴웃음을 짓는다.

"갈까."

"그래."

석양과 밤이 뒤섞인 적자색의 하늘에는 하얀 초승달이 떠 있다. 3년을 걸어 다녔기에 이제는 다리가 외어버린 이 하굣길을 연습 후 같이 걷는 기회는 지금이 마지막이겠다.

"있잖아. 너 마지막 자유 대련에서 분명 울었지?"

"너무 괴롭히지 마라……. 애당초 네가 울린 게 아니었나."

그러나 딱히 숙연해지지는 않는다. 평소처럼 놀려준다.

이렇게 난처해하며 웃는 얼굴을 지켜보는 것이 타치바나 마토이의 지난 3년간 변함없었던 최고로 행복한 순간이다.

"우후후, 쌤통이네. 역시 너도 미나카미도 나한테 걸리면 그냥 한 방이야."

"뭐, 그렇지. ……아니, 미나카미는 너무 약하잖나. 걱정돼서 눈을 못 떼겠다."

마치 자기 자신을 염려하듯 에사카가 멈춰 서더니 조마조마한 표정으로 이쪽을 봤다.

"이봐. 유키무라는 혹시 진짜로 미나카미를 잡아먹을 작정인 건가……?"

오늘은 미나카미 군한테 배웅받으면서 돌아갈 거야~ 라고 말을 남기며 녀석이 마지막에 보여줬던 시커먼 웃음을 잊을 수 없다. 포식자의 기세가 느껴졌었다.

뭐, 100억 퍼센트 그냥 장난이겠지만. 걔는 연하에게 전혀 관심이 없으니까.

하지만 미리 알려주면 재미없을 테니까 킥킥 웃으며 얼버무렸다.

“어휴~ 걔 연애 취향은 진짜 난감하다니까~.”

“동감이다. 제발 망가뜨리지 못하게 잘 지켜봐주자. 나의 소중한 후배란 말이다.”

“그러게……. 나한테도 귀여운 후배니까.”

둘이서 무심결에 빙긋 웃고는 또 걸음을 뗀다.

앞에서 이끄는 것도 아니고 뒤에서 따라가는 것도 아니고 검을 짊어진 커다란 어깨와 나란히 걸어간다.

몇 번을 치고받았을까. 몇 번을 맞아줬을까. 몇 번을, 용서해줬을까.

쭉 함께 걸어왔던 3년간. 결국 이 남자는 이렇게나 난폭하고 건방진 여자를 내팽개치지 않았다.

“그건 그렇고 연애는 잘 모르겠군. 그렇게 불타오르는 감정인 건가?”

“그러게 말야…….”

분명 열렬히 불타오르는 뜨거운 사랑을 하리라 생각했었다.

자각하고 있는 성격처럼 격하게 상대를 휘두르는 형태로. 어쩌면 이런 자신에게도 남자에게 홀딱 빠져버리는 순간이 있지 않을까 상상하며.

“뭐, 커플들 전부 다 뜨겁기만 하진 않겠지. 넌 알아? 뭐랄까, 여자의 복잡한 마음.”

“몰라서 물어보는 거다. 그냥 질문이니 알아들어라. 몇 년을 같이 지냈는데 모른 척이냐?”

"후후. ……그러게, 맞아."

잔잔한 연심이었다.

너 같은 녀석 진짜로 짜증 난다는 격한 마음에서 시작됐던 주제에 놀랄 만큼 고요하게.

막다른 골목길에서 도움을 받았다거나 진정한 나를 알아봐 주었다거나 하는 극적인 순간은 전혀 없었다.

아침에 일어나서 싸우고, 같이 수업을 듣고 식사를 하고, 또 방과 후 싸우고 같이 걷다가, 그러다가.

『잘 가라, 타치바나. 내일 또 보자.』

『응……. 내일 보자.』

내일 또 만나자며 손을 흔들 때 손바닥에 진짜 마음이 실려 있었다.

『아, 뭐야.』

이 마음은 보물. 다만 남몰래 숨기겠다고 그때 결심했다.

마지막까지 얄밉고 폭력적인 여자로 행세하자.

그렇게 하지 않으면 이 녀석이 안심하고 때려주지 않을 테니까.

언제부터 이렇게 얌전해졌을까, 스스로가 우습다. 톡, 배를 문지르며 웃었다.

"아~ 그건 그렇고 진짜 잘 먹었어. 돼지 될 것 같아."

"되지 않는다. 절대로."

우뚝, 하고. 다리가 멈췄다. 눈이 동그래져서 쳐다보니까 똑같이 멈춘 녀석이 조용하게 웃었다.

"너는 의지가 강하지. 반드시 아름답기 위해 노력할 거다."

"그러, 게……."

"먹은 만큼 움직이면 그만 아닌가. 앞으로 검도 이외에 무엇을 하면 될지는 잘 모르겠다만."

에사카는 먼저 걸음을 뗐다. 그렇게 이번에는 녀석의 등을 쫓아간다.

은퇴를 하더라도 잘 단련된 이 등은 분명히 달라지지 않는다.

죽을 때까지 멋지게 살아가고자 애쓸 테니까. 수치를 당할 바에야 죽겠다고 도무지 이해할 수 없는 무사 비슷한 말을 늘어놓으며.

"바보라니까."

그런 남자를 좋아하게 되었다. 정말이지 더없는 바보짓이다. 하지만 나의 사랑은 이러면 된다.

왜냐하면 자기 자신이 선택한 상대이니까.

"다 왔군. ……잘 가라, 타치바나."

죽도 주머니를 놓고 에사카가 울퉁불퉁 엉망인 왼손으로 손을 흔들었다.

"내일 또 보자."

같이 손을 흔들어주지 않는다. 그 대신 평소와 같이 팔짱을 끼고 당돌하게 웃었다.

"있잖아."

역시 기다리기만 하는 얌전한 여자는 마음에 들지 않는다. 어떤 순간에도 자기 자신답게 원하는 것은 원한다고 외치고 싶다. ……그러니까 아직, 내일 또 보자고 말할 수 있는 동안에.

"내기를 하지 않을래?"

자, 받아들여라, 에사카 진.

타치바나 마토이, 일생일대의 한판 승부다—.

× × ×

그리고 시간은 흘러.

전국 고교 체육 대회 예선, 단체전의 날이 찾아왔다.

드디어 이날이 왔다. 타키모토 류고는 눈앞에 펼쳐져 있는 하얀색 정사각형의 전장을 노려봤다.

죽도 맞부딪치는 소리와 날카로운 기합 소리가 잔뜩 들려온다.

평소에는 일상의 일부였던 저 소리가 오늘만큼은 몹시 각별하게 몸속 깊숙이 스며들었다.

드넓은 체육관에서 또 한 차례 시합 종료를 알리는 호루라기 소리가 울린다.

시합이 끝난 뒤 대장의 어깨를 토닥이며 웃는 사람이 있다. 정렬 후 호면을 벗고 정좌한 채 움직이지 못하는 사람이 있다. 털썩 허물어져서 눈물 흘리며 무엇인가를 후회해도 결코 시간은 되돌아가지 않는다.

패자는 이곳에 남아 있지 못하고 돌아가야 하는 법이다. 죽도 부딪치는 소리가 없는 일상으로.

하지만 그런 당연한 사실을 지금 이때에 안타까워할 리 없었다.

"약한 녀석은 어서 물러나라."

평소와 같이 오늘도 간단하게 사람을 베고 돌아왔다. 특별히 흥분하지도 않은 채.

그러나 다음 시합만큼은 다르다. 다음에 기다리는 것은 3회전.

기다리고 기다린 숙적과의 시합을 앞두고 피가 뜨겁게 끓어오른다.

타키모토는 팔짱을 끼고 하늘이 없는 상공을 올려다봤다. 그곳에는 일장기가 달려 있었다.

일본 최고의 상징. 모두를 이끌고 다른 무엇도 아닌 저것을 손에 넣기를 바라왔다. 다만 지금 자신을 고취시키는 것은 단순한 깃발이 아니었다.

타키모토는 들어 올렸던 고개를 오른쪽으로 기울였다. 2층의 자리로. 자신이 이끄는 군대의 진영으로.

모두가 우러러보도록 대담무쌍하게. 칠흑색 테두리를 두른 『상승』의 두 글자가 저곳에 있다.

과거에 저 글자는 무거웠다. 자신의 왼쪽 어깨에 실리는 슈스이라는 이름을 대체 몇 번이나 저주했던가.

어째서 내가. 어째서 내가 혼자서. 나보다 강한 녀석은 얼마든지 더 있는데도.

그런 식으로 꽉 감기려고 했던 눈을 언제나 뜨게 해준 것.

그것은 내건 깃발의 주위에 있는 자신에게 패한 녀석들이다.

"잘 지켜봐라."

도망치지 않는다. 두 번 다시.

자신의 커다란 등을 녀석들이 보고 있다. 너희의 원통함을 이 어깨에 실어라. 아무리 많고 무겁더라도 이 몸은 부러지지 않고 버티고 서서 가장 높은 곳으로 데려다주마.

나의 커다란 등은 그러기 위해 존재하니까.

"크큭. ……역시나 올라왔구나."

뜨겁게 타오르는 시선을 저편으로. 전투복을 걸친 슈스이의 이름에 겁먹지 않고 사납게 노려보는 적은 후지노미야. 타키모토는 입술을 비뚤어뜨리며 자기 전우들을 돌아본다. 고독의 싸움에서 이기고 살아남아 지금 이곳에 서 있는 강자들을.

차봉인지라 이미 호면을 쓰고 서 있는 콘노 츠바사가 독설을 내뱉었다.

"모든 시합에서 열 판 승리입니까. 거슬리는군요. ……카게시타, 기세를 꺾어주고 오세요."

선봉을 맡은 카게시타 아키라도 호면을 쓰고 기운차게 제자리에서 힘껏 뛰어오른다.

"네, 네~ 맡겨주십쇼~. 여유임다. ……아, 그런데 콘노 선배님."

짝, 다리를 벌려 착지하며 천진난만하게 웃었다.

"저희도 전부 열 판으로 이기고 올라왔는데요?"

그 말을 이제는 웃음이라는 행위를 허락받은 이누이 카이세이가 불손하게 이어받았다.

"자랑도 못 하는 말을 꺼내면 안 되지. 우리는 열 판 승리가 당연하니까."

다 같이 나누는 대결 이전의 말. 거기에 홀로 섞이지 않는 남자가 있다.

잿빛 눈동자를 저편에 번뜩이며 이를 뾰족이 드러내고. 지금 마침내 소원이 이루어졌다고 나지막하게 웃으며.

결코 무리를 짓지 않는 긍지 높은 늑대와 같은 저 남자의 어깨를 타키모토는 일부러 툭툭 두드렸다.

"하시쿠라."

"엉……? 뭐냐."

"이번 시합의 구호는 네가 맡아라."

눈이 동그래진 사람은 하시쿠라뿐. 아무도 이의를 제기하지 않고 어깨를 붙인 원진에 저 녀석이 들어오기를 웃으며 기다렸다. 무리 짓지 않으며 그저 혼자서 쭉 자기 자신을 갈고닦았던 이 녀석을 존경하지 않는 인물은 이곳에 없다.

"난 자기 일 아니면 관심 없는 녀석이다만……."

"상관없다. 마음껏 짖으면 된다."

쓸데없는 생각은 하지 마라. 네 마음대로 날뛰어라. 그런 말을 눈으로 건넸다.

그러자 드디어 하시쿠라가 평소처럼 웃고는 원 안에 들어왔다.

"헹……. 좋다, 해주마."

자신의 커다란 어깨를 붙잡고 부르짖기 전. 누구보다도 존경하는 전우가 말했다.

"이런 짓은 성질에 안 맞는다~. **다음 시합**부터는 네가 맡아라, 캡틴."

그래, 틀리지 않았다. 이곳을 선택하기를 잘했다. 악당들의 총대장이라는 직함이 지금은 자랑스럽다.

슈스이의 시합은 재미없다고 약한 놈들은 평생 짖기나 해라. 세상의 누가 뭐라든 우리들만 재미있으면 된다!

"가자, 이놈들아! 귀신 퇴치다!"

"오오!"

덤벼라, 먼지 부스러기 무명 학교. 슈스이 대학 부속고는 항상 승리한다!

× × ×

에사카 진은 왼손에 죽도를 쥐고 마침내 이때가 왔음을 실감하며 적군이 내건 깃발을 비웃음과 함께 노려본다.

오만불손한 『상승』 두 글자를 펄럭거리는 칠흑색 깃발을.

과거에 저 글자를 동경했었다. 왼쪽 어깨에 슈스이라는 이름을 올리고 정점에 서는 날을 몽상했었다.

"크큭. 바보군."

그러나 그딴 악몽은 이제 필요 없다. 침을 뱉어주고 이곳에 서기를 선택했던 자신이 자랑스럽다.

거들먹거리는 깃발도 거창한 이름도 필요 없다. 이미 차지하고 있었던 것을 지키기만 해 봤자 마음이 들뜨지 않는다. 진정 원하는 것은 쳐들어가서 자기 손으로 거머쥐어야 가치가 있는 법. 밑바닥부터 쌓아 올려야 가치가 있는 법이다.

에사카는 검 끝을 겨누듯 둘째 손가락으로『상승』의 깃발을 가리켰다.

“너희들. 저 깃발, 지금 실컷 봐 둬라.”

히죽 웃고는 고개 돌린다. 확신한 대로 똑같은 얼굴이 늘어서 있었다.

“이제는 두 번 다시 못 걸어 놓을 테니까.”

호면을 착용한 선봉 야시로가 안달 난다는 듯이 펄쩍거리며 송곳니를 드러낸다.

“저거, 시합 끝나면 우리가 뺏죠. 학교 이름 뜯어서 쓰자고요.”

그 옆에서 또 한 사람, 호면을 쓴 차봉 키노사키가 고개를 휘휘 흔들었다.

“소름 끼치는 말 하지 마라, 야시로~. 슈스이에서 쓰던 물건을 대체 뭐 하러. 싹 태워버리는 게 어때?”

“애당초 저딴 건 글자 그대로 사망 플래그란 말이지. 왜 얼간이처럼 걸어 놓나 모르겠군.”

기분 나쁘고 소름 끼친다며 투덜거리는 키노사키와 쿠로세의 틈에 들어가서 유우가 양쪽 어깨를 둘러 잡았다.

어째서 이런 당연한 사실을 알지 못하냐고 묻듯이 이를 드러내며 사납게 웃고 있었다.

“뻔한 거 아니냐. 막상 우리가 이겼을 때 끝내주게 재미있기 때문이지!”

아하, 맞는 말이군. 모두가 같이 웃는다. 이곳에는 공포에 위축된 녀석, 승리를 의심하는 녀석은 아무도 없다.

있는 것은 바보뿐. 최고다. 영원히 이곳에 쭉 머무르고 싶다.

"그래……."

슈스이를 이기고 싶다. 다 같이 이기고 싶다.

어째서 쭉 같은 말을 되뇌었는가, 이제야 알 수 있었다.

이기고 다 같이 마주하며 웃고 싶어서 싸우는 것이 아니다.

이 바보 녀석들과 언제까지나 쭉 함께 싸우고 싶기 때문에 단지 승리가 필요했을 뿐이다.

"놀아보자. 죽을 때까지!"

이미 슈스이 따위 아무래도 좋았다. 빨리 박살을 내고 다음 시합에 나서고 싶다.

전원 답답할 만큼 가까이 바짝 붙어서 서로의 어깨를 잡는다. 세게, 세차게, 승리를 거머쥐는 것처럼!

"가자, 얘들아! 가장 강한 건 바로 우리다!"

"오오!"

비켜라, 오늘까지의 상승 고교. 오늘부터는 후지노미야가 최고다!

BEYOND THE SWORD

제8합 유명을 달리할 때

"상호 간 인사!"

"잘 부탁드립니다!"

후지노미야와 슈스이 대학 부속고의 부원들이 정렬한 뒤 인사를 한다. 서로 선봉을 남긴 뒤 박수를 치며 진영으로 돌아갔다.

그리고 화이트보드에 부착된 출진표 옆에 기록 담당이 혼자 남는다.

적색, 후지노미야 출진표. 선봉 야시로. 차봉 키노사키. 중견 쿠로세. 부장 미나카미. 대장 에사카.

백색, 슈스이 출진표. 선봉 카게시타. 차봉 콘노. 중견 타키모토. 부장 하시쿠라. 대장 이누이.

이윽고 나란히 서 있던 세 명의 심판 중 부심 두 명이 정점에 주심을 남긴 채 이등변 삼각형의 위치로 이동.

시합 준비는 끝났다. 직립 부동의 자세로 주심이 좌우 깃발을 살짝 흔들며 입을 열었다.

"앞으로."

"잘 부탁드립니다."

"잘 부탁드립니다."

조용히 불타오르는 야시로와 카게시타의 목소리가 교차하고, 같이 준거를 실시한다.

두 사람이 숨을 들이마시자 세계에서 소리가 사라진다. 이어서—.

"시작!"

"라아아아아——아아아아아아아아아앗!"

"키에야아아——아쌰아아아아아아야앗!"

운명의 일전이 지금 시작되었다.

마치 폭죽이 터지듯 카게시타가 즉각 손목 머리 치기를 날렸지만, 야시로는 간단히 쳐내고 호면 안쪽에서 혀를 내민다. 제법이라며 카게시타도 웃었다. 코등이싸움의 밀고 당기기가 시작된다. 오른쪽으로 왼쪽으로 흔들거리며 서로 간에 시선을 떼어 내지 않는다. 일순간의 틈을 노려서 야시로가 세차게 오른 주먹을 밀었다가 힘이 되돌아온 순간—.

"머리이이이잇, 씨야아아아야아앗!"

회심의 퇴격 머리 치기를 날리고 야시로가 빠르게 속도를 내며 후방으로 물러나서 잔심. 그 일격은, 다만 성공하지 못했다. 여유를 갖고 회피한 카게시타가 야시로의 위치로 바짝 들이닥친다!

—애들 장난이냐, 굼벵이로 보인다! 매일같이 누구의 퇴격 머리 치기를 봐왔는데!

"하아앗!"

한 차례 발을 굴러서 선택을 압박한다. 머리 위쪽으로 치켜 들어서 잔심을 하던 야시로의 죽도가 반응하여 두 손에 쥐인 채 손목으로 내려온다. —하지만!

"라아아아야아앗!"

"손모옥——으라아!"

두려움 없이 탄환처럼 날아간 카게시타가 머리를 때린다. 불꽃이 교차했다. 속도에서 밀린 야시로의 손목 치기는 팔로 빗나갔고, 카게시타의 호면에서 뚝 소리가 난다. 심판이 백기를 들어 올렸다.

하나뿐. 눈 돌려 판정을 확인한 다음의 반응 속도는 양자 중 야시로가 더 빨랐다. 아직이다, 득점은 인정받지 못했다!

부심 두 사람이 다리 아래로 두 차례 깃발을 교차, 무효 판정의 바람을 타고 야시로가 돌아서는 카게시타에게 다시 한 번 교착을 감행한다. 얼굴이 보였다. 커다래진 눈이. 한판 따냈다고 생각했을 테지—!

일족일도의 거리로 야시로가 몰아친다. 하지만 그 순간, 카게시타의 뛰어난 순발력은 수세로 돌아서는 대신 뛰어들어서 머리 치기를 날렸다.

"키아아앗, 씨야아아앗—!"

그 죽도의 아래를 야시로가 U자를 그리는 일섬으로 빠져나가며—.

"손모오오오옥——으라아아아아앗!"

들어가며 손목 치기. 따악, 둔탁한 소리와 함께 적색 깃발이 피어났다.

"크읏, 쳇……!"

하나뿐. 주심의 한판 선언을 부심이 취소시킨다. 또 때린 위치가 호완보다 안쪽이었다.

호구 바깥을 맞은 카게시타가 죽도에서 오른손을 떼어 내더니 아픔을 떨치려는 듯 헛손질임을 놀리는 듯이 두 차례 흔든다. 저 웃음은 목숨을 구했다는 안도인가, 죽이지 못했음을 조롱하는 도발인가.

"으라아아아아——아아아야이야아아아아아앗!"

"키아아이야아아아아——라라아라아아아아아야앗!"

재차 마주 선 두 사람이 중단 자세로 돌아온 뒤 다시금 중앙에서 일진일퇴의 공방을 이어 나간다.

호각이었다. 둘 다 1학년, 속도와 번뜩이는 재치와 무엇보다도 재능을 반짝반짝 빛내며 죽도와 함께 어우러진다. 이후 백 번을 반복하면 백 번 다 다른 결과가 나올 것이 틀림없겠다.

"머리 한판!"

그렇다면 이 자리에서 마지막 상격 머리. 미세한 차이를 가른 분수령은 어디에 있었는가.

하얀 깃발이 세 개 피어나며 호루라기 소리가 울린다.

"그만. ……시합 종료!"

후지노미야 대 슈스이의 선봉전. 승리의 여신은 마지막까지 최강의 남자와 맞서 싸웠던 카게시타에게 미소 지었다.

× × ×

"제길……. 제기랄……!"

스스로가 창피하고 부끄러워서 용서할 수 없는 야시로는 두 주먹을 부르쥐고 눈을 꽉 감은 채 하얀색 선을 따라 걷는다.

세차게 깨문 이빨이 부러질 것 같았다. 약한 자신에게 구역질이 난다.

혼자서 강해져달라며 신뢰를 표시해주지 않았던가. 그런데 자신은 결국 배반하고 말았다.

"야시로. 여기 보라니까."

굴욕에 떨고 있던 때 목소리가 들려서 눈을 떴다. 오른 주먹을 치켜들고 키노사키가 서 있었다.

웃는다. 처음 후지노미야에 왔을 때 이 남자를 보고 선택을 잘못한 것이 아니었을까 생각했다.

언제나 경박하게 실실 웃고 다니는 꼴이 마음에 들지 않아서. 물어뜯을 가치도 없다고 생각했었다.

"너한테 언젠가 꼭 말하려고 줄곧 생각했는데 말이다."

"뭔데요……."

"너 인마, 날 깔보고 있지?"

알고 있었구나, 말을 잃는다. 다만, 그럼에도 화내지 않고 키노사키는 웃었다.

"괜찮다. 용서한다. 난 진짜 꼴불견이었으니까."

다만 이렇게 웃음을 띤 얼굴은 더 이상 경박하지 않았다.

거울 앞 광대와 마주 보면서 끝내 이 자리에서 웃기로 결심을 한 든든한 남자가 불꽃을 넘겨달라며 주먹을 쥔다.

"하지만, 이제부터 잘 보고 있어라."

지금, 야시로도 건네주기 위하여 꽉 주먹을 쥔다. 앞을 바라보다가 깊숙이 머리 숙였다.

"명색이 네 선배잖냐. 꼴불견으로 끝낼 순 없다고!"

"죄송함다……. 꼭 부탁드립니다, 선배."

마주 부딪친 주먹을 강하게 가슴으로.

등불을 지금, 야시로는 전우로 인정한 남자에게 건넸다.

키노시타 슌스케가 달려 나간다. 이미 큰소리 친 말을 되새기면서.

후배에게 장담을 했다. 더는 돌이킬 수 없다. 이러고도 진다면 비참한 자기 자신이 더욱 비참해지고.

"이기면 최고로 멋있는 놈이 되는군?"

불타는 시선 저편에 있는 이름은 콘노. 연성회에서도 방문훈련에서도 항상 농락당하며 패배를 겪어왔던 남자.

그러나 지금 이 자리에서 지난 과거는 전부 뒤집히리라.

그 때문에 그날, 진흙탕에 머리를 조아리면서까지 전진하는 길을 선택하지 않았던가.

키노사키는 하얀 선 안쪽에 걸음을 들여놓으며 인사를 하기 전 에사카를 보고 일주일 전에 봤던 저 남자의 등을 떠올렸다.

『키, 키노사키. 저걸 타고 싶은데 같이 가주겠나?』
유우와 화해를 주선하려는 의도임을 곧장 알아볼 수 있었기에 피식 웃어버렸다.
철저하게 우직한 사람이었다. 그래서 알아차리지 못한 시늉을 해주며 같이 테마파크를 순회하는 유람선에 타준다. 그런데 에사카는 본래 목적을 잊어버리고 뱃머리에서 눈을 반짝반짝 빛내고 있었다. 정말 우스워서 못 견디겠다.
『뭐, 뭐지? 왜 웃는 거냐?』
『진 선배는 그러고 보니 탈것을 되게 좋아했다는 생각이 나서요. 전투기라든가.』
우락부락한 외모와 달리 의외로 어린애 같은 면모도 있는 사람이다.
부 활동에 막 들어왔을 무렵, 특히 처음으로 치른 단체전이 끝날 때까지 너무 무서워서 제대로 말도 못 걸었던 시절은 그저 추억이었다.
경박한 자신이 이렇게 커다랗고 든든한 사람을 귀찮게 굴면 안 된다.
두려움과 함께 당시에 막연한 외경심을 품었던 것도 사실이었다.
『저기요, 진 선배. 이렇게 둘만 있는 건 오랜만인데 잠깐 질문 좀 해도 될까요?』
『그래……. 뭐든 물어봐라. 뭐, 내가 대답할 수 있는 질문이라면야 기꺼이 답해주마.』

머리를 긁적이는 에사카에게 힘껏 고개를 흔들어줬다. 무조건 대답해줄 수 있는 질문이니까.

땀내 나고 인기도 없는 검도 따위 역시 관두겠다고 생각했던 1년 전, 결국에 관두지 못한 이유는 역시 이 사람의 뒷모습에서 눈을 뗄 수 없었기 때문이었다.

『가르쳐주십쇼. ……강하다는 건 어떤 느낌이죠?』

『으음? 그걸 나에게 묻는 건가?』

『유우한테 묻긴 싫다고요. 게다가 진 선배도 세잖습까. 무지막지하게.』

1년 전 단체전. 2회전에서 슈스이와 부딪쳐 패배했지만 점수는 4 대 1이었다.

『진 선배는 말이죠, 1년 전 단체전 때 슈스이를 혼자만 이겼잖아요? 게다가 타키모토 상대로 여유롭게, 거뜬하게.』

『그래…….』

『그다음 헹, 웃었잖아요. 바보 아니냐, 라는 느낌으로.』

압도적인 승리였다. 설령 학교가 패배했더라도 자기 자신의 강함은 흔들리지 않는다는 듯이. 자신 있게 선언하는 듯한 웃음을 보고 정말로 여기에서 도망쳐도 되는 것인가 가슴이 부글거렸었다.

『그게 진짜 멋있었거든요. 강한 선배라는 느낌도 들고. 난 무리라고 생각했지만요.』

『그런 식으로 보였던 건가……. 그럼 더더욱 말해주는 게 좋겠구나.』

난간에 팔을 올려놓고 에사카가 이쪽을 본다. 저 쓴웃음에서 1년 이상의 나이 차이를 느꼈다.

『나는 한 번도 자신을 멋있다고 생각한 적이 없다.』

『에이, 설마요…….』

『정말이다. 다른 사람이 받는 인상은 정말이지 믿을 게 못 되는구나.』

턱받침을 하고 에사카는 먼 곳을 바라봤다. 목소리를 낮춰서 손바닥 위에 올려놓듯이 말했다.

『언제나, 지금도 꼴사나운 녀석이다. 후배에게 꼼짝 못 하고 당하질 않나, 게다가 머리 숙이며 가르침을 청하기도 했지.』

『그거야, 유우니까 어쩔 수 없잖아요……?』

『진심인가? 상대가 누구든 간에 좋아서 기꺼이 머리를 숙이려 하는 남자가 어디에 있지?』

뚱한 표정으로 언짢아하며 나중에 두고 보자고 불평하는 저 옆얼굴이 우습다. 저절로 쓴웃음이 나와버렸다.

『위쪽만, 쳐다보는군요. 진 선배는.』

『그래. 위에는 또 위가 있으니까 말이다. ……그래서 유우 같은 녀석도 패배를 겪지 않았나.』

턱받침을 하던 팔뚝을 가슴 앞으로 다시 가져온 에사카는 먼 곳을 노려보면서 사납게 웃었다.

『위쪽을 봐도 아래쪽을 봐도 끝이 없다. 어차피 봐야 한다면 위쪽이 좋겠지?』

안 되겠다. 바보다. 손쓸 도리가 없다.

다만 꿋꿋이 우직하게 나아가는 삶과 자세가 더욱 큰 감동을 가져다줬다.

『너도 더 높이 올라가고 싶어서 연성회 때 그 녀석을 물고 늘어졌던 게 아니었나?』

『허망하게 져버렸지만 말입니다~. 되게 웃겼죠.』

제대로 바라봐주는 사람이 있었다. 이딴 경박한 남자의 보잘것없는 고집을.

도저히 이길 수 없다며 다들 웃었다. 맞는 말이라며 자신도 웃었다.

『웃을 리 있겠나. 나는 오히려 기뻤다.』

그러나 결코 웃지 않으며 지켜봐 준 남자가 이곳에 있다.

『너는, 같은 길을 선택해줬다. ……언젠가 비웃음을 당한 만큼 더 힘껏 웃어주면 되는 거다.』

『네…….』

『따라와라. 늦지 않게.』

『네!』

이제 멀쩡하다.

이제부터 겪을 앞날이 아무리 굴욕으로 가득하며 비웃음을 당하게 되더라도 자신은 부러지지 않는다.

『그 녀석에게 머리 숙여주고 와야겠네요. ……진짜 싫지만!』

『그럼 요령을 가르쳐주마.』

배가 정지하며 관성으로 흔들거렸다. 그럼에도 에사카는 흔들림 없이 서서 당당하게 웃고 있었다.

『아예 최대한 푹 수그려줘라. 상대가 얼굴을 못 볼 만큼. 그렇게 하면 아래에서 어떤 표정을 짓고 있는지 알아볼 수 없지.』

툭, 다정하게 등을 밀어준다.

『혀를 내밀고 웃어줘라. 나중에 두고 보자고.』

심판이 지금 「앞으로」라고 말했다.

지금이 바로 그때였다. 키노사키는 뒤쪽에서 기다리고 있는 검을 바치고 싶은 남자에게 들리도록 큰 목소리로 외쳤다.

"잘 부탁드립니다!"

힘껏 머리를 숙여준다. 곧 두고 보자고, 아무도 눈치채지 못하게 혀를 내밀면서.

얼굴을 들어 올렸을 때 저편에서는 검도용 안경을 쓴 악당 같은 남자가 비웃음을 짓고 있었다.

마침 잘됐다. 그 거울에 지금을 또렷하게 비춰 봐라. 너에게 꼭 해주고 싶은 말이 있었다!

—거울 보면서 다시 훈련하고 왔다!

× × ×

"시작!"

"야아아아——씨야아아아아앗!"

"오오오오——야아아아아아앗!"

차봉전에서 몸을 일으킨 뒤 양자의 움직임은 대조적이었다.

키노사키의 가벼운 발놀림이 앞으로 뒤로 우로 좌로 신속하게 콘노를 교란하려 든다. 그러나 콘노는 차분하게 싸늘한 눈으로 중심을 잡고 대치했다.

—쓸데없는 짓이다. 너만 지칠 뿐이지.

움직임의 주기를 읽어 파악한다. 어지러운 듯한 움직임의 안쪽에 있는 규칙성도 세 번쯤 보면 알몸뚱이나 마찬가지였다.

다음은 뒤로 뛰겠지. 아니나 다를까, 예측한 대로 공중에 뜬 키노사키를 향하여 힘껏 쭉 간격을 좁혔다. 때리지 않고 대기한다. 착지한 뒤 덤벼들 때 마중 나가서 죽인다—.

"하아앗!"

키노사키가 소리 지르며 노린 대로 뛰어올랐다. 다만 제자리에서. 페인트다. 속아 넘어간 콘노의 검 끝이 씰룩 올라갔을 때 키노사키는 기회를 놓치지 않고 여유롭게 몸을 날렸다.

"손목, 머리이——이쌰아아!"

빠르다. —그뿐. 콘노는 눈을 가늘게 뜨며 손쉽게 두 번의 공격을 죽도로 방어했다. 코등이싸움으로 몰아간다.

—학습을 하긴 했군요. 과연 누가 머리를 썼으려나.

이누이 카이세이가 열심히 매달리는 남자의 얼굴을 떠올린다. 얼마 전 방문 훈련에서 본인이 직접 대결하게 될 상대가 아닌데도 모조리 베어버리겠다는 기세로 잔수작을 부리던 남자의 얼굴을. 코등이싸움 와중에 콘노는 소리 없이 웃는다.

웃어도 될 만큼 여유가 있었다. 코등이싸움에 압박감이 없다. 이누이와 비교하자면 코웃음이 나올 정도로.

재빨리 움직이는 키노사키에게 끌려다니지 않는다. 콘노는 신체의 축을 무너뜨리지 않는다. 이윽고 키노사키가 멈춰 서자 콘노는 이제 떨어지자며 살짝 고개를 끄덕였다. 키노사키도 같이 고개를 끄덕였다.

"머리이――이야시야앗!"

그 순간을 노린 콘노가 퇴격 머리 치기를 때렸다. 전혀 비겁할 이유가 없는 정당한 전술이다. 딱, 소리가 울려 퍼졌다. 머리 정수리가 아닌 전진 방어로 받아 낸 죽도가. 키노사키는 늦지 않게 방어한 뒤 잔심을 쫓아왔다.

"으랴아――야아아아아앗!"

"오오옷씨야아아아――라아앗!"

숨 못 쉬는 연속 공격이 엇갈리며 마구 날아든다. 콘노의 머리 치기를 키노사키가 피한 뒤 곧바로 퇴격 허리 치기, 양쪽 다 득점을 인정받지 못했다. 콘노가 다가든다. 세 합을 마주 때리며 불꽃이 흩날리지만, 어느 한 부위도 제대로 때리지 못했다. 속도는 호각―.

"손모오옥으야아아아!"

타격전은 싫다는 듯이 콘노가 근거리에서 퇴격 손목 치기로 상대를 쫓아내고자 한다. 그러나 키노사키는 놓아주지 않았다.

바짝 쫓아다니던 거리가 지금 수렴한다.

"머리이이야아――."

"손모오오오오오오오――으아, 타아앗!"

세 개, 무자비한 하얀 깃발이 올라갔다. 머리 치기를 미리 간파한 콘노의 들어가며 손목 치기가 당연하다는 듯이 적중했다.

"손목 한판!"

잔심 동작을 마친 뒤 콘노가 부심의 뒤를 커다랗게 돌아 걸어서 천천히 개시선으로 복귀한다.

기쁨은 없다. 대결을 재촉하지도 않는다. 콘노의 마음속 생각은 단 하나였다.

—결국 잔꾀인가. 배우는 게 없군.

호면 안쪽에서 저절로 코웃음이 나왔다. 가느다란 눈이 아군 진영에서 호면을 벗은 카게시타를 주시했다.

시끄럽지만 저 녀석도 귀여운 후배이기는 하다. 뒤치다꺼리를 해주는 것도 나쁘진 않다.

카게시타는 한 판 승리였다. 즉 열 판 승리의 기세는 이미 무너졌다.

"나중에 교육하며 반성을 시켜줘야겠군요……."

항상 두 판으로 거듭 승리해야 한다. 보는 사람의 마음을 꺾어주기 위해서 슈스이 대학 부속고에 꼭 필요한 방식이다.

조롱하듯이 악랄하게. 비난하는 손가락 끝을 짓밟아 으스러뜨리고, 도망치는 약자의 등을 베어서 나아간다.

자, 포기해라. 지금 당장 사라져라. 이제부터 모조리 두 판으로 승리해서 제왕이 마땅히 취해야 할 모습을 등으로 증명해주마.

콘노가 지금 막 베어버린 시체를 걷어차듯이 안경을 번뜩이며 어서 부러지라고 비웃는다. 곧이어…….
마치 거울을 보여주는 것처럼, 키노사키는—.
네가 부러지라며 히죽 비웃었다.

심판에게 첫 번째 죽음을 선고당하는 순간, 키노사키는 숨을 헐떡헐떡하는 와중에 막 가격당한 자리에서 아래를 봤다.
"배운 게, 없구나. ……나, 는."
또 같은 방식으로 죽었다.
머리에 피가 솟구쳤다. 코등이싸움 도중에 이게 전부냐며 비웃고 조롱하며 지저분한 수법으로 공격을 했던 남자에게 헛수작 부리지 말란 심정으로 들러붙었다. 그 결과가 이런 꼴이다.
얼굴을 든다. 티 없는 순백의 하얀 깃발이 세 개 들려 올라간 현실은 달라지지 않았다.
그렇다. 승리가 곧 정의다. 마지막에 이기면 전부 올바른 전술이 되는 법이었다.
콘노의 맞은편 개시선으로 천천히 돌아가며 키노사키는 아군 진영을 바라봤다.
아무도 허둥거리지 않았다. 자신을 믿고 의지해준 남자도, 동경하는 남자도, 경의를 보낸 남자도, 모두 팔짱을 낀 채 묵묵히 이쪽을 바라보고 있을 뿐이다.
정신 차리라고, 이제부터 만회하면 된다고, 아무런 말도 해주지 않는다. 보이는 것은 오직 웅변이 담긴 시선.

—어리광 부리지 마라. 스스로의 힘으로 이기고 돌아와라.

키노사키는 천장을 올려다보고 심호흡하며 호흡을 가다듬었다. 무언의 신뢰를 받아 간직하며.

줄곧 유우와 맞상대했다. 매번 비참했다. 그럼에도 에사카는 말해주었다. 마지막에 자기 자신이 웃으면 되는 것이라고. 동감이다, 정말로 맞는 말이다.

이제 와서 비웃음을 당한 정도로 뭐 하러 화내나. 자신이 멋없는 놈이라는 것은 충분히 잘 알지 않았던가.

이를 악물고 개시선 뒤로 돌아왔다. 도중에 이미 하얀 선 위쪽에 서서 준비를 하던 쿠로세와 눈이 마주쳤다. 차갑고, 다만 뜨거운 빛을 담아내는 저 눈과—.

이 녀석이 보고 있었다. 자신의 등을—.

"한 번 죽었다. ……이제부터는 전부 공짜군."

수없이 얻어맞으며 웃음거리가 됐었다. 그럼에도 이곳에 서 있다. 매달리듯 검을 겨눴다.

—웃고 싶다면 웃어라! 나는 절대로 부러지지 않는다!

"두 판째!"

"오오오오——야아아아아아앗!"

소리 높이는 콘노에게 같이 외치지 않고 또다시 키노사키는 움직이기 시작했다. 앞으로, 뒤로, 우로, 좌로. 뛰어다니는 듯한 가벼운 발놀림을 되풀이한다. 숨이 차올랐다. 몸이 서서히 무거워진다. 다만 멈추지 않았다.

호면 너머의 콘노가 입꼬리를 살짝 올렸다. 그 광경을 포착한 순간 키노사키는 과감하게 앞으로 파고 들어갔다.

"하앗, 으라아아씨야아아——야아앗!"

허공을 한 번 밟은 뒤 콘노가 머리 치기. 하지만 미리 예측했기에 치켜 올라오는 죽도를 궤도가 벗어나도록 내리찍었다. 퇴격 기술을 날리지 않고 코등이싸움으로, 그리고 계속해서 거듭 다리를 움직인다.

빠르게 움직여야 한다. 더 강한 실력자 상대로 싸워 이기자면 특기 분야로 끌어들이는 방법밖에 없다.

변함없이 콘노의 코등이싸움은 견고했기에 치고 들어갈 틈이 없었다. 버겁다. 다리를 멈추고 싶다. 그러나 멈추지 않았다. 녀석이 퇴격 기술을 때리지 않는다. 효과가 있다. 상대도 분명 버거워한다!

교란의 끝에 콘노가 또 떨어지자는 듯이 살짝 고개를 끄덕였다.

"손모오옥——오라아앗!"

그 순간에 키노사키는 기다렸다는 듯이 퇴격 손목 치기를 날린다. 똑같이 갚아주고자. 다만 쫓아오지 않았다.

콘노는 오른손을 떼고 느릿느릿 걸어서 키노사키의 잔심을 몰아붙였다. 연속 공격은 날리지 않는다.

—혼자 알아서 힘 빼시죠. 안 받아줍니다.

키노사키의 뒤쪽에는 하얀색 선이 있다. 이미 한 판을 빼앗겼기에 절체절명. 그리고 지금 여기까지 몰아넣었다.

발놀림이 시작된다. 이미 파악을 끝낸 움직임이. 앞으로 뒤로 우로 좌로. 이번에야말로 여기에서 죽인다.

맞닿는 서로의 칼끝 중 콘노의 검이 갈팡질팡했다. 일부러 중심에서 벗어나며, 또한.

휙, 내려갔다. —어서 덤벼들어라, 다음은 앞이다!

"손모오오오옥——씨야아아앗!"

간파했다, 드디어 죽였다.

"손목 머리잇, 오오오오오——라아아아앗씨야아앗!!"

줄곧 벼르고 벼른 키노사키의 상격 손목 머리 치기가 손목 타격을 무효화하고 콘노의 머리를 때린 뒤 지나간다.

몸을 돌려서 잔심을 하며 쳐다보면 이의 없이 세 개의 붉은 깃발이 올라가 있었다.

"머리 한판!"

숨도 제대로 못 쉬며 헐떡거리는 잔심을 보면서 콘노는 죽도를 내려뜨리고 어리석었던 자신을 저주했다.

"작전, 이었나……!"

전부, 이때를 위해!

이를 갈면서 콘노는 서둘러 개시선으로 돌아왔다.

버릇은 전부 함정이었다. 다만 이러한 작전은 본래 일회용이다.

더 이상 기적은 일어나지 않는다. 슈스이의 이름을 더럽히지 않겠다. 명예는 이 손으로 되찾는다.

—깨닫게 만들어주마. 못 배운 들개. 네가 하수다!

매섭게 저편을 노려봐주자 또 숨을 가다듬은 키노사키가 돌아온다. 어서 덤비라며 녀석도 노려봤다.

정적— 이윽고 주심이 소리 질렀다.

"승부!"

"시야아아아아——쌰아아아아아앗!"

"오오오옷시야——야아아아아야앗!"

뛰어다니는 듯한 움직임을 멈춘 키노사키가 이번에는 기본에 충실하게 중심을 잡고 묵직하게 앞으로 몰아친다. 견제에 견제가 이어지기를 십수 초, 교차하는 칼끝이 마치 열화에 구워지듯이 일렁였다.

"타아——야아앗!"

지금 또다시 콘노의 머리 치기가 도화선에 불을 붙이며 기관총처럼 난타가 시작되었다.

두 합, 세 합, 네 합, 날카롭게 빠르게 허를 찌른다. 그런 실력자의 공세에 맞서 키노사키는 물러나지 않고 호각으로 치고받았다. 다리가 자꾸 후들거린다. 호흡의 간격이 짧아진다. 숨 쉴 때마다 어깨가 들썩인다. 그런데도 자신의 움직임은 어째서인지 점점 최적화되고, 또한 생각이 든다.

—뭐냐, 이 자식. 그냥 교과서 같은데.

전혀 무섭지 않았다.

어디에서도 절망이 느껴지지 않는다. 이런 정도의 위압감, **그놈**과 비교하자면 마치 종잇장처럼 얄팍하다.

퇴격 머리 치기로 간격을 벌린 뒤 키노사키는 코웃음 쳤다. 곧이어 일족일도의 거리로.

쓸데없는 힘 일체를 빼낸 중단 자세를 취하자 산소가 모자라서인지 저편에 환상이 보였다.

지금은 아직 멀지언정 언젠가 어깨를 때려주고 싶은 유우의 등이.

『위쪽을 봐도 아래쪽을 봐도 끝이 없다.』

에사카의 말에 고개를 끄덕여주듯 키노사키의 칼끝이 내려간다. 칼끝을 다뤄 움직이는 오른손에서 힘이 빠졌다.

"머리이――이이이이잇야아아앗!"

딱, 두 사람이 동시에 밀어 넣은 퍼즐이 쑥 들어가는 소리가 났다. 그것은 죽도로 받아치는 소리.

―콘노 츠바사는 재정비한 뒤 처음 공격하는 부위가 언제나 머리.

히죽 웃고서 취한 자세가 거울에 비춘 듯 녀석의 특기 기술과는 반대 궤도로.

자, 지금이야말로 달려 나가라! 아래를 쳐다보는 건 이제 질렸다!

"타아아아씨야아아아――아아아아야아아앗, 라아아아앗!"

혼신의 머리 받아 허리 치기를 멋지게 날린 뒤 키노사키는 저편으로 쭉 달려 나간다.

쫓아오는 소리와 함께 뒤돌아보자 갈채에서 태어난 붉은 깃발의 저편으로 아군 진영이 보였다.

그곳에서 미나카미 유우가 위기감 없이 천진난만하게 웃고 있었기에. 혀를 쭉 내밀며 말해준다.

—조만간 두고 보자고. 다음은 네 차례니까!

"허리 한판! —시합 종료!"

× × ×

"쿠로."

시합을 마친 뒤 열기 덩어리가 된 키노사키가 주먹을 치켜들었다. 차가운 남자도 같이 호응하고자 손을 치켜들어준다. 어떠한 말을 건네야 할까, 아주 짧게 생각했다. 금세 깨달았다.

"믿는다."

"그래."

말 따위 필요치 않다. 거의 치고받는 기세로 주먹을 맞대며 업화가 된 등불을 전우에게 넘긴다.

그 불길을 확실하게 이어받아서, 다만 쿠로세 마코토는 쿨하게 생각했다. 반드시 이긴다. 이 녀석의 뒤를 이어서.

그런 생각은 침을 뱉어서 내다 버려라.

검을 손에 들고 하얀 선 위를 걸어가며 머리는 고속으로 회전했다. 지금 승수는 1 대 1. 득점수는 2 대 2. 완전히 같은 수치라는 것을 인식한 뒤 후속의 전개를 가정한다. 뒤에 남은 인원은 유우와 에사카, 하시쿠라와 이누이.

유우는 반드시 이긴다. 그런 전제로 생각했을 때 에사카의 입장에서 가장 이상적인 전개는 차례가 돌아왔을 때 이누이 상대로 무승부 이상이면 괜찮을 것, 최악의 경우 패배해도 유우에게 대표전의 가능성을 이어줄 것.

그렇다면 타키모토와의 전력 차이를 고려하여 지금부터 쿠로세 마코토가 수행해야 할 임무는 하나다.

—무승부를 노린다. 지지 않는 것이 나의 승리다.

소극적? 비겁하다? 남자라면 싸워 이겨라? 그따위 말은 들리지 않는다.

누가 뭐라 떠들든 간에 자신은 자신의 길을 나아간다. 그 때문에 제시해주는 지름길을 거절했잖은가.

쿠로세는 하얀 선에 걸음을 들여놓으며 인사를 하기 전 위층을 올려다봤다.

팔짱을 낀 마토이를 보고 일주일 전 의지를 넘겨받았던 날의 광경을 살며시 감은 눈 안쪽에 되새겼다.

『멍청이들을 내려다보러 갈 거야. 너도 따라와.』

거역해 봤자 시간 낭비임을 알았기에 고분고분 테마파크의 관람차에 같이 올라탔다.

정말 드물게도 기분이 무척 좋아 보였다. 실크해트의 여우 귀가 쫑긋쫑긋 움직이는 것 같다는 착각이 들 만큼.

이윽고 곤돌라가 정점에 도달하자 마토이는 마치 여왕처럼 지상을 내려다보며 웃었다.

『아핫, 봐봐, 쿠로세. 사람이 쓰레기 같아!』

『무슨 왕족인 줄 알겠네……. 그냥 가만히 좀 놔둬요. 열심히 사는 사람들인데.』

『어머, 감싸주는구나? 약해도 누가 내려다보면 열받는 거야?』

아하, 알겠군. 자신을 데리고 온 이유를 곧바로 알아차렸다.

『부장에게 부탁을 받은 겁니까?』

이렇게 약삭빠른 사람도 부장에게 부탁받으면 꼬리를 살짝 내보이게 되는 것인가. 드물게 찔러볼 만한 틈이 생겨서 놀려줬더니 의외로 마토이는 딱히 빨개지지도 않고 히죽거리며 웃기만 했다.

『그냥 구실이야. 그런 건 말이지.』

『음? 그럼 목적이 뭡니까?』

『나한텐 네가 특별히 더 귀여우니까. 지금처럼 약할 때 머리를 쓰다듬어주고 싶었거든.』

꾸밈없이 솔직한 대답에 살짝 빨개져서 아무런 말도 못 했다. 그렇게 가만히 있자 마토이는 입가를 매만지며 조용히 웃더니 모자를 자신에게 씌워줬다.

마치 머리를 쓰다듬는 것처럼.

『거참 영광이군요…….』

꼬리를 붙잡은 것이 아니라 붙잡을 수 있게 내줬다. 눈까지 깊이 모자를 눌러쓰고 제가 졌습니다, 라며 웃었다.

강인한 사람이라고 생각한다. 그리고 동시에 조용하며 차가운 사람이라고도.

단둘이 있는 공간인지라 더욱 잘 와닿았다.

사람을 때리거나 큰소리를 늘어놓거나 저런 피곤하고 손해를 보는 행동은 다른 사람들 앞에서 절대 하지 않는다. 자기 천성을 아주 잘 감춘다.

그런 사람이었다.

『언제 또 이런 기회가 있을까. 평소에 못 물어봤던 것 하나 물어봐도 됩니까?』

『응, 좋아. 뭔데? 남자 취향?』

『그건 괴멸적이니 굳이 물어볼 필요도 없죠.』

모든 문제가 이렇게 간단하게 정해진다면 좋을 텐데 아쉽게도 아니었다. 고민하고 또 고민해도 모르는 것이 잔뜩이었다.

예를 들어서 어째서 모든 기술을 노려서 때릴 수 있는 그녀석이 딱 하나만 골라 동료를 부숴버리고자 하는가. 유우는 천재다. 의미도 없는 행동을 할 녀석이 아니었다.

다만 진정한 의도를 자신은 아직 파악하지 못했다. 그래서 머리 숙이고 물어볼 수밖에 없었다.

해답은 단순 명쾌하다. 냉큼 골라버리면 될 텐데, 그런데.

『힌트가, 필요합니다…….』

자신의 길에는 없음을 아는 대답이었기에 도저히 고를 수 없었다.

그래서 하다못해 먼저 나아가봤던 사람의 말을 듣고 싶었다.

『1년 전, 타치바나 선배는 머리를 염색했잖습니까. 단체전 이후.』

『그랬지. 또 예전 생각나게 아무래도 좋은 얘기를 꺼내는구나~.』

『아무래도 좋은 얘기가 아니라고요……. 그때 도대체 무슨 일 있었습니까……?』

그날, 이 사람은 달라졌다. 전혀 달라질 것 같지 않았던 자부심 덩어리 같은 사람이.

자신도 분명 바뀌어야 할 것이다. 그렇다면 납득할 수 있는 이유가 필요했다.

『부장에게 무슨 말을 들었던 겁니까?』

가지고 온 답을 꺼내며 확신을 갖고 정답을 묻는다.

그러자 여우 선배는 요술에 당한 것처럼 어안이 벙벙한 표정을 지었다가 곧 무슨 바보 같은 소리냐는 듯이 깔깔 웃었다. 눈에 눈물까지 머금고.

『너 말야, 진짜 엉뚱한 생각 했구나. ……아~ 귀여워라. 머리 스타일 바꾸면 다 남자 때문이야?』

마토이는 곤돌라의 좌석에서 일어나 다시 모자를 빼앗아 뒤집어썼다. 그리고 안경의 중심을 집게손가락으로 꾹 세게 눌렀다.

『잘 봐봐.』

몇 년이 지나도, 무엇을 뒤집어써도 이 사람은 변함없이 멋있으리라 생각했다.

『미인이지?』

『예, 뭐…….』

『그치. 난 아무것도 달라지지 않았어. 원래 이랬단 말야.』

이마를 꾹 누르고 있던 집게손가락을 콕 찔렀다가 떼면서 마토이는 평소와 같이 불손하게 웃었다.

『스스로 생각하고 스스로 결정한 거야. 이게 가장 좋겠다고. 혹시 에사카가 머리 숙이고 부탁해도 이 머리 스타일은 절대 고치지 않아.』

당연하게 현명한 길을 선택해야 한다고 생각했다. 오직 그것이 전부라고 생각했었다.

『머리가 좋든 나쁘든 아무 상관 없어. 내일 운석이 떨어져도 난 나야.』

그러나 똑같이 현명하고도 어리석은 길을 선택한 사람은 지금 이대로가 좋다고 말해줬다.

『암튼, 얘기가 좀 어긋났는데. 진짜 이유는 말야―.』

『아뇨, 됐습니다. 말하지 마십쇼. 이대로 생각 좀 해야겠습니다.』

더는 망설이지 않는다.

결코 부러지지 않는 것이 전부는 아니다. 마지막까지 자신은 구부러지지 않은 채 버텨야 한다.

『힌트는 이미 받았죠. 자기 힘으로 생각하는 게 재밌습니다.』

『좋아……. 그러면 일단 겉으로 잘 지내봐. 너한텐 별로 안 어렵잖니?』

『크큭……. 딱히 속까지 답답할 만큼 싫어할 수 있는 녀석은 아니잖아요.』

고개를 끄덕이고 먼저 곤돌라의 문을 나선다. 그 등을 마토이가 말로 토닥여줬다.

『미안해. ……부탁할게.』

그래, 부탁은 접수했다. 기필코 이 주먹에 깃든 등불을 그 사람이 있는 곳까지 가져가서 건네줄 테다.

그러니까— 지금은 위에서 끝까지 고집부리는 모습을 지켜봐주면 좋겠다.

"이것이 나의 삶이다."

푸르게 타오르는 불꽃은 그 결실, 어떠한 색깔보다도 온도가 높다.

"잘 부탁드립니다."

소리는 지르지 않고, 자신에게만 겨우 들리도록. 자기 자신에게 다짐하는 것으로 충분하니까.

살짝 머리 숙였다. 예법에 따라 행동하면서도 눈만큼은 내리깔지 않았다.

얼굴을 든 저편에는 바위처럼 거대한 몸이 앞을 가로막고 서 있다.

딱 맞춰 데려다 놓아준 듯한 적이다. 이런 녀석을 처리하는 것이 안경잡이의 임무 아니겠는가.

—비켜라, 덩치. 그곳은 나의 길이다!

× × ×

"시작!"

"파아아아아——라아아아아아아아아아앗!"

찌릿찌릿 마비되는 듯한 타키모토의 고함 소리가 장내를 뒤흔들고 중압이 되어 쿠로세에게 내리쏟아진다. 주위를 온통 뒤덮는 묵직한 존재감을 가진 그림자가 마음을 집어삼킬 기세로 앞에 뻗어서 다가들었다.

"으라아아아아——아아아앗!"

그 기세를 걷어차 꺾어주고자 소리를 낸다. 에사카의, 유우의 파멸적인 기운과 비교하자면 이따위 것은 어린아이 장난이나 마찬가지였다. 두려움 없이 스스로 앞에 나아가서 일족일도의 중심에서 과감하게 맞서 버틴다. 이 거리를 제압하면 제아무리 빠르고 무거운 일검도 걷어 낼 수 있다. 쿠로세는 왼손을 단전에 견고하게 가져다 놓고, 한편 오른손은 허를 찔려서 얻어맞지 않도록 경계하며 대치를 이어 나갔다.

타키모토는 히죽 웃고는 억지로 위에서 칼끝을 제압하는 듯한 형태로 중심을 휘어잡았다. 오른쪽 호완을 비워준다. 그런데 달려들지 않는다. 아래로 빠져나가며 쿠로세의 죽도가 또 중심으로 돌아갔다. 냉정하군.

스쳐 올려 머리 치기의 매복을 해제한 뒤 타키모토는 살짝 오른 다리를 찼다. 후방으로. 때렸을 때, 멈췄을 때, 물러났을 때. 공세의 기점이 되는 대표적인 틈을 노출하며 상대가 뛰어들기를 기다린다.

이 녀석은 순발력이 부족하다. 타격전으로 끌어들이면 손쉽게 죽일 수 있다. 그런 타키모토의 의도에 쿠로세는 끝내 걸려들지 않았다. 재빨리 두 걸음, 호응하며 뒤로 물러날 뿐.

—냉정하다. 다만, 무언가 이상하다.

위화감을 느끼는 순간, 타키모토의 왼손 아래쪽 엄지손가락 근육이 불끈 휘어진다. 장딴지근이 융기하면서 지면과 수평으로 날아가는 낙석처럼 쿠로세에게 덮쳐들어 간격을 파괴했다.

"오오옷!"

페인트 돌진의 기세가 흔들흔들 대지를 요동치게 한다. 덤벼라, 뛰어들어라, 상격 머리로 박살 내주마. —힘을 꾹 담아내면서 몸을 낮춘다.

다만 상대는 견고한 후퇴 방어의 자세로 반응했다. 빠른 자가 이기는 근거리를 꺼리며 쿠로세는 곧장 다리를 써서 밀착거리로 파고든다. 뛰어들고자 미리 준비했던 기술은 죽었기에 타키모토는 코등이싸움으로 대응했다.

—이제 알겠군. 철저하게 무승부를 노리는 건가.

대국을 보자면 옳은 판단이다. 같은 입장에 서 있었다면 분명 자신도 같은 결정을 한다.

다만, 어리석구나.

도망치기만 하는 상대를 사냥하는 것 따위 슈스이 대학 부속고의 일원으로서 손바닥 뒤집기나 마찬가지다—!

"오오오오——으라아아아아아아앗!"

커다랗게 검을 휘둘러 올려서 타키모토는 퇴격 머리 치기를 손도끼처럼 내리찍었다. 쿠로세는 비스듬하게 든 죽도로 간신히 방어에 성공했지만, 굳센 완력을 미처 버티지 못하고 뚝 허물어졌다. 어서 일어서라, 물러나라—!

잔심을 쫓아가지 않고 쿠로세는 물러나서 또 검을 겨눈다. 중단으로. 그러나 머리 위로 죽도를 치켜든 타키모토가 곧장 후방에서 돌아왔다. 사납게 큰 걸음으로 두 발짝 만에 다가들어서 힘껏 쾅 내리찍는다!

기합 소리는 없었다. 죽도 소리도. 타키모토의 페인트에 맞서 쿠로세가 강구한 대처 방법은 또다시 왼쪽 허리 이외의 부위를 지키는 후퇴 방어다. 도망치는가! 멈춰 선 쿠로세에게 거센 돌풍과 같은 타키모토의 좌면 허리 치기가 들이닥치기 전—.

"머리이——이이아아아아아씨야아아아오라아아아앗!"

더 빨리 선수를 친 쿠로세가 혼신의 힘을 실어서 들어가며 머리 치기를 타키모토에게 뚝 적중시켰다.

깃발은, 하지만 올라가지 않는다. 면금인가, 제기랄. 도중에 막아 피해버렸군—!

쿠로세는 곧장 몸 받음으로 공세를 이어 나간다. 상대는 거목과 같이 흔들림이 없었다. 하지만 코등이싸움에서 면금을 부딪친 쿠로세는 그저 위쪽을 보며 과감하게 부르짖는다!

"으씨야아아아——으라아아앗!"

"파아아아아아——르으아아앗!"

타키모토도 마주 부르짖었다. 웃음을 띤 표정으로. 좋다, 덤벼라. 덤벼들어라. 물어뜯어봐라!

이런 교활한 상대가 있다니. 비기려 하는 도망치는 움직임으로 착각을 유도하는 데 더하여 좌면 허리 치기를 끌어내기 위하여 후퇴 방어를 거듭 보여줬다. 방금 전 일격으로 죽이기 위해.

겁쟁이 따위가 아니었다. 이 남자는 공격이야말로 최대의 수비임을 이해하고 있다. 물어뜯고 달아나서 자신이 승리를 거머쥐기 위하여 그저 일직선으로 달리고 있다.

타키모토는 코등이싸움으로 다리를 움직이는 한편 단전에 기를 집중시키며 생각했다.

그래, 정말이지 재미있구나. 약아빠진 상대와 지혜를 겨루고, 누구의 수가 앞서 나가는가 경쟁하는 것은 어찌 이렇게나 마음이 뛸까. 모든 것을 버리고 그저 한 명의 사내로서 싸우고 싶어진다.

다만— 대전제를 잊지 마라. 너는 누구냐. 어떤 인간인가?

네 전에 싸웠던 콘노는 대체 누구 때문에 스러졌던가. 설마 몰랐을 리 없지 않은가.

『죄송합니다…….』

『됐다. 잘못은 내가 했다. ……미안하구나.』

엇갈릴 때 콘노가 머리를 숙였었다. 시간이 허락한다면 무릎을 꿇고 머리 숙이고 싶었다.

후지노미야에서 요청한 방문 훈련을 자신이 받아들였으니까. 동료를 위하겠다고 정을 버리지 못했으니까. 그래서 콘노는 어느 천재의 그림자에게 베였다. —그런 죄책감에서 숙인 머리를 콘노는 호완을 낀 오른손으로 밀어 올렸다.

『이러지 마십쇼. 머리, 숙이지 말아주십쇼!』

결코 더럽히지 않겠다고 이를 악물며, 녀석은 자기 자신을 부끄러워하며 이번에야말로 위를 쳐다봤다.

『타키모토 선배는…… 슈스이는, 잘못하지 않았어!』

함께 짊어진 긍지 높은 이름을 땅에 떨어뜨릴 바에야.

『약한 건, 아래를 본 납니다! 선배까지 똑같이 하지 마십쇼!』

약자의 낙인으로 자신의 몸을 태우는 길을 선택하겠다며 전우는 부르짖었다.

말은 필요 없을 터. 묵묵히 고개를 끄덕거린 뒤 긍지를 이어받아서 이 자리에 섰다. 결코 잊어버릴 리 없었다.

자, 등을 쭉 펴라. 눈앞에 있는 남자를 부수고 집어삼켜라.

이 등에 원통함을 실어 보내는 다른 부원들에게까지 들리도록 긍지 높은 자신의 이름을 증명해봐라!

—내가, 슈스이 대학(저 녀석들) 부속고의 캡틴이다!

"파아아아아——르으아아아아아아아아아아앗!"

"큭!"

담아낸 기를 폭발시키며 타키모토는 모든 여력을 실은 몸

받음을 지금 이 순간 쏟아 낸다. 코등이싸움의 형세에서 에사카마저도 초월하는 힘의 정점이 가는 체격의 쿠로세를 손쉽게 튕겨 날렸다.

그러나 비틀거리면서도 눈 감지 않고 쿠로세는 타키모토의 행동을 포착하고 있다. 커다란 손도끼를 휘둘러 올리는 듯한 저 동작을. 지켜라, 정수리가—!

"타으아아——라아아아아아아앗, 오오오씨야아앗!"

비스듬하게 휘둘리며 떨어진 궤도가 쿠로세의 오른쪽 허리를 깨부쉈다. 호흡이 멈춰서 잔심을 좇아가지 못한다.

"허리 한판!"

하얀 깃발이 세 개, 항복을 재촉하듯이 올라갔다.

수비 자세를 억지로 비틀어 여는 타키모토의 퇴격 허리 치기가 지금 적중되었다.

—당했다. 자신을 속이기 위해 일부러 커다랗게 동작을 연출했다.

검을 내려뜨린 채 쿠로세는 물러나서 잔심을 마친 타키모토를 노려본다. 어깨에 무거운 부담을 짊어지고.

최악의 상대였다. 이 남자는 외모에서 연상될 법한 근육 바보가 아니다. 수 싸움 와중에 완력을 발휘하여 이길 수 있을 때 몰아쳐서 이긴다. 약아빠지게 결과만 챙겨서 가는 똑같은 인종이다.

—같은 방식으로 붙어 봤자 못 이긴다.

그것은 사형 선고와 마찬가지였다. 힘에서 뒤떨어지니 머리를 쓰는 것이 유일한 승산이었다. 그런데 그 방법이 통하지 않는다. 힘도, 어쩌면 머리도 자신이 뒤쳐졌다. 그럼 어떻게 할 텐가. 포기할 텐가.

—말도 안 된다. 헛소리 집어치워라.

개시선으로 돌아가며 쿠로세는 한 번도 아래를 보지 않았다. 보는 것은 다음 대결을 기다리고 있는 미나카미 유우.

저 녀석이 보고 있었다. 자신의 등을. 자기 고집을 밀어붙이겠다고 큰소리쳤던 자신의 등을.

그렇다면 내준 한 판은 죽어서라도 되찾겠다. 그렇게 하지 못하면 너무나 꼴불견이라 살아갈 수 없다!

쿠로세가 개시선 앞에 섰다.

사지에 뛰어들겠다는 각오를 갖고 구부러지지 않는 긍지가 담긴 칼끝을 상대에게 겨눴다.

—누구도 방해하지 못한다. 이 고집을 반드시 관철하겠다!

"두 판째!"

"파아아아아——라아아아아아아아아아앗!"

부르짖는 타키모토에게 쿠로세가 돌진한다. 선택한 기술은 최단 거리의 최고 속도!

"찌이이야아아——시야아앗!"

건곤일척의 원거리 기술, 두 손 찌름이 타키모토에게 날아든다. 이 일격은 예상하지 못했을 터. 하지만—!

즉각 좌상단으로 죽도를 내리눌러 궤도를 회피한다. 그러자 쿠로세는 타격 후 빈틈을 감추고자 재빨리 또 코등이싸움으로 몰고 갔다. 타키모토가 환대한다. 멍청한 녀석, 이성을 잃었는가. 이 간격은 나의—!

"타아아——이씨야아앗!"

그런 사실은 물론 잘 알고 있다는 듯이 쿠로세는 곧바로 퇴격 허리 치기를 날린다. 허리에 닿았으나 득점은 아니었다. 제대로 못 때렸다. 상관없다. 지금 일격은 포석이다!

"오오오——라아아아아아아앗!"

"으음?!"

타키모토가 두 눈을 부릅뜬다. 놈이 물러나지 않는다. 전술이 달라졌다. 퇴격 허리 치기에서 곧장 간격을 좁혀 다가든 쿠로세가 어디 때려보라며 제자리에서 한 번 발을 굴렀다. 타키모토는 흔들리지 않는다. 다만 개의치 않는 쿠로세의 손목 머리 치기가 날아왔다. 두 번의 타격을 모두 막는다. 또 제자리에서 발을 굴렀다. 퇴격 허리 치기— 아니다, 머리인가!

"머리이——이야아아앗, 타앗!"

"오오오——오오으아아, 라앗!"

먼저 공세에 나선 쿠로세의 퇴격 머리 치기와 같은 선택을 한 타키모토의 퇴격 머리 치기가 교차했다. 동시에 적중한다. 적색, 백색이 하나씩 올라갔다. 다만 나머지 하나가 격렬하게 아래에서 두 깃발을 교차시키며 판정을 무효화한다.

돌아보지 않고 쿠로세가 거듭 공격했다. 바짝 붙어서 부르짖는 면금 너머에 죽음을 각오한 눈이 보인다.

—타격전을 벌일 셈인가! 나와!

속도. 오직 하나의 가능성이 남았다. 쿠로세는 일말의 승산에 목숨을 바쳤다.

이 녀석은 느리다. 그래서 이런 수준의 두뇌와 힘을 가졌는데도 에사카 및 하시쿠라와 동렬에 서지 못했다. 그렇게 믿는다. 설령 자신에게 속도 및 번뜩이는 재치가 없더라도 이미 이기기 위해서는 이 방법밖에 없다—!

"으씨야아아아——으라아아아앗!"

"파아아아아아——으르아아아앗!"

생명의 불꽃이 근거리에서 마주 흩날린다. 하나, 둘, 셋, 넷—다섯!

퇴격 허리 치기가 상쇄되며 중앙에서 발생한 중력이 죽도를 교차시켰다. 그리고.

""머리이——이이이이이씨야아아앗!""

타격은 동시에— 판정은?!

적색의 띠를 맨 쿠로세와 백색의 띠를 맨 타키모토가 고개 돌린다.

판정이 떨어졌다. 주심이 치켜든 색은, 붉은빛.

그리고 두 명의 부심은 백색을 치켜들었다.

"머리 한판! ……시합 종료!"

반환점이 되는 중견전. 승부는 슈스이 대학 부속고, 타키모토 류고의 두 판 승리로 끝났다.

× × ×

새카만 어둠 속에서 피의 맛이 느껴졌다.

꽉 다물린 눈도 입도 덜덜 떨려서 도저히 벌릴 수 없었다.

무력함을, 후회를, 미어지는 가슴속에 담아 두고 하얀색 선 위를 걷는다. 이대로 단두대에 올라갈 수 있다면 얼마나 행복할까. 차라리 지금 이곳에서 죽어버리고 싶었다.

"쿠로. 등을 펴."

가장 듣고 싶지 않은 목소리가 정면에서 들렸지만 단죄를 받기 위하여 얼굴을 들어 올렸다.

미나카미 유우가 서 있다. 굳세게 오른 주먹을 쥐고. 어서 그 불길을 넘겨달라며, 똑바로.

"잘 봤어. ……전부 다, 봤어."

"그래, 그랬냐……. 마음껏 웃어라."

시답잖게 고집을 부린 말로가 이 꼴이다. 구제 불능이었다.

"웃을 리 없잖아. 나는 다 봤어. 너는 혼자서 저 녀석 위에 올라섰어. 심판이 뭐라 떠들든 난 봤어!"

승패 따위는 아무래도 상관없다고, 누구보다 승리에 얽매이는 남자가 말한다.

"진짜 멋있더라. 인정할게. 나와 한 승부는 너희가 이겼어."

천의무봉의 미나카미 유우가 머리 숙인다. 그리고 다시 들어 올렸을 때 면금 안쪽에는 사납게 웃는 얼굴이 있었다.

"나중에 쫓아간 녀석이 지는 거야, 남자는. 맞잖아?"

"그래……. 맞는, 말이다."

"뒤는 맡겨줘. 네 뒤에 있는 녀석은 바로 나라고!"

꽉, 입술을 깨물었다. 원통함을, 의지를, 모두 불살라서 이 주먹에!

"큭, 믿는다……. **최강!**"

"그래!"

주고받은 불꽃을 가슴에 담아내며 미나카미 유우는 걸음을 뗀다. 표정에 차분하게 웃음을 머금고.

간절하게 원하는 것이 있었다. 그랬기에 평생을 바쳐서 품어 살아가고 싶었던 보물에서 두 손을 떼어 냈다. 검을 손에 잡아서 스스로 그것을 거절했다.

몸을 에어 낼 듯한 추위가, 아픔이, 잊히지 않는다. 다시 또 잃어버리는 날이 두려워서 수없이 몸이 떨렸다.

그럼에도 더욱더 아픈 것은 다른 녀석들이니까. 분명 부러지지 않으리라, 버텨주리라 믿고 기다렸다.

그랬더니, 어둠 속에 있었던 일주일 전.

타오르는 듯한 석양의 빛이 비치는 광장에서 두 사람은 자신을 불러주었고.

또한 웃어주었다.

절대 부서지지 않는 보물이라는 것을 증명하듯이, 힘차게.

키노사키는 머리를 숙였다.

분명 고뇌로 비틀어져 있을 얼굴이 보이지 않을 만큼, 똑바로.

『미안. 쓸데없이 불퉁거렸다. 뭐든 할 테니까 내일부터 또 많이 가르쳐줘라.』

『그래…….』

옆에서 쿠로세는 머리 숙이는 대신 왼손을 내밀었다.

자신 같은 괴물을 티끌만큼도 두려워 않고 당돌하게 웃으며.

『미안하다는 말은 죽어도 안 한다. 사과하려면 네가 사과해라.』

『바보, 아니야……? 그렇게 잔뜩 맞고도, 아직 모르는 거냐?』

『시끄럽다. 너도 멀쩡하진 않잖냐. ……쓱 봐도 손이 떨리더군. 약해 빠진 놈.』

『으…….』

『검도가 딱히 맞은 사람만 아픈 운동은 아니니까.』

다시 머리를 든 키노사키와 나란히 쿠로세는 웃었다. 끝까지 본인답게, 허무한 웃음을 띠며.

『일단 휴전이다. 언젠가 같이 찔러서 죽더라도 너는 꼭 박살을 내줘야 하니 말이지.』

『그래그래. 진 선배한테는 미안한데 슈스이는 덤이걸랑. 우리가 콱 때려주고 싶은 녀석은 유우 너니까!』

아무리 얻어맞아도 부러지지 않는 것.

말로 표현하자면 별 대단할 건 없겠지만, 얼마나 고귀하며 지난한 삶의 자세인가. 기껏해야 검 쓰는 실력의 차이 때문에 같은 나이의 남자에게 머리까지 숙이다니. 그렇지만 이런 행동까지 한 친구 두 녀석은 이기고 싶다고 말했다.

같이 이겨 나아가자고 말해줬다.

『후회해라, 이 약해 빠진 놈들아……. 나중에 또 도망치고 싶어져도 이미 늦었으니까!』

그러니까 고맙다는 말 따위 해주지 않는다. 대등한 사나이로서 함께 나아가 싸우겠다.

『도망칠 리 없잖나……. 너, 이 손이 안 보이는 건가?』

『선전 포고의 악수다~ 유우.』

『설마 도망치진 않겠지?』

굳세게 고개를 끄덕거린다. 웃는 얼굴과 함께.

이 손으로 붙잡아도 되는 것은 더 이상 검 하나가 아니었다.

『당연하잖아. 잠꼬대하지 마라!』

가슴속에서 모두를 쭉 지나 건네받은 등불이 타오르고 있다. 고독한 얼음은 이미 녹아내렸다.

유우는 심장에 주먹을 가져다 댔다. 마지막으로 뒤에서 기다리고 있는 에사카를 바라봤다.

"믿고 기다려주십쇼."

맹세의 말과 함께, 지금. 유우는 마지막 족쇄를 떼어 낸다.

"기필코 모셔다드릴 테니까."

마음을 바꿔 나간다.

마음속에 거무칙칙하게 들끓는 수라의 몸을 담아낸다. 일

선을 넘어 나아가듯 하얀색 선을 밟아 디디며 이 몸은 또다시 귀신이 된다. 비틀린 왼쪽 주먹으로 쥔 오래된 벗과 함께 저편에 선 적을 노려봤다.

하시쿠라 타카히토. 4년 전 이 몸이 유일하게 잊지 않았던 회색 눈동자를 지닌 늑대와 같은 남자.

재회했다. 올라오라고 녀석은 말했고, 약속은 지금 여기에서 이루어졌다. 그런 상대에게 말을 선사한다.

"시체가 왜 걸어 다니지. 여기서 다시 죽어라."

가장 강한 사람은 바로 나라며 고조되는 마음은 전혀 없었다. 몇 년이 지났어도 결과는 똑같다.

무참하게 죽인다. 옛날에는 부득이하게 달고 다녔던 족쇄가 이곳에는 이미 없었다.

온갖 기술을 해방하여 모두에게 승리를 바치겠다.

"잘 부탁드립니다."

지금, 주제도 모르는 어리석은 놈을 또다시 지옥으로 떨어뜨려주기 위하여. 최흉의 검귀가 검을 뽑는다.

"대단해, 대단하구나……."

타키모토 류고는 죽도를 거둔 뒤 하얀색 선을 따라서 걷는 도중에 천장을 올려다봤다. 시합 후 인사를 할 때 진심으로 「감사합니다」라는 말을 꺼내며 머리 숙인 경험은 처음이었다. 오른 주먹으로 호면 위쪽을 툭툭 때리며 자신의 미숙함을 비웃는다.

"정말 동시였지. 마지막 타격은."

판정을 가른 요소는 학교의 이름이 주는 선입관 때문인가, 단순하게 심판의 모자란 안목 때문인가. 어쨌든 간에 승리는 승리였다. 설령 상쇄 판정이 제대로 떨어졌더라도 시합이 계속됐다면 틀림없이 자신이 이겼을 테지.

그럼에도 훌륭하다고 말할 수밖에 없겠다.

방문 훈련 이후 기껏해야 일주일 정도. 그런데 저 남자는 정말 몰라볼 만큼 달라졌다. 자기 약점과 똑바로 마주하며 실력을 끌어올려서 거의 한판을 따낼 뻔했다.

"이게, 네가 쭉 쌓아 올렸던 결과인가. 에사카……."

역시 마지막까지 비정해지지는 못하는구나. 자기 진영에서 호면을 착용하고 있는 에사카를 보고 타키모토는 웃었다.

따뜻한 목소리였다. 다만 지금 막 엇갈린 남자가 비슷하게 흘리고 있는 웃음은 나지막하고 차가웠다.

으르렁거리며 이빨을 드러내고, 오른 주먹은 숨긴 채 자신의 검을 쥔 왼쪽 주먹만을 굳세게.

교차할 때 말은 없었다. 개가 좋아할 협조를 고독한 늑대가 받아먹는 일은 없기 때문이다.

"그래. 너는, 그러면 된다."

잿빛 눈동자가 지금 쭉 고대했던 먹잇감을 노려보며 군침 도는 상대에게 달려간다.

"가라. 하시쿠라."

삐죽한 귀에는 이미 다른 사람의 목소리 따위 들리지 않는다. 머리에서 잡음이 사라져 간다. 자신이 이기면 3승 확정이라거나 무승부로 끝나면 카이세이가 두 판 패배를 하는 경우만 제외하고 슈스이가 이긴다거나.

그런 계산은 아무 관심이 없다.

"크큭. ……크큭큭. ……돌아왔구나. 올라왔구나, 미츠루기잇!"

부르짖는다. 노려본다. 저편의 면금 안쪽에서 녀석의 입술이 지껄였다.

시체가 왜 걸어 다니냐고.

"드디어……. 드디어, 잡아먹을 수 있다……!"

검의 저편이 눈물로 번진다. 몸은 떨리고 호흡은 잊었다.

죽여봐라. 지금 이곳에서 어서 죽여봐라!

지옥에서 쌓아 버텼던 이 의지를 지금이야말로 떨칠 수 있다면 떨치도록 하자. 거미줄 따위 더 이상 필요치 않다.

가장 강한 녀석을 벨 수 있는 이 자리가 단 하나 나의 삶을 바칠 곳이다!

"간다, 괴물. 네놈을 베기 위해서 살아왔다!"

한 걸음, 두 걸음, 세 걸음. 복수의 검을 들고 세계의 중심에서 세차게 뽑으며.

거의 덤벼들다시피 하시쿠라 타카히토는 일어섰다.

× × ×

"시작!"

"키아아아아——아아아아아아시야아아앗!"

이빨을 내보이며 하시쿠라가 드높이 포효를 터뜨린다. 찌릿찌릿 몸이 마비되는 듯한 짐승의 소리가 모두의 귀청을 뒤흔들었다.

날카롭게 눈을 번뜩이며 앞으로 나아가다가— 문득 다리를 멈춘다. 아니, 멈춰야 했다.

이 이상은 앞에 나아갈 수 없다.

벼랑. 단절. 피아의 거리는 너무나 멀고 아득하며— 심연에서 어둠이 기어 나온다.

"느아아아아아아아아아아아아아——라아아아아아아앗!"

존재가 울려 퍼진다.

4년을 지나 나타난 악몽이 지금 눈앞에서 일어섰다.

죽음이 보인다. 어떠한 길의 앞에도. 환영처럼 보이는 광경은 수많은 주검을 쌓아서 만든 산, 그곳에 녀석이 서 있다.

검붉은 업화를 눈에 불태우면서 모든 것을 무정하게 베어 넘기는 귀신이.

곧장 쏟아진 땀을 혀로 핥는다. 하시쿠라는 웃으며 자신이 쌓아 올렸던 세월의 가치를 실감했다.

—네놈, 이렇게까지 멀었던 거냐.

무의미하지 않았다. 멀다는 것을 알 수 있는 장소까지 자신은 올라왔다.

"하아아아앗!"

발을 내딛는 동시에 네 개의 함정을 깔았다. 특기 기술인 카운터가 작동하는 실을 겹겹이. 하지만 애써 깔자마자 잇따라 절단된다. 빌어먹을, 전부 다 꿰뚫어 보는 거냐—!

"머리이——이이잇, 으라아아아아아아아앗!"

유우의 머리 치기를 딱, 죽도로 막았다. 마지막 한 가닥 남아 있었던 함정이 지금 작동한다!

"츠오오——라아아아앗, 타아아앗!"

타악, 소리가 울렸다. 하시쿠라는 질풍처럼 달려 지나치면서 고개 돌린다.

분명 맞혔던 머리 치기 받아 허리 치기인데도 심판은 미동조차 하지 않는다.

작정하고 노렸는데도 완전한 무효타였다.

저편에서 유우가 도발하듯 검을 겨누며 오른손을 떼더니 검을 쥔 왼손을 내려서 두 팔을 비스듬하게 앞으로 벌린 채 성큼성큼 걸어온다. 저 거동을 보고 하시쿠라는 깨달았다. 방금 전 들렸던 둔탁한 소리의 정체를.

—최악이다. 이 녀석에게 방금 **가장 강력한 검이 부러졌다.**

특기인 허리 치기 기술은 더 이상 통하지 않는다. 지금 유우는 일부러 받아 허리 치기를 때리도록 유도했다. 너의 특기는 전부 파악했다고. 그 기술을 때려 봤자 안 통한다고. 오직 잔인하게 통보를 하기 위해서.

마음을 가차 없이 깨부수는 귀축의 소행. 거만한 통보를 받은 처지임에도 하시쿠라는 끝내 웃으며 환대한다.

—최악이다. 최흉이다. 최고다! 역시 네놈은 이렇게 나와줘야지, 검귀!

"키아아아——씨야아앗!"

"느아아아——라아아아아아아아아아아아아아아앗!"

세 합을 날리면 다섯 합이 돌아온다. 불꽃 속에서 이를 악물고 고개를 비틀어 회피, 무효타로 만든 뒤 코등이싸움으로. 붙잡아주마. —그러나 주먹의 밀고 당기기를 시도한 순간, 유우는 체중을 비워 내면서 맹점으로 휙 사라진다. 빌어먹을, 또 이 짓거리인가. 어디에서 나타날 테냐—!

쿠쿠웅! 땅이 울린다. 충격을 느낀 방향으로 하시쿠라는 기어코 고개 돌리지 않는다. 보지도 않고 역방향의 허리를 가렸다.

"허리이——이야씨야아아앗!"

예측이 맞아떨어졌다. 퇴격 허리 치기를 때려 떨군 뒤 이미 후방을 향해 추락하다시피 빠른 속도로 물러나는 유우를 사납게 쫓아갔다.

하시쿠라의 민첩한 다리가 상대를 따라잡는다. 일족일도의 거리, 바짝 공세에 나서며 또 네 개의 실을 깔아서 기다린다.

전부 베였다. 혀를 차는 동시에 검 끝을 내려뜨렸다. 다만 걸려들지 않는다. 맞부딪치는 죽도의 중심에서 바람이 불어닥쳤다. 휘감기 기술— 아니다! 하시쿠라는 꿈틀하며 오른쪽 호완에서 힘을 빼낸다. 미끼 이후의 손목 머리 치기를 낚아서 지금 이때다, 도약한다!

““손목 머리, 씨야아아아——라아아아앗!””

완전하게 동시에 손목 머리 치기가 거울처럼 날아들며 코등이싸움으로 면금이 부딪친다. 또 예측당했다. 수 싸움에서 밀렸다. 상관없다! 끝까지 물고 늘어져서 처죽여주마!

“키아라아아아아아아아아아——씨야아아야아앗!”

“느아아아——쌰아아아아아아아아아아아앗!”

귀신의 형상으로 유우가 부르짖는다. 간담이 서늘해지고 곧 이어지게 될 환혹을 두려워하며 육체를 멈춰 세우라고 척수가 운다.

—헛소리 지껄이지 말고 닥쳐라, 쓰레기 자식! 인간이 불쑥 사라지는 게 말이나 되냐!

그럼에도 기력 하나로 들고일어났다. 코등이싸움을 하는 동안에 눈에 핏발을 세우며 깜빡임을 멈춘다. 절대 놓치지 않는다!

“머리이이씨야아아——라아앗!”

“큭!”

다만, 그럼에도 유우를 끝내 포착하지 못한다. 동작의 사이에서 프레임이 확 날아간 것처럼 불쑥 나타난 퇴격 머리 치기를 하시쿠라는 아슬아슬하게 반사적으로 머리를 젖혀서 버텨냈다. 비결은 눈 깜빡임이 아니었던 건가—?!

"키이아아아——야아앗!"

소리 지르며 잔심 동작을 마친 유우의 위치로 몸소 간격을 좁혔다. 칼끝이 맞닿는 일족일도의 거리로.

서로가 틈을 살피는 시선 싸움이 시작되자 하시쿠라의 머리가 회전하기 시작한다. 동시에 몸도 경종을 울렸다.

소모가 심하다. 녀석이 지나치게 강하기 때문이었다. 이대로 가면 틀림없이 제한 시간 전에 죽는다.

그럼 아직껏 공격 한 번도 때려 넣지 못한 현 상황을 돌이키며 광명을 찾아내라. —우선 녀석을 무너뜨려야 한다.

녀석이 최흉이라 불리는 이유 중 하나, 다채로운 타격 기술을 하나씩 부순다. 좌면 허리 치기, 휘감기 기술, 수수께끼의 코등이싸움, 또한 4년 전에는 없었던 찌름까지. 차례차례 모조리 없애 나아가라!

카이세이와 함께 훈련하며 경험을 쌓은 자신이 맨 처음으로 깨뜨릴 만한 것은—!

"하앗, 타아아아앗씨야아앗!"

하시쿠라는 순간적으로 손목 머리 치기의 걸음을 밟아 유우에게 덤벼들었다. 가볍게 둘 다 막혔으나 개의치 않는다, 와라!

—코등이싸움부터 없앤다!

"느아샤아아아아아아아아——라아아아아아아앗!!"

부르짖는 귀신의 목소리에 맞받아 소리 높이며 늑대는 밀착거리에서 행동을 개시한다. 다리를 움직이며 눈에 힘을 꽉 주고 무산소 상태에서 두뇌는 회전. 수없이 경험했던 카이세이와 코등이싸움을 한 기억이 마침내 답을 도출했다.

—알아냈다, 이 자식, 눈 깜빡임과 호흡의 틈을 노려서 움직이는구나!

잿빛의 동공에 핏발이 선다. 격한 움직임 이후 호흡까지 멈춰서 의식이 몽롱해진다. 다만 멈추지 않았다. 죽어도 좋다. 죽여봐라. 질 바에야 기꺼이 죽음을 선택하련다!

먼저 움직인 쪽은 하시쿠라. 자신의 보검이 이미 죽었다면 수단은 하나. 훔쳐라. 유우의 눈 깜빡임 주기를 파악해서 닫히는 짧은 순간에 자신의 시선을 좌측 하단으로. 코등이싸움을 하는 형세에서 몸과 두 주먹을 좌측 대각선으로—.

“츠으아아씨아——야아아앗!”

그리고 퇴격 허리 치기의 동작을 오른쪽으로 다시 휘둘러 좌면 허리 치기!

날카로운 타격음이 딱 울려 퍼졌으나 깃발은 올라가지 않는다.

좌면이니까 당연한가. 다만, 분명히 일격을 성공시켰다!

뼈를 절단하는 듯한 퇴격 기술의 잔심을 하시쿠라가 취했을 때. 당연하게도 유우가 질풍으로 화하여 쫓아왔다.

시야가 부예진다. 유산(乳酸)이 사지를 지배한다. 다만 악랄한 단련에서 온갖 고난을 겪은 하시쿠라의 육체는 자동적으로 중단 자세를 취하며 변함없이 함정을 깐다. 들어가며 손목 치기, 나오는 머리 치기, 상격 손목 머리 치기, 무엇이든 받아치—.

두두둥, 간극 없는 세 번의 발 구름으로 실이 모조리 끊어지고, 유우가 손목을 돌리더니.

"우오오오오씨야아아——아아아아아앗, 라아아앗!!"

좌면이 아닌, 회심의 들어가며 허리 치기가 하시쿠라의 오른쪽 허리에 작렬했다.

선혈과 같은 붉은색이 사방에 흩날리듯 올라갔다.

단, 하나뿐.

타격이 이루어지는 짧은 순간에 하시쿠라가 반사적으로 거의 쓰러지다시피 간격을 좁혔다. 따라서 확실하게 죽이지 못한 판정을 받아 무효타가 됐다.

"쳇—!"

"키이이야아아아앗시야아——아아아아아아라아아앗!"

소모된 육체는 이미 시체와 마찬가지. 다만 하시쿠라는 정신만으로 움직이며 바람이 된 유우를 쫓는다. 생각 없이 머리를 노려 뛰어들고 싶다. 그렇지만 견디며 페인트를 하나 더했다. 유우가 또 당연하게 간파한다. 허리에서 뽑아 들었던 왼쪽 한 손이 그 틈에 다시 검을 잡으며 중심의 지배권을 손쉽게 빼앗아 간다. 유우가 날카롭게 눈을 부릅떴다.

하시쿠라의 소모가 일정 영역을 넘어갔다고 판단한 뒤 카운터를 준비하는 것보다 빨리 승부에 나선다.

6연타— 그래, 지금 여기에서 죽어라!

묵직한 은빛으로 화한 유우의 검이 자유자재로 어지럽게 날아다니며 꼬챙이로 꿰려는 듯이 하시쿠라에게 내리쏟아졌다.

그 모든 공격을 기억이 없는 채 버텨 냈다. 비틀거리면서도 손목 머리 치기를 막고, 이어지는 퇴격 허리 치기를 팔꿈치로 쳐서 몸으로 받아 낸다. 오른쪽 팔이 불탔다. 의식이 거의 소실된다. 검은 끝까지 놓치지 않았다. 의지는 사라지지 않는다. 반사적으로 죽도가 방어를 수행하고 견제한다. 머리를 노려 뛰어드는 척 진짜 목표는 손목이었던 공격을 몽롱하게 뒤쫓았다. 막는다. 퇴격 머리 치기가 온— 오지 않는다, 녀석이라면 동작을 바꿔 허리를 노릴 터. 적중. 튕겨 냈다. 다음은, 다음, 은—.

"찌이야아아아——야아아아, 씨야아아라아앗!!"

마무리는 한 손 찌름, 4년 전에는 봉인되어 있었던 유우의 최고 속도 기술. 그것이 섬광처럼 날아들었고, 결국 하시쿠라는 죽도로 튕겨 내지 못했다.

"으…… 큭."

목에서 소리가 새어 나온다.

어째서 살아 있냐는 유우의 목소리가. 그 죽도가 하시쿠라를 꼬챙이에 꿰듯이 뒤로 지나쳐 갔다.

"헹……!"

목을 비틀어 회피한 하시쿠라의 목 근육을 지나쳐 갔을 뿐이다. 하시쿠라가 비웃음을 띤다. 지금이다—!

"으라아앗!"

오른쪽 하단으로부터 커다랗게 휘두른 하시쿠라의 죽도가 한쪽 손으로 내뻗은 유우의 죽도 밑동을 후려쳤다.

달그락, 소리가 났다.

"그만!"

유우의 죽도가 지금 바닥에 떨어졌다. 그 광경을 확인한 뒤 하시쿠라는 거의 실에 매달아 놓은 인형처럼 개시선으로 돌아간다. 지금, 몇 분이지. 어떻게 해야 녀석에게 한판을 따낼 수 있나. 지기는 싫다. 지기는 싫다. 지기는 싫다. 거듭 신음을 흘리는 정신은 이미 온전하지 않았다. 다만 아주 잠시나마 통쾌해하며 자아가 되살아났다.

—큭, 꼴좋구나. 검 줍는다고 머리 수그린 꼴 봐라…….

"반칙 한 번!"

집게손가락을 세워 든 주심에게 머리 숙이며 유우는 피가 나오도록 세차게 입술을 꽉 깨물었다.

—어째서 이렇게까지 끈질긴 거냐, 이 자식!

굳은 얼굴을 저편으로 돌리니 숨도 헐떡헐떡하는 남자가 그럼에도 웃고 있었다. 짐승처럼 혀를 내밀고.

"시작!"

"느아아아아아아아——라아아앗씨야아아아아앗!!"

"키이, 아아아아——아, 야아앗……!"

찰나에 유우가 세 합을 몰아친다. 그러나 전부 꼴사나운 후퇴 방어와 접근에 막혀버렸다. 코등이싸움을 즉각 떨쳐버리고 또 거듭 몰아친다. 페인트로 발을 밟았다. 다만 녀석은 모든 공세를 물고 늘어지며 버틴다.

"손모오옥…… 머리이——읏씨야아앗, 아아앗……!"

거의 쓰러지다시피 비틀비틀 흔들리는 손목 머리 치기를 튕겨 내고서 또 코등이싸움. 이미 시체였다. 벌써 몇 번이나 죽였어야 했다. 하지만 죽지 않는다. 어째서 살아 있나?!

혀를 찬 유우가 떨어지고 다시 일족일도의 거리로. 녀석의 무릎이 하느작거리며 앞으로 살짝 잠겼다.

"머리이——이이잇씨야아아앗라아아아아아아아앗!"

혼신의 들어가며 머리 치기를 이번에야말로 때려 박는다. 그러나 기껏 적중한 곳은—.

"으…… 츠오오, 야아아——아아앗씨야앗."

분명히 처참하게 분질러 놓았던 녀석의 칼. 비틀비틀하는 일검은 물론 통하지 않았지만, 그럼에도 하시쿠라는 때린다. 통하지 않음을 이미 앎에도. 이빨과 칼이 전부 부러져도 물고 늘어지기를 멈추지 않는다.

—아직, 아직 싸울 수 있다. 죽여봐라, 난 죽지 않는다. 이 손으로 놈을 베어버릴 때까지.

다시 마주하며 검을 겨눈다. 잔심으로 뽑았던 왼손을 되돌리며. 이미 한계를 넘어섰다.

검의 저편이 서서히 희게 물든다. 일족일도의 거리 끝에서 녀석이 부르짖는다.

손에서 힘이 빠져나가고 지금 막 쓰러지려고 하는 그 순간.

지옥에서 노니는 귀신이 휘감기 기술로 바람을 일으켰다.

마치 뱀처럼 뒤얽혀서 생명을 빼앗아 가는 바람을.

저항할 힘은 이미 없었기에. 오른손이 먼저 떨어지고.

거미줄에서 마침내 두 손이 떨어졌다.

"우오오——옷씨야아아아아아아아아아아야아아아, 라아앗!"

녀석이 걷어차다시피 날린 필살의 일검이 그 위치로 빨려들 듯 들이닥친다.

이렇게 옛날에는 모든 것을 잃어버렸다. 지옥에 떨어졌다. 모든 것을 내버리고 수라가 됐다.

"헉, 허억……."

그러나 무슨 일이 있어도 자신의 혼만큼은 손에서 놓지 않았다.

따악.

휘감기 기술을 파훼한 오른쪽 손 하나가 허리로 돌아들었고, 빈 죽도의 칼자루가 놈의 일검을 막아 낸다.

목전에서 검귀가 두 눈을 부릅뜨고 있었다. 의식 없이, 쓰러지다시피 코등이싸움으로.

면금과 면금이 부딪쳤다. 눈앞에는, 녀석의 목이.

재가 되도록 불살라버린 늑대는 마지막 순간 이빨을 번뜩 드러내며 웃었다.

"놓지, 않, 는다……."

숨통을 갈라놓는 듯한 소리가 드높이 장내에 울려 퍼졌다.

"그만! —무승부!"

한 명의 남자가 생애를 걸었던 대결이 지금 이렇게 끝을 맞이했다.

× × ×

두 사람의 대결을 카이세이는 그저 멀리서 보고 있을 뿐이었다.

시합 후 하얀 선 바깥으로 나온 순간에 곧장 허물어지는 하시쿠라를 타키모토가 달려가서 받아준다.

저 사람들 틈에 끼어들지는 않았다. 굳이 다가가 봤자 자신은 분명 걷어차이기만 할 테니까.

카이세이는 하얀 선의 끝부분에 서서 두 선배가 돌아오는 것을 가만히 기다린다. 어깨를 빌려 비틀비틀 걷는 하시쿠라는 마치 언젠가의 훈련 이후 같았기에 숙원의 일전을 마친 사람 같다는 생각이 들지 않았다.

시합 와중인데도 카이세이는 무심코 웃고 말았다. 오른 주먹을 치켜들지는 않았다.

지금을 특별하게 만들 필요는 없었다. 같은 뜻임을 알려주려는 것처럼 타키모토와 함께 걸어온 하시쿠라가 말한다.

"짜식……. 미안하다, 내가 잡아먹었군……."

"바보예요……? 이기고 나서 떠드십쇼, 괜히 큰소리치긴."

"헹……. 너한테, 양보를 해준, 거다……."

완전히 불타버린 듯 웃고는 하시쿠라가 옆을 지나간다.

주먹을 부딪치지는 않았다. 그러는 것이 이 선배에게 보내는 최상의 경의라고 생각했다.

"나머진 마음대로 해라."

"네."

이누이 카이세이가 지금 하얀색 선을 따라서 걸어간다. 숙적에게 모든 저력을 쏟아 대결을 마침으로써 자기 인생을 등으로 보여준 남자에게 갖는 생각은 단 하나. 자신도 패배하지 않는다. 이딴 각오가 아니다.

"으음. ……**부럽다.**"

눈이, 세계가, 밟아 디디자마자 얼어붙어 간다. 아프도록 까맣게 타서 눌어붙는 것은 마음뿐이었다.

"내가, 놀고 싶었는데……."

항상 승리하는 것도, 자신이 슈스이의 일원이라는 것도 잊은 채 카이세이는 싸늘하게 저편을 내려다본다.

에사카 진. 주장으로 존경하는 타키모토가, 동지로 받아들인 하시쿠라가 미나카미 유우 이외에 인정한 남자. 녀석은 3년간 홀로 스스로를 갈고닦아서 마침내 슈스이의 대장전까지 희망의 등불을 가져다 놓는 경지에 올랐다는 것 같다. 무심결에 말이 새어 나온다.

"비켜. 거기에 있어도 되는 녀석은 네가 아니야."

고작 3년. 바보 같다. 너를 벨 사람은 바로 자신이라며 부르짖거나 마음이 고조될 리도 없었다.

누가 도전하든 결과는 마찬가지다. 이 자리는 누구에게도 넘겨주지 않는다.

—없애주마. 그 불꽃.

"잘 부탁드립니다."

고작 세 걸음으로 정을 잊어버리고 이누이 카이세이가 검을 뽑는다. 최강의 남자가 무엇보다도 드높이 앞을 가로막았다.

"제길. 제길……! 제기랄……!"

하얀 선 바깥으로 나오는 순간, 유우는 자기 자신에 대한 증오를 담아 오른쪽 주먹으로 넓적다리를 때렸다. 왼손에 쥐인 죽도가 삐거덕댔다. 용서할 수 없다. 용서할 수 없다. 용서할 수 없다. 약한 자신을, 용서할 수 없다!

세게, 세차게, 걸어가며 두 눈을 감았다. 끝나버렸다. 자신이, 전부 끝내버렸다.

충혈된 눈을 뜨고 번지는 시야 너머에 부착되어 있는 출진표를 노려본다.

결과는 달라지지 않는다. 미나카미와 하시쿠라의 사이에 새겨져 있는 X자 표시가 나타내는 대로 부장전은 무승부다.

즉 후지노미야 대 슈스이, 대장전 전 점수는 승수가 1 대 2. 득점수가, 2 대 4.

전황은 너무나 무정했다. 후지노미야의 생명은 풍전등화. 살아남을 길은 단 하나.

최강의 남자 이누이 카이세이를 상대로 **한 판도 내어주지 않는 두 판 승리**—.

그래야 겨우 모든 숫자가 동률이 되며, 대표전으로 희망을 이어 나갈 수 있다.

마음을, 시야를, 어둠이 온통 뒤덮었다.

눈가에 맺힌 눈물이 뺨을 따라서 흐를 뻔하지만, 호면과 호완의 존재가 참는 행위를 허락하지 않는다.

"미나카미."

다만 눈물은 곧 말라붙었다. 하얀 선을 따라 걸어가던 새카만 암흑의 너머, 길을 인도하는 목소리에 눈을 뜬다.

"잘 싸웠다."

그곳에서 불꽃이 타오르고 있었다.

붉게, 뜨겁게, 어둠을 힘껏 물리치는 것처럼. 에사카 진은 오른쪽 주먹을 내세우며 웃고 있었다.

"너는 최고의 후배다. 언제나 나를 타오르게 만들어주지."

"무슨 소리를, 하는 겁니까……."

"기특한 녀석이라고 말해준 거다. 설마 이런 상황에서 나에게 멋진 역할을 넘겨주다니."

—얼마나, 얼마나, 얼마나, 대체 얼마나 더 바보 노릇을 해야 만족할까!

유우는 이를 부러뜨릴 기세로 꽉 깨물고 에사카를 노려보며 죽도 자루로 시합 결과를 가리켰다.

"머리가, 나쁘군요……. 저게 안 보이는 겁니까. 대체, 뭘 보는 거야!"

"다음 시합이다."

주먹을 부딪치지 않고 오른쪽 주먹으로 호갑 위 심장을 때렸다. 머리 숙이고 매달리다시피 하는 자세로 곧장 부르짖었다.

"알기는 아는 겁니까……. 부장은, 카이세이 상대로—."

"그래."

믿음직한 목소리에 얼굴을 들어 올렸다.

"그냥 두 판을 따내면 되잖나?"

유일하게 자신의 위에 있어주기를 바라며 존경하는 남자가 전장에서 웃는다. 그러니까 자신도 눈물지을 순 없었다.

눈을 바라보며, 이를 내보이며 웃고는 모든 것을 담아낸 주먹을 불끈 내세웠다.

"그래요. 그럼 마지막은, 제가 끝장을 내죠!"

"좋다. 이래야 너답지."

서로 부딪친 주먹이 지금 에사카의 가슴에 마지막 불을 가져가 붙여준다.

"믿습니다. ……우리의, 대장!"

"그래!"

호갑을 때려주는 손길에 힘입어서 에사카가 걸음을 뗀다. 하얀 선 위를 따라 자신의 모든 것을 내거는 대망의 전장으로.

모든 것은 이곳에서 시작되었다. 2년 전 이 장소에서 두 판 패배를 겪어 모든 것을 잃어버렸던 그때부터.

인생을 불살라왔다. 한 번은 원통함으로, 한 번은 증오로, 그리고 마지막은 꿈으로.

넌 바보냐고 모두가 핀잔을 놓았다. 그럼에도 이곳에서 쭉 버티며 계속 기다리는 길을 선택했다.

거울에 내건 등불 너머로 신기루 같은 꿈을 꾸면서.

그러나 거울은 이미 필요치 않다. 그곳에는 더 이상 꿈이 존재하지 않는다.

자신이 무엇을 봐야 하는지는 마지막에 한 여자가, 모두가 가르쳐주었다.

어제 마지막 자유 대련에서. 호면 착용을 지시하는 호령 이후에 누구보다도 빨리 호면을 쓰고 일어섰다.

그러자 자신의 어깨를 난폭한 주먹질로 때리는 사람이 있었다.

고개 돌리자 이를 드러내며 웃는, 몇 년이나 치고받았던 오랜 벗의 웃는 얼굴이 보였다.

『얼른 붙어.』

『그래.』

쓸데없는 말도 겸양도 필요하지 않다. 언제나 시간을 잊고 치고받을 수 있었다.

너는 축복받았다는 말을 절절히 되새기며 겨뤘고, 그러다가 죽도를 거뒀다.

감사합니다, 서로 머리 숙인다. 도장의 가장 안쪽 자리, 캡틴의 위치에서.

말을 주고받은 뒤 가까이 다가가려던 때 불쑥 마토이가 호완을 척 내밀었기에 멈춰 섰다.

어리둥절하며 가만히 서 있는다. 이윽고 본인이 직접 다가온 마토이는 평소와 달리 온화하게 말했다.

『있잖아. 너한테 부탁이 있어.』

『알겠다. 뭐지?』

『보통은 다 들은 다음에 알겠다고 말하지 않아……?』

고개를 흔들었다. 이런 문답은 쓸데없는 짓이니까.

『네 부탁이잖나. 뭐든 들어주지.』

『진짜 넌……. 마지막까지 바보구나.』

그 말에 평소와 같이 뾰족거리는 느낌은 없었다.

이미 불치병이지만, 끝까지 곁을 지켜주겠다는 듯한 다정한 음색으로 마토이는 말했다.

『오늘은 너 계속 여기에 있어. 여기서, 제일 높은 자리에서 듬직하게 팔짱 끼고 서 있어.』

『여기에서……?』

『응. 네가 우리 검도부에서 제일 높은 사람이야. ……그리고 하나 더. 사실은 이게 훨씬 중요한데.』

죽도를 쥔 채로 마토이는 자신의 높은 어깨에 두 손을 뻗었다. 면금과 면금을 철컥 부딪치며 믿음직한 웃는 얼굴로 말한다.

『넌 오늘 한 번도 머리 숙이지 마. 상대가 머리 숙일 때까지.』

『그 말은, 하지만…….』

『들어줘.』

수긍했다.

더 영리하며 시야가 넓은 사람이 누구인지는 이미 잘 알고 있었다.

『넌 줄곧 혼자서 거울 보고 훈련했잖아. ……근데 말이야. 넌 정작 자기가 어떻게 비치는지는 전혀 모르는 것 같아. 마지막에 꼭, 너는 자신의 가치를 깨달아야 해.』

어깨에서 손을 떼더니 고개를 살짝 기울이며.

타치바나 마토이는 보물을 자랑하는 소녀처럼 웃었다.

『너한테 더 이상 거울은 필요하지 않아. 네가 어떤 모습으로 비치는지는 다른 아이들이 잘 가르쳐줄 거야.』

『알겠다…….』

고개를 끄덕이고 마토이는 달려서 떠나갔다.

그러자 교대하듯이 또 한 명의 전우가 달려와서 곧장 머리를 수그린다.

『잘 부탁드립니닷!』

『유키무라…….』

『에헤헤. 두 번째 여자, 등장. ……겨루자, 에사카 군. 오늘 난 강하거든!』

너는 언제나 강하다. 말로 표현해주는 것도 나쁘지 않다.

하지만 군더더기 말은 오히려 멋이 없잖은가.

『그래. 덤벼라!』

3년간, 겨우 둘뿐이나마 좋은 동료라는 축복을 누렸다. 이미 충분히 만족할 수 있었다.

『부장~ 다음은 저랑 부탁드려요!』

『부장. 꼭 전력으로, 부탁드릴게요. ……조그맣다고 적당히 봐주지 마요.』

『에사카 부장. 잘 부탁드립니다! 초보자라고 우습게 보진 말아주세요!』

그런데 이렇게나 강한 나머지 여자 부원들도 잇따라 달려와서 머리를 숙여주었기에. 아, 이것은 분명 한 여자의 난폭한 인덕 덕분이겠구나, 라고 생각했다.

다만, 아니었다. 굳이 다가와서 머리를 숙여준 것은 여자 부원들뿐이 아니었다.

바람이 불어닥친다. 뜨거운 바람이.

어쩌면, 마치 등불의 건너편에서 온 것 같았다.

『부장. 잘 부탁드립니다!』

『야시로…….』

『이게 마지막은 아닙니다. 내일 제대로 날뛸 테니까, 부장이 할 일은 남기지 않겠습니다!』

왔을 때부터 이미 뜨거웠던 남자가 더욱 거세게 불길을 이글거렸고.

『진 선배. 잘 부탁드립니다!』

『키노사키…….』

『난 말야, 언젠가는 꼭 진 선배처럼 멋있는 놈이 될 거야!

거기서 잘 봐주십쇼!』

항상 겉모양만 신경 쓰면서 제자리걸음을 하던 남자가 체면을 내다 버린 채 불타오르고 있고.

『부장. 잘 부탁드립니다.』

『쿠로세…….』

『처음부터 거기서 폼이나 잡고 있었으면 좋았을 텐데. 그래야 내가 눈에 안 띄니까.』

아무 열기도 없이 언제나 차가웠던 남자가 타오르는 눈빛을 감추지도 않는다.

다들 바보였다. 머리 숙이고, 그럼에도 위를 보고 싶다고 말했다.

꿈을 꾸는구나. 이런 광경은 당연히 꿈이 아니겠는가.

이토록 행복한 꿈을 꿔도 될 만큼 자신이 대단한 무엇인가를 이루어 내진 않았을 텐데—.

『부장.』

그런 퇴로를 마지막에 끊어준 녀석은.

『잘 부탁드립니다.』

지금 또다시 눈앞에서 머리를 숙인 녀석은, 아득히 멀어 쭉 우러러봤던 꿈이었다.

『어째서, 네가……. 어째서 너희들이 내게 머리를 숙이지…….』

『당연하잖아요. 부장은 우리의 위에 서 있는 사람이니까.』

유우가 웃더니 자신의 눈을 올려다본다. 누구보다도 하늘에 가까운 녀석인데도 이렇게 위를 봐준다.

『선배라서, 주장이라서, 그런 이유가 아니에요. 부장은 정말 모르는 겁니까?』

『도저히 알 수가 없군……. 너는 누구보다도 가장 위쪽에 올라서고 싶어 하는 녀석이 아니었나?』

그렇게 대꾸하자 유우는 딱히 고개를 끄덕거리지도 부정하지도 않고 조용히 웃음 지었다.

『가장 위쪽에 서고 싶다는 마음이랑 누군가가 내 위에 있어주길 바라는 마음은 같이 가질 수 있는데요? 그때 말했잖아요. ……우리는 부장이 이 자리에 있어주길 바란다고. 어떤 결과를 맞이하더라도 마지막에 싸울 사람은 부장이 좋다고.』

이 검을 바치겠다고 말하듯 유우는 죽도를 쥔 주먹을 내밀었다.

『우리는, 죽는다면 부장과 같이 죽고 싶어요. 그렇게 생각한 거죠. ……내일, 다 같이 가르쳐줄게요.』

『무엇을…….』

『부장이 후지노미야를 선택한 건 바보이기 때문이 아니야.』

더는 거울 안쪽의 꿈에서 헤맬 필요가 없다.

『마지막에 우리와 같이 이기기 위해 부장은 이곳을 선택했던 겁니다.』

꿈은 지금, 쭉 내밀어주는 주먹의 안에 있었다.

『바보, 녀석.』

그렇게 말하자 댁이야말로 거울이나 보고 오라며 유우가 또 웃었다.

볼 필요도 없을 터이나 얼굴을 숙였다.

『그렇게 하지. ……잠깐, 세수를 하고 오겠다.』

도장의 가장 높은 위치에서 가장 낮은 위치로 내려온 뒤 곧장 호면을 벗고 바깥으로 나간다. 물이 나오는 세면실로 뛰어들어갔다.

지금까지 어떤 혹독한 연습에서도 도망친 적이 없었다. 꼭 필요하다면 주저하지 않고 머리를 수그렸다. 아무리 상처를 받고 비참해지더라도 이 눈에서 눈물이 흘러 떨어졌던 경험은 없었다.

『후, 후……. 멍청이들의, 부 활동이군…….』

그랬건마는 하필 마지막 연습에서. 더는 비참하지 않고 사랑스러운 시간인데, 모두 기꺼이 머리를 숙여주었기에.

눈에서 신기하게도 눈물이 멎질 않았다.

『전부, 바보뿐이다…….』

말이 없었다. 오늘 너에게는 필요 없다던 거울을 이제야 본다. 줄곧 증오를 퍼부어왔던 거울. 그곳에는 폭포처럼 눈물 흘리며 웃는 세상에서 가장 행복한 바보가 비치고 있었다.

『옳았다…….』

찬물을 얼굴에 끼얹는다. 하지만 마음에서 타오르는 불꽃은 사라지지 않는다. 소맷자락으로 얼굴을 닦고 힘차게 웃었다.

『내가 선택했던 이 길은, 옳았다!』

다시 달려서 전장에 복귀한 뒤 전투복을 가다듬고 한 남자에게 히죽 웃어주었다.

『오래 기다렸다.』

『세수 좀 하고 정신 차려서 온 겁니까?』

『그래, 멋있나? 눈 크게 뜨고 봐라!』

자, 가슴을 펴라. 우렁차게 외쳐라.

나의 등을 지켜보는 사람들 모두에게 들리도록, 최강의 남자에게 힘껏 자신의 이름을 알려줘라.

지금 이곳에, 이 가슴에. 모두의 손을 거쳐서 온 등불이 타오르고 있다!

"내가, 후지노미야(너희들)의 대장이다!"

등에 이어받은 의지는 뜨겁기에 하얀 선 위의 저편에서 꿰뚫고 오는 얼음장 같은 시선에도 몸이 티끌만큼도 떨리지 않았다.

히죽 웃어주고 눈은 이누이 카이세이보다 높은 곳을 바라본다.

그곳에서 난폭한 승리의 여신은 도복 차림으로 허리 양쪽에 손을 얹은 채 어서 재미있는 시합을 보여달라며 변함없이 웃었다.

『있잖아. 내기를, 하지 않을래?』

『좋다. 무슨 내용이지?』

『서로 이누이와 승부를 해서 이긴 사람이 승리. 진 사람은 어떤 부탁이든 들어주는 거야. 어때?』

『오호……. 무엇이든 괜찮은 건가?』

『그럼, 뭐든지 다.』

기억 속에서 오래된 벗이 당돌하게 웃는다. 그 얼굴을 보면 누구에게도 질 것 같지가 않았다.

『미인이랑 약속한 거야. 너는 바보니까 불타오르지!』

그래, 불타오른다. —이누이 카이세이(이런 녀석)보다 훨씬 더!

지금 화려하게 치켜든 것은 더불어 만들었던 열화의 태세. 진흙탕을 구른 거대한 상단 자세!

“간다, 최강. 마지막에 이기는 사람은 바로 나다!”

한 걸음, 두 걸음, 세 걸음. 이어받은 불꽃을 손에 쥐고 세계의 중심에서 유유히 뽑아 들다가.

일어서기 전 한순간, 에사카는 결의를 담아 눈 떴다.

자, 나의 등을 똑똑히 지켜봐라.

모두가 바친 검의 저편에.

이곳에, 지금—.

내가 있다!

× × ×

"시작!"

불씨를 일으키는 마찰음과 함께 왼 다리를 앞으로. 왼손에는 자신의 전부를 걸어 깨부수기 위한 힘을 싣는다.

삐걱, 격하게 타오르는 작열을 치켜들어서 그리는 마름모꼴이 지금 신기루처럼 세계를 일그러뜨렸고.

"우오오오오——라아아아아아아앗!"

배에 강철의 축을 세워서 에사카가 고함지른다. 대지를 흔들 기세로 왼 다리를 밟아 디뎌서 압박한다.

다만, 압박은 도중에 멈춰버렸다. 몸이 멈췄다. —얼어붙은 발뒤꿈치를 느끼며.

척수를 바늘이 찌른다.

열기를 두른 피부가 말라붙어서 쩍 갈라지고, 분명 호면에 보호를 받는 귓바퀴가 으슬으슬 아팠다.

감각이 없어져 가는 귀청의 안쪽에서 묘하게도 하나의 소리만이 점점 커다래지고.

두근. 두근. 두근—.

저편의 존재가 잔상을 거느린 채 비스듬하게 검 끝을 기울였다.

평정안— 푸른 얼음의 눈을 지닌 남자가 살육의 자세를 취하는 순간, 세계에서 소리가 사라졌다. 곧이어.

"씨아아아아아아아아아아아아아아아——라아아아아아아아아앗!"

정점이 꿈틀거린다.

잠에서 깨어난 용의 포효가 지금 뛰어들었다가는 즉각 잡아먹힐 자신을 연상케 했다.

속박의 저주와 같이 몸에서 자유가 사라져 간다. 이 위압감, 한기, 강대함. 모든 것을 절절히 실감하면서 호면 안쪽으로 살짝 웃었다.

유우는 말했다. 이 남자에게는 구멍이 하나 있다고. 그렇군, 잘 모르겠다.

—도대체 이 녀석의 어디를 때리면 된단 말인가.

너무나도 멀다. 드높다. 아득하다.

그래서 더더욱— 웃음을 띠며 울부짖어라! 그 남자처럼!

"느아아아아아아아아아아아아아——아아아아아아아앗!"

등 뒤에 녀석의 환영을 거느린 채 속박의 저주를 불살라 없앤다. 에사카의 한 발짝이 앞으로 나아갔다. 집어삼켜 으스러뜨리기 위한 필살의 반경을 넓히며 자기 자신의 간격으로 가지고 간다.

같이 호응하듯 카이세이도 완만하게 오른쪽으로 돌아 움직이기 시작했다. 에사카는 상대의 움직임에 맞춰 단 한 순간도 긴장을 풀지 않고 검을 치켜든 채 지금 또 한 번 두뇌에 때려 박는다. 쭉 함께 마련했던 대책을.

이누이 카이세이. 때리지 않는다, 다가붙지 않는다, 접근시키지 않는다. —우선 세 가지 방침이 대전제.

하나라도 어긋나는 순간 끝나버린다. 치켜든 왼손에 저절로 힘이 들어갔다.

일순간의 눈 깜빡임, 카이세이는 이미 지척에 서 있었다.

"흡!"

"라아아아아——타아앗!"

찰나에 대지가 두 번 흔들린다. 카이세이의 묵직한 페인트에, 다만 에사카는 이를 악물고 검을 내려뜨리지 않는다. 마치 발광을 재촉하는 듯한 농밀한 살기가 지척에, 목에. 하지만 내려뜨리지 마라, 무너지면 죽는다!

버텨 내고자 주시하던 순간, 평정안의 자세로 들어 올린 카이세이의 죽도가 움직이기 시작했다. 왼쪽 호완에 쥐인 죽도가 사라지다시피 하는 속도로 목을 노린다. 찌름— 아니, 속임수다. 흔들리지 마라. 간파한 순간 카이세이의 칼끝이 오른 대각선 위를 향하여 전광석화의 기세로 뛰어올랐다. 진짜 노림수는 좌측 손목 치기인가, 튕겨 내라! 에사카의 상단 자세가 오른쪽 대각선 아래, 두 손으로 휘두른 죽도가 카이세이의 타격을 밑동부터 치러 나간다.

그것이 쓱 통과했다.

환상을 벤 것처럼 에사카가 두 눈을 부릅뜬다. 말도 안 된다, 어째서 저기에—!

죽도를 내리 휘두른 반대편에서 카이세이가 왼쪽 손은 떼어 낸 오른쪽 손 하나를 커다랗게 휘둘러 올리고 있었다.

"손모오오오으아아아——씨야아아아라아앗!"

타격의 순간, 왼손을 세차게 회수한 뒤 폭풍과 같은 퇴격 손목 치기를 에사카의 오른팔에 날리고 카이세이가 후방으로 사라져 간다. 그 아름다운 잔심을 쫓아가지는 않았다.

백기가 올라간다. 하나뿐.

당연하다. 너무 지척이었기에 득점이 인정될 리 없었다. 다만— 놀라운 녀석이다.

상호 간 위치는 시합장의 끝과 끝. 이누이 카이세이의 질풍 같은 잔심은 저 먼 곳까지 물러났다. 자세를 허문 채 왼손을 떼고 오른쪽 손 하나로 도발적인 평정안을 만들어 보이며 흡사 마왕과 같이 유유히 걸어온다.

지금 막 구사했던 기술을 비정하게 또 과시하며, 이제부터 너는 저항할 도리도 없이 죽어 나가리라 선고하듯이. 에사카는 그때 뒤늦게 카이세이가 구사한 환혹의 비결을 이해했다.

검의 상승을 목격했던 순간, 타격 목표를 극소 범위로 전환하고 급제동하며 멈춘 뒤 미리 디뎠던 다리로 앞서 상승하던 반대 방향을 향해 뛰었다. 죽도를 흘리기 위하여 왼손을 떼어내고, 오른쪽 손 하나를 축 삼아 후방으로 돌아들었다. 또한 회수하는 기세를 함께 실어서 손목으로 내리 휘둘렀다. 동작 자체는 단순하다. 다만 녀석은 모조리 찰나에 수행했다.

—페인트를 꿰뚫어 봐도 의미가 없다.

이 남자는 늦게 움직여도 기술을 바꿀 수 있다.

하지만 이런 정도로 이제 와서 부러지지는 않는다. 에사카는 거하게 숨을 토한 뒤 다시금 상단 자세를 취했다. 자신도 천천히 걸어서 차근차근 간격을 좁히며 생각한다.

자세를 무너뜨려서는 안 된다. 그 순간 유우 이상의 연속 공격이 날아올 테니 죽는다. 상단 자세 필살의 한 손 기술을 빗맞혀서도 안 된다. 아무리 자세 제어에 집중해도 녀석은 틈을 만들어 찾아내서 죽이러 온다.

또한 이렇게 떨어져 있는 상황과는 반대로 밀착하는 사태만큼은 무슨 일이 있어도 피해야 했다.

코등이싸움— 이누이 카이세이 필살의 간격. 그곳에 들어가는 순간은 곧 최후, 정수리가 갈라져서 끝을 맞이할 테지.

사면초가였다. 어디에도 틈이 없는 듯 보인다.

다만 딱 한 군데, 엄청나게 좁아도 억지로 지나갈 수 있는 길이 존재했다.

에사카는 웃고 다시금 머리 위쪽으로 치켜든 왼손을 굳게 부르쥐었다.

똑같은 타이밍에 뛰어 녀석보다 빠른 기술을 위쪽에서 박아 넣는다. —유우와 함께 강구했던 결정타는 결국 하나밖에 없었다.

일주일 전 방문 훈련에서 유우가 광대 노릇을 해준 덕분에 이누이 카이세이가 한 번도 직접 보지 못했던 이 기술.

—한 손 머리 치기. 일격을 때려 반드시 끝장낸다!

"우오오오오——으타아아아아아아아앗!"

때리지 않는다. 다가붙지 않는다. 접근시키지 않는다—. 기필코 두 판을 따내서 내가 이긴다!

그런 에사카의 의지를 사정없이 짓밟으며 정점이 크게 요동친다.

"씨아아아아아아아아아아아아아아——야아아아아아아앗!"

움직인다. 도려낸다.

유우의 모방과는 비교도 안 되는 폭풍 같은 발놀림이 지금 에사카의 간격을 파괴하고자 달려든다. 쿠웅. 내디딘 카이세이의 정지 동작을 노려 다가드는 순간에 이미 상대는 몸 하나만큼 뒤로 물러나 있다.

빠르다—! 오른손에 힘을 넣어서 에사카가 죽도를 억지로 멈춰 세웠다.

"타아아——씨야아앗!"

그 오른팔을 비틀어 뜯어내려는 듯이 카이세이가 이미 벌어져 있는 간격을 아랑곳하지 않고 한 가닥의 섬광으로 화한다. 멈춰 서 있던 오른손을 어떻게든 살리기 위해 에사카는 중심으로 치켜든 왼손을 꽉 힘주어 우측으로 당겼다. 자세가 어긋나며 카이세이의 좌측 손목 치기는 팔을 때린다. 뼈가 타오르는 듯 저릿거렸다. 그러나 눈을 감지 않은 채 즉각 생각한다. 또 때릴 텐가. 막 잡아당긴 왼손을! 다만 카이세이는 드러나 있는 빈틈을 방치한다.

손목 치기의 잔심이 곧 지척으로. 이어서 바짝 다가들었다.

상대의 눈에서 구토를 재촉하는 중력이 쏟아지고, 자신의 숨은 얼어붙는다.

에사카가 카이세이의 간격으로 빨려 들어간다. 코등이싸움을 강요당한다—!

"머리이——이잇씨야아아아으라앗, 쌰아아앗!"

1초도 지나기 전에 커다란 퇴격 머리 치기가 쏟아졌다.

에사카의 죽도에서. 다만 카이세이는 어렵지 않게 방어한다.

이 간격에서 싸우지 마라—! 에사카가 죽도를 치켜들고 잔심을 하며 물러난다. 오른 다리를 앞에 내세우는 스쳐 걷기에서 왼쪽 다리를 앞에 내세우는 자세로 변환하며 달인이나 쓸 고도의 기술을 같이 구사한다. 다만 철저하게 훈련된 발놀림은 고비에서도 거짓말을 하지 않았다. 오른쪽 다리를 내민 자세와 변함없는 속도로 물러나 달아나는 스쳐 걷기는 곧 교착이 이루어질 때를 기다린다. 쫓아와서 검을 휘둘러봐라, 상격머리로 죽여주마—!

그러나 카이세이의 눈은 어떠한 움직임도 놓치지 않는다. 왼편 앞. 오른편 앞보다 빨리 뛰어서 다가든다. 때리지 않는다. 추격을 도중에 멈춘 카이세이와 에사카는 이족일도의 거리에 대치, 이곳은 에사카의 간격이다. 상단 자세의 견고한 지배권을 구축하기 위하여 기합 소리와 함께 압박을 시도하지만 안 통한다. 카이세이의 발놀림이 무자비하게 모든 견제를 날려버렸다.

"크—!"

폭풍이, 불꽃을 뒤흔든다.

면금의 저편에서 쏟아지는 푸른 예광이 공간에 난반사되어 에사카의 눈을 어지럽히면서 마구 날뛴다. 눌어붙는 바닥의 소리는 마치 짓밟는 시체의 비명 같았다. 저주가 들려온다. 손이 뻗어서 온다. 자세를 내려뜨려라. 너도 여기에서 죽어 떠나가라—.

"우오오오오오오오오오오오——라아아씨야아아아아아아앗!"

시끄럽다, 입 다물어라, 네가 죽어라—!

에사카의 자세는 결코 흔들리지 않았다. 세차게 부릅뜬 눈도 닫히지 않는다. 물러나지 않는 다리가 앞에 나선다. 후퇴 따위 알지 못한다. 물러남은 없다. 물러남은 없다. —접근시키지 마라, 때리게 놓아두지 마라, 아직 때리지 마라. 찌름을, 손목을 노려 달려들 때까지 버티고 기다려라!

후지노미야의 생명이 담긴 모래시계가 사륵사륵 떨어져 간다. 아직 한 번의 공격도 성공시키지 못했다. 두 판을 따내야 하는 입장이다. 한 판도 못 따냈다. 상대는 최강의 남자— 하지만 수확이 없는 간격 다툼을 그만두지 않는다. 필살 반경은 흔들리지 않았다. 계속 기다려라, 계속 견제해라, 시야의 모든 휘두름을 견뎌 내라. 조바심 따위 코웃음 치고 넘겨라. 이런 정도의 산들바람으로 나의 3년이 흔들릴 것 같나—!

"우오오오오——라아아아아아아아아앗!"

"씨아아아아——야아아아아아아아아앗!"

카이세이는 부르짖고 멈추지 않은 채 혀를 찼다. 때리려 하지 않는다. 이길 생각이 없나는 의문이 들 정도. 게다가 그게 전부가 아니었다. 카이세이는 고속의 움직임으로 단박에 지척까지 다가들었다가 그곳에서 급정지했다.

"손모오오으타아아아아아——씨야아아아라아아앗!"

유성과 같은 쌍수 손목 치기가 이때를 기다렸다는 듯이 카이세이의 오른손에 휘둘러진다. 빠르다. 오른손을 빼낼 순 없다. 되돌려 치기, 스쳐 올리기. 전부 다 이미 늦었다. —그렇다면 막아서 코등이싸움으로 몰아간 뒤 죽인다.

에사카의 큰 몸체에서 중력이 떨어진다. 방어의 충격으로 죽도가 휘어지고, 세계가 뒤흔들린다. 카이세이 이외의 세계가. 에사카의 큰 신체마저도 거뜬히 날릴 수 있도록 한껏 차오른 기세를 지금 이 순간 육체에 가득 순환시킨다.

"머리이——이잇씨야아아라아앗, 랴아아앗!"

그러나 기대했던 전개는 역시 찾아들지 않았다. 교차한 죽도가 반발했던 순간, 에사카가 또다시 퇴격 머리 치기를 날리며 달아난다. 바짝 쫓아가지만— 안 된다, 다리가 이미 교차되었다!

"하아앗!"

내려라. 들어와라. 어서 고분고분 목을 내밀어라. —카이세이가 찰나에 세 번 발을 굴렀지만, 그럼에도 자세에는 틈이 생겨나지 않았다. 부동이다. 그 광경을 본 카이세이는 인식을 달리한다.

대단한 담력이다. 다만 이 굳건함의 근거는 저것 하나가 아니었다.

—예측당하고 있다. 머리에 때려 넣고 왔겠군.

에사카의 등 뒤에 떠오르는 신기루 같은 남자를 카이세이는 냉철하게 응시했다. 그래, 알겠군. 둘이서 나를 죽이고자 온 것인가. 정말 약아빠지고도 사랑스러운 작전이다.

카이세이는 교란의 움직임을 멈춘 뒤 바로 정면에서 치고 들어갔다. 검 끝을 내리고 표정을 매섭게 얼린 채 도발한다. 지금 반드시 죽여주겠다. 편안한 최후를 선사해주기 위하여.

—와라. 몇 명이 뭉쳐서 덤벼 봤자 나에게는 다 똑같다!

"씨아아아아아아아아아아아아아——야아아아아아아앗!"

"우오오오오——으라아아아아아아아아아앗!"

중거리를 쭉 지켜왔던 에사카가 마른침을 삼켰다.

움직임이 달라졌다. 승부를 유혹하고 있다. 손목인가, 찌름인가. 무엇이든 간에 반드시 날아들 테지. 정면에서 당당히, 이 열화의 태세로.

함정. 자만심. 아니면— 절대적인 자신감. 녀석의 속셈이 무엇이든 간에 선택지는 하나.

—공격의 기회는 지금 이때뿐이다!

결의와 함께 저편을 주시한다. 소리가 사라졌다. 양자가 움직임 없이 시계의 초침만이 움직인다.

째깍, 째깍, 째깍……. 시시각각 나아가고 있는 시간의 간극에서.

"머리이——이잇씨야아아야아아아아앗, 오오오라아아앗!"

먼저 뛰어드는 데 성공한 자는 기나긴 시간, 거울과 마주하며 쭉 세월을 새겨왔었던 남자.

맞은편에서 최강도 같이 뛰어든다. 찰나만큼 뒤늦게 선택한 기술은 하나—.

“머리이——이잇씨야아아야아아아아앗, 오오오라아아앗!”

거울에 비춘 악몽이었다.

두 사람의 검이 지금 교차하며 빛을 흩뿌린다. 기세가 중심에서 충돌했다. 면금과 면금 맞부딪치는 소리가 진짜 칼날의 맞부딪침과 같은 굉음과 함께 온 회장에 퍼져 나갔다.

에사카가, 카이세이가, 주위에 있던 전원이. 주심을 우러러본다.

깃발을 들고. 곧이어 심판은 소리 질렀다.

“그만!”

붉은 깃발과 하얀 깃발, 양쪽을 머리 위로 쭉 들었다가 심판이 에사카에게 다가간다. 이어서 말했다.

“중혁이 끊어졌습니다. 죽도를 교체하세요.”

한판이 아니었다. 반칙도—.

하지만 저 말은 에사카에게 너무나도 무정한 선고였다.

카이세이와 상호 간 개시선에서 죽도를 겨눈 뒤 납도 동작에 이어 인사를 한다.

카이세이는 제자리에서 쪼그려 앉은 채 위풍당당하게 에사카가 돌아오기를 기다리고 있다. 그리고 에사카는 일단 전장을 벗어났다. 하얀 선 바깥으로 나온 순간에 하늘을 올려다본다. 괴물이 저질렀던 소행을 절절히 되새기면서.

—**베어서 떨어뜨렸다.** 위에서 내리치는 상단 자세의 머리 치기를.

잘려 나간 중혁이 증거한다. 녀석은 일부러 뒤쪽으로 뛰어 시합이 이미 후반을 지나간 이 시기까지 남겨 놓았던 한 가닥 희망을 완벽하게 박살 냈다.

상단 자세에 맞서 날리는 상격 머리, 유리함과 불리함의 섭리를 죄다 무시하는 최흉 최악의 선택지로.

—저 눈에 포착되었다. 더 이상 같은 기술은 통하지 않는다.

한일자로 입술을 꽉 다물고 아래를 보며 처형대에 오르는 듯한 심정으로 하얀 선을 따라서 간다.

그러나 그 선의 끝에서. 커다란 그림자가 뻗어 왔기에 얼굴을 들어 올렸다.

"부장."

그곳에서 불꽃이 타오르고 있었다.

유우가 호면을 벗고 무장을 해제한 오른손으로 자신의 검을 꽉 쥐고 있었다.

기도하듯, 의지하듯, 바치듯. 유우가 죽도의 코등이 아래를 잡아 이쪽으로 쭉 내밀어준다.

마음이, 부들거렸다. 타오르는 듯한 열기로.

에사카는 망가진 자신의 죽도를 유우에게 건네며 아군 진영을 돌아봤다.

그곳에 있는 누구도 아래를 보는 인원은 없었다.

宮

모두가 쭉 등불을 건네주었던 오른 주먹을 꽉 부르쥐며 우러러보듯 이쪽을 보고 있었다.

단지 저 광경만으로 족했다.

저 광경만으로도 한일자로 다물려 있던 이 입술은 언젠가 봤던 한 여자의 표정을 따라 하듯이 당당하게 치켜 올라갔다.

아래 따위 보지 않는다. 부러질까 보냐. 포기할까 보냐.

몇 번을 나뒹굴어도, 비참해지더라도 이 몸은 반드시 다시 일어나 마지막 최후의 순간까지 위를 바라본다.

꿈은 언제나 저곳에 있었다.

—나의 등을 지켜봐라. 마지막에 이기는 사람은 바로 나다!

유우에게서 모두의 마음이 담긴 죽도를 건네받아 굳세게 쥔다. 더는 두 번 다시 부러지지 않도록.

두 사람은, 시선을 주고받았다.

말은 필요치 않다. 그저 서로 고개만 끄덕거리고 헤어졌다.

에사카 진은 침착하게 다시 전장으로 걸음을 뗀다. 가슴은 불타오르고, 다만 머리는 냉정했다.

생각해라. 생각해라. 생각해라. 약자가 강자에게 이길 수 있는 방법은 단 하나, 머리를 쓰는 것밖에 없다. 불가능하지 않다. 실제로 하시쿠라도 유우를 끝까지 물고 늘어지는 데 성공했잖은가.

천의무봉의 남자가 준 검을 꽉 부르쥐며 에사카는 쉴 새 없이 생각했다.

—애당초 미나카미는 어째서 하시쿠라를 베어버리지 못했

던 건가.

끈질겨서? 녀석이 잘 버텨서? 그런 건 아무래도 상관없었다.

마지막 한 순간, 하시쿠라는 유우의 휘감기 기술과 좌면 허리 치기를 파훼했다. 설마 우연인가?

말도 안 된다. 이누이처럼 인간 같지도 않은 녀석이 아닌 한 유우의 기술을 그 자리에서 보고 파훼하는 것은 불가능하다. 그렇다면 요행을 노려 맞아떨어졌나? 마지막에는 반드시 필살기로 끝내려 할 것이라고? ……우습군. 더욱더 말이 안 된다.

미나카미 유우도 이누이 카이세이도 무자비한 천재다. 그때그때 상황에 따라 최적의 기술을 선택해서 가능하다면 개시 후 3초 만에 필살기를 날려 댄다.

그렇다면 해답은 하나. 그 순간, 유우는 노려서 기술을 날린 것이 아니었다.

유우는 하시쿠라에게 **기술을 날리도록 유도당했다**.

어떻게 녀석은 최흉의 상대에게 저런 재주를 부릴 수 있었을까. 어떻게 해야 자신은 최강의 상대에게 같은 재주를 부릴 수 있을까.

사고의 끝에 다다른 선상에서 멈춰 섰다. 하늘의 계시를 받은 심정이다.

잘못을 되풀이하고 전진한 끝에 간신히 다다른 마지막 장소, 요구되는 조건은 단 하나.

그것은 한 번도 틀리지 않고 단 하나의 가느다랗고 올바른 여정을 두려움 없이 선택하여 나아가는 것.

얄궂다는 생각이 들어서 웃음 짓고는 전장의 안에 들어섰다. 뭐냐, 별것도 아니잖나.

—한 번도 틀리지 않으면 그만 아닌가?

상대에게, 심판에게, 에사카는 누구에게도 얼굴이 보이지 않을 만큼 깊숙이 머리를 수그렸다.

곧 두고 보자고, 면금 안쪽으로 혀를 내밀며!

"시작!"

일어서는 순간, 에사카는 심판의 목소리가 미처 다 사라지기도 전에 탄환이 된다.

"찌이이야——앗씨야아아아아아아앗!"

중단 자세에서 몸을 내던지는 두 손 찌름. 그러나 카이세이는 중심을 내주지 않고 칼끝으로 밑동을 내리 누름으로써 손쉽게 회피한다. 어떤 수법으로 나올까 기대했더니 최악의 수—승부를 포기한 건가, 여기에서 뒈져라!

시동하는 카이세이가 땅을 울린다. 빈틈투성이가 된 에사카에게 판단을 강요한다.

코등이싸움인가, 물러날 텐가. 앞으로 오면 비켜나서 퇴격 머리 치기— 안 오는가. 에사카는 서둘러 자세를 만든 후퇴 방어로 수비하며 오른 다리를 차고 후방으로 달려 도망친다.

스쳐 걷기가 아니다. 방금 전까지 용맹했던 상단 자세는 흔적도 찾아볼 수 없었다. 다만 저 꼴사나운 도주에 베풀 자비는 전혀 없었다. 카이세이는 에사카의 도망질보다도 빠른 스쳐 걷기로 쫓아가며 간격을 허락해주지 않았다. 기계처럼 바짝 붙어서 일족일도의 거리를 유지하며 수세로 몰린 에사카에게 압박을 준다.

목으로. 목으로. 목으로. —자, 버티지 말고 상단 자세로 돌아가라. 그 순간에 찔러 죽이거나 손목을 베어주겠다!

카이세이의 냉철한 추적에 결국 에사카는 도망칠 곳을 잃어버렸다. 이제 두 발짝이면 후방의 하얀색 선에 다다른다. 상단으로 자세를 바꾸겠다면 지금— 그래서 더더욱 에사카는 뻔한 선택지를 고르지 않았다.

히죽 웃고는 뒤로 보냈던 다리의 체중을 이동. 뒷발 왼편을 차서 수비 자세를 유지한 채 앞으로.

그 선택에 카이세이도 사납게 웃는다.

두 손을 들어 올렸다면 죽일 수 있었다. 뒤로 물러났다면 자멸했을 테지. 그러니까 앞으로. 합리적이다. 다만 전방이야말로 가장 죽음과 가깝다.

코등이싸움— 두 사람의 오른 주먹이 결국 맞닿는다.

"우오오오오——라아아아아아아앗!"

"씨아아아아아아아아아아아아아——라아아아아아아아앗!"

광대한 세계의 원이 부르짖는 카이세이의 한 곳에 수렴되어 간다.

좁게, 무겁게, 에사카에게 자유를 허락하지 않는다. 목을 조르는 듯한 압박감을 가하고 다리를 움직여서 얼린다. 하얀

선으로 몰아붙여서 마지막으로 단숨에 때려 부수겠다.

바람 앞에 놓인 등불을 세차게 꺼뜨리려는 그 한순간, 에사카의 면금 안쪽을 노려본다.

궁지에 몰린 쥐가 귀신의 형상을 내비치며 비웃었다.

"으읏—?!"

"오오오——씨야아아앗!"

카이세이의 눈이 흔들린다. 힘이 흩어진다. 그리고 에사카의 몸이 부예진다. 이 발놀림은— 유우?!

잠시 당황했을 뿐 카이세이는 끝내 동요하지 않았다. 곧장 머리가 차갑게 돌아가기 시작한다.

누구보다도 넓고 예리하게 빛나는 눈이 상대를 포착하고 몸에는 힘이 솟아오른다. 용과 같은 포효를 내질렀다.

"오오오오오오——라아아앗!"

"끅!"

뿌리를 내린 것처럼 굳세게, 아래에서 도려내어 쳐내는 듯한 몸 받음이 체격 차를 무시하고 에사카를 후방으로 확 날려 보낸다. 쿠웅, 굉음이 울려 퍼졌다. 다만 카이세이는 멈추지 않고 목으로 죽도를—.

"그만!"

찔러 넣기 전 심판이 제지했다.

에사카에게 손을 내밀지 않고 혼자서 개시선으로 돌아가며 죽도를 들어 올린다.

—가능한가. 저 발놀림이. 그러면 왜 처음부터 근거리를 꺼

린 것인가.

머리를 회전하기 시작한 카이세이. 다만 고찰할 틈을 주지 않기 위하여 에사카는 즉각 일어선다. 꼴불견. 몸은 절반쯤 부서졌다. 그러나 당당하게 노려보며 비웃어준다. 네 필살의 간격은 깨뜨렸다. 이제 두 번 다시 통하지 않는다. ―눈빛으로 자신 있게 통보한 뒤 또다시 전장에 들어선다.

―멍청이, 두 번이나 쓸 수 있겠냐. 고작 몇 초에 불과한 벼락치기 흉내질에 갈팡질팡해라!

그런 에사카에게 심판이 말을 건넨다. 대각선 아래로 찔러 박힌 붉은색 깃발이 심장을 찔렀다.

"반칙 한 번!"

또 깊숙이, 비참하게 누군가에게 머리 숙인다.

장외 반칙. 진짜 마지막이다. 또 뒤로 물러나면, 죽도를 떨어뜨리면 그 순간 후지노미야의 생명은 끊어져버린다.

두근. 두근. 두근― 그래서 어쩌라는 거냐.

이 자세는 본래부터 물러남을 알지 못했다!

"시작!"

"우오오오오――옷씨야아아아아아아아아아야아아아앗!"

불굴, 열화의 태세가 또다시 이글이글 머리 위에서 생명을 불사르기 시작한다. 다가든 위기에 맞서 귀기가 도는 표정을 짓고 광기를 띤 짐승처럼 카이세이를 집어삼키고자 나아간다.

"씨아아아아아아아아아아아아——라아아아아아아아앗!"

자꾸 들러붙는 불꽃을 쳐내듯이 카이세이가 부르짖었다. 세 번, 살의를 담아서 발을 구른다.

그러나, 상대의 자세는 티끌만큼도 흔들리지 않았다. 으득, 이빨이 삐걱거렸다.

—어째서, 무너지지 않나. 이 자식의 머릿속에는 중압감이 없는 건가?!

손목 치기를 날려서 편해지고 싶다. 다만 날리지 않는다. 상대가 오히려 기다리고 있다. 안달 내다가 지치기를 기다리며 나오는 머리 치기를 깔아 놓았다—!

카이세이가 간파한 뒤 오른쪽으로 돌아든 순간.

운명이 움직이기 시작했다.

"손목 머리잇, 씨야——아아아아아앗라아아아아앗타아!"

평정안을 뒤흔드는 에사카의 타격은 쌍수. 손목 치기는 상공에서, 뒤이어 강력한 머리 치기가 카이세이를 덮친다. 첫 번째 공격을 간파하여 상격 머리를 날렸으나 에사카는 몸과 두 손을 비튼 회피로 상쇄. 두 번째는 근거리에서 무효타가 되어 맞지 않는다!

두 사람의 간격은 다시 코등이싸움으로 수렴되고—.

"머리이——이씨야아아라아앗, 랴아아앗!"

다시 접근을 거부한 에사카가 곧장 혼신의 퇴격 머리 치기를 때렸다. 십자가 모양으로 죽도가 교차, 튕긴다. 마술의 트릭은 단 한 번— 이것을 잘 이해하고 있는 에사카는 뒤로 물러나기 시작한다. 다리를 바꿔 디디며. 유산에 절임이 된 왼쪽 다리가 아직껏 힘차게 질풍 같은 잔심으로 후방에. 다만 여전히 제왕이 쫓아오고 있다!

"씨아아아아아아라아아아아아아아앗!"

최강이 내지르는 위협은 찌릿찌릿하며 검 끝의 연장선을 호완에서 목 부위로 바꿔 에사카를 몰아넣는다.

양자는 멈추지 않고 마침내 같은 장소, 벼랑 앞으로.

우뚝, 카이세이가 멈췄다.

에사카가 여세를 제어하지 못하여 기울어진다.

이족일도— 에사카의 뒷발이 하얀 선 위로 올라간다.

—끝이다!

카이세이는 발을 디뎠다.

최고 속도, 건곤일척의 일검을 날리고자 뛰쳐나가는— 그때.

지나치게 좋은 청력이 자신의 걸음과 겹치는 소리를 포착했다.

에사카의 왼쪽 다리가 묵직하게 가라앉는다. 눈빛은 바로 지금이라며 화르르 타오른다.

등불이 지금, 두 차례 일렁거리며.

에사카는 자신의 모든 것을 내걸고 부르짖었다.

—들어와라.

생명을 실은 왼손의 검이 진구렁을 기어 다니며 단련했던 오른발의 지지를 받아 세계를 향해 떨어진다.

—들어와라앗!

오른손이 모든 의지를 힘차게 쏟아 내면서 주먹이 된다.

그것은 모두의 손을 지나서 건네받은 의지의 형태.

"찌이야아——이이이이야아아앗시야아앗, 라아아야아앗!!"

주먹에 깃든 등불이 지금 카이세이가 찌른 최속의 일검을 때려 무너뜨리고.

"머리이이이이이이——이잇씨야아아앗, 오오오라아아아아앗!!"

한 명의 남자가 평생을 바쳐 불살라왔던 생명의 불꽃이 포효와 굉음과 함께 최강의 남자를 집어삼켰다.

달려 지나간 뒤 인생의 가치를 묻듯이 고개 돌린다.

온통 환성으로 들썩거리는 장내에 불꽃과 같은 진홍색이 세 개 아름답게 피어났다.

"머리 한판!"

카이세이는 죽도를 내린 채 제자리에서 가만히 서 있었다. 부글부글 끓는 심정으로 저편에 있는 에사카를 노려봤다.

생명을 미끼로 쓴 함정이었나—.

제정신으로 할 짓이 아니었다.

한 판이라도 빼앗기면 즉각 종료, 상대는 아득하게 강한 실력자. 그런 상황에서 녀석은 방금 전 찌르기 기술을 유도하기 위하여 **일부러 장외로 몰린 척 반칙을 짊어졌다.**

일어서며 날렸던 두 손 찌름도 환혹의 코등이싸움도 모조리 미끼. 비참하게 도망친 것도, 심판을 향해 꼴사납게 머리 숙였던 것도 포석이었다.

최후의 순간, 이누이 카이세이가 코등이싸움으로 압박하는 대신에 찌름 기술로 장외에 밀쳐 날리고자 행동하는 그런 상황을 만들어 내기 위하여.

가느다란 줄, 상궤를 벗어난 예리한 칼날 위에서 벌어진 줄타기. 다만 녀석은 끝내 건너섰고, 그리고—.

『지금 한 판은 빚으로 달아주마. 마지막에 이기면 그만이니까.』

두 차례 일렁거렸던 불꽃의 신기루 저편으로 얼마 전 숙적에게 얻어맞았던 손목 치기의 환영을 거듭 보여줬다.

"그때 이미……. 베였던, 건가……."

수치와 답답함이 가슴속에서 난동 부린다. 자신의 안이했던 마음가짐에. 그런 정도로 찌름을 일순간 망설였던 자신의 약함에. 카이세이는 꽉 깨문 입술에서 피를 흘리며 개시선으로 돌아간다.

다만 그보다 더 빨리 에사카는 잔심이 끝난 순간부터 개시선으로 달려가고 있었다. 표정에는 최강에게서 한 판을 따냈다는 기쁨도 안도감도 없다. 똑같이 입술로 피를 흘리며 마음은 부르짖는다.

—나머지 한 판. 나머지 한 판. 나머지 한 판!

모든 것을 건 이후에도 여전히 저 남자는 완전히 타버리지 않았다. 중앙에서 죽도가 교차했다.

시작.

심판은 분명하게 말을 꺼냈다. 부르짖는다. 치켜든다. 상대를 노려본다. —그 시야의 한쪽에서.

시계를 든 사람이 일어선다. 오른손에 종지부를 쥐고서—.

"우오오오오——라아아아아아아아아앗!"

"씨아아아아——야아아아아아아아아앗!"

짐승이 서로 부르짖었다. 서로를 노려봤다.

생명의 모래시계에서 마지막 한 알갱이가 떨어질 때까지. 그리고—.

"찌이야——야이이아앗!"

에사카의 목을 노리고 카이세이의 두 손 찌름이 또다시 뻗어 들이닥치던 때.

호루라기에서 높이, 드높이, 지난 3년을 끝내는 소리가 울렸다.

카이세이의 죽도가 이성을 되찾아 종이 한 장의 간격을 남기고 목 앞에서 멈춘다.

시계가 멈췄다. 에사카 진의 시간도, 이곳에서 멈췄다.

다만 저 열화의 태세는 완전히 불타 재가 된 마지막까지 흔들림 없이 정점을 목표로 하며 하늘을 찌르고 있었다.

카이세이가 눈을 감는다.

적을 향하여 불꽃의 홍색이 펄럭이는 광경을 지켜보다가.

"시합 종료!"

경탄과 함께 죽도를 거둔 뒤 이곳에 생애를 바친 남자에게 머리 숙였다.

최강의 남자를 무릎 꿇린 것은 진흙탕에서 마지막 순간에 꽃을 피워 낸 남자의 아름다운 대상단이었다.

× × ×

세상에서 가장 강한 후배가 세상에서 가장 강했던 후배가 되어 오른쪽 옆에서 호면을 쓴 채 무릎을 꿇고 정좌한다.

정렬이 끝났다.

하시쿠라도 호면과 죽도를 정리한 뒤 다음 시합을 하는 학교에 준비 장소를 넘겨줘야 했다.

그러나 어찌 된 까닭인지 몸이 움직여지지 않는다.

아마도 일어나고 싶지 않아서일 테지.

하시쿠라도 같이 정좌하고 두 손을 무릎에 올려놓은 채 시합으로 떠들썩한 와중에 계속 앉아서 버텼다.

처음으로 느끼는 차분한 심경이었다.

개인전에서 카이세이에게 졌을 때와는 다르다. 줄곧 쌓아왔던 세월로 감당하지 못했다는 분함도, 숙적에게 한 방 먹여주는 데 성공했다는 기쁨도 아니었다.

다만 4년 전 그날 이후로 배 속에서 줄곧 소용돌이쳤던 거뭇한 무엇인가가 사르르 없어졌다는 것만큼은 분명했다.

하시쿠라는 옆쪽에 앉아 있는 남자를 돌아봤다.

호면을 벗고 있지 않았다. 꽉 부르쥔 호완에 들어간 힘에 죽도가 삐걱삐걱 비틀리고, 자기 자신에 대한 증오가 담긴 형상이 면금 안쪽에서 불타오르고 있다. 입술에서 피가 번져 나오고, 다만 눈물 흘리지는 않으며 입에서는 말이 새어 나온다. 제길, 제길, 빌어먹을—.

져서 분하다.

그런 당연한 마음이 이 남자에게도 있다는 것을 깨닫는 데 이렇게나 긴 세월을 필요로 했다.

"당연한가……."

제아무리 강한 녀석이어도 인간이잖은가. 이누이 카이세이는.

그날 주먹을 맞댔고 정점에 도전하러 가도록 등을 밀어줬던 녀석은 유일하게 자신이 인정한 후배. 또한 그곳에서 버티기 위해 지금도 모든 것을 내걸고 있는 단 한 명의 인간이다.

"당연한 건가……."

괴물 따위 이 세상에는 없다.

귀신 따위 처음부터 없었던 것과 마찬가지로.

하시쿠라는 지금 모든 것을 용서하면서 시합장을 사이에 두고 저편에 앉은 남자에게 조용히 미소를 지어줬다.

"네 녀석도, 인간이었구나. ……**유우**."

미나카미 유우가 울고 있었다.

정좌한 채 뚝뚝 눈물을 흘릴 뿐 얼굴을 들어 올리지도 일어서지도 못하고 그저 자신의 무력함을 되새기며 울고 있었다. 두 주먹은 하카마를 찢을 기세로 꽉 부여잡고 있어서 호면에 걸친 수건을 붙잡지 못한다. 눈물을 닦을 기력도 없이 단 한 명의 인간으로서 흐느끼고 있다.

호면을 벗은 에사카가 난처해하며 웃고는 등을 두드려주고 뭐라 말한다. 그럼에도 녀석은 얼굴을 들지 못하고, 말을 꺼내지 못하고 힘없이 거듭 고개를 옆으로 흔들었다.

하시쿠라는 눈을 감은 뒤 자신의 생애를 비틀어버린 남자에게 말을 선사한다.

"강하구나, 네 녀석. ……역시나, 못 이기겠다."

천의무봉의 귀신이라고 생각했다. 평범한 인간을 비웃고 이기는 것이 당연하다며 이쪽을 내려다보는 녀석이라고. 다만, 아니었다. 미나카미 유우는 분명 인간이었다.

이기기 위하여 무슨 짓이든 했다.

뻔한 수법으로 약점을 탐색했고, 수 싸움을 하며 정보를 캐냈고, 자신보다 약한 남자에게서 도망쳤다. 분명 누구보다도 차지하고 싶었을 자리를 다른 사람에게 양보했을 뿐 아니라 게다가 마지막에는 친구를 함정에 빠뜨렸다.

어떤 심정으로 몸을 내던졌을까. 어떤 심정으로 마음을 불태웠을까. 다른 네 사람이 휘둘러 댔던 날카로운 벼락치기 칼날에 깃든 숨결이 저 녀석의 장절했을 심정을 대변해준다.

혼자이기를 선택할 수도 있었다. 그랬다면 분명 녀석은 얼마든지 아름답게 이길 수 있었다.

그럼에도 저 녀석은, 미나카미 유우는 천의무봉을 진흙으로 더럽혀서라도 다 같이 이기고자 나아가는 길을 선택했다.

예리한 칼날이었다. 한 발짝만 더 밀려났다면 상승 슈스이는 패해서 물러나야 했다.

분수령이 된 것은 자신과의 대결.

녀석이 마지막에 자신을 베는 데 실패했던 원인은 그날 빈틈없는 녀석이 저질렀던 단 하나의 실수.

미나카미 유우는 이누이 카이세이를 적당히 상대하지 못했다. 그래서 휘감기 기술과 좌면 허리 치기를 사용하고 말았다.

모든 것을 버리고 승리하기를 선택했는데도 불구하고, 녀석은 끝내 단 하나의 미련을 손에서 놓지 못했다.

자신이야말로 최강이고 싶다는 단 하나의 소중한 마음을.

"카이세이. 지금 패배를 잊지 마라."

"예……."

"다음에 이기면 된다는 소리, 너한테는 안 한다. 이누이 카이세이는 이기는 게 당연한 놈이잖냐."

말로 후배의 등을 채찍질했다. 먼저 1년을 이 세상에서 살아온 선배로서.

"너한텐 아직 부족한 게 있다. 알겠냐?"

동정도 배려도 일절 없이 너는 약하다고 지적해준다.

그러자 후배는 조용히 고개를 흔들었다. 아우성치지도 않고 입술을 꽉 깨물며.

그러면 된다. 카이세이는 이미 인정할 수 있는 강한 녀석이었다. 그러니까 더 이상 단 하나만을 좇지 않아도 된다.

남자라는 족속은 나중에 쫓아가는 놈이 지는 거니까.

미나카미 유우와는 달리 이누이 카이세이만이 선택할 수 있는 길이 분명히 가까운 곳에 숨겨져 있을 테니까. ……그러니까.

"스스로, 찾아봐라. 난 딱히 친절한 놈이 아니라서 말이지."

결코 등을 토닥여주지 않는다. 손을 맞잡아주지 않는다. 암흑 속으로 걷어차서 떨어뜨린다. 그것이 외톨이 늑대의 애정이었다.

분명 또 올라올 테니.

새로운 길을 찾아내기 위한 눈은 자랑스러운 후배가 이미 가지고 있으니까.

"예……."

카이세이가 호완을 빼내고 호면을 벗는다.

"저는 더 강해질 수 있습니다."

저 날카로운 눈은 내려가지 않고 흐려지지 않고 오로지 위쪽만 바라보고 있었다.

고교 체육 대회 예선 남자 단체부 3회전.

후지노미야 고등학교 대 슈스이 대학 부속 고등학교. 승수 2 대 2, 득점수 3 대 4.

승자— 슈스이 대학 부속 고등학교.

× × ×

에사카 진은 혼자서 죽도 주머니를 한 손에 들고 오른쪽 옆구리에는 호면을 안은 채 경기장의 문을 나섰다.

이리저리 흩어져 있는 신발을 헤쳐 나아가며 맨발로 1층 복도를 걷는다.

시합 전에는 의식하지 못했던 풍경이 갑자기 눈에 들어온다. 긴 책상에 도구를 늘어놓은 출장 무도구점이 있었다. 벽면에 비치해 놓은 의자에 앉아 담소를 나누고 있는 어른들이 보였다. 교복을 입은 다른 학교의 학생들도 있었다. 견학일까. 아니면 이미 시합을 전부 마친 것일까.

에사카는 걸음을 멈췄다. 벽면에 있는 빈 의자에는 앉지 않았지만, 유리를 세워 놓은 벽 너머로 하늘을 올려다봤다.

거짓말처럼 맑게 갠 푸른 하늘이 조금 우스웠다.

3년간 모든 것을 도장에 바쳤는데 결국 이 하늘과는 한 번도 연이 없었으니까.

"끝난…… 것인가."

실감이 들지 않았다. 이런 경험은 처음이었다.

언제나 단체전이 끝나면 강렬한 심정이 들끓었던지라 어떻게 해야 할지 알 수 없었다.

최강의 남자에게 이겼다. 다만 꿈은 깨져버렸다. 더 격하게 울거나 웃는 게 자연스러울 텐데 아무런 감흥도 없다. 너무 검도에 몰두해서 결국은 망가졌는가.

코로 숨을 뱉으며 호면을 왼쪽 옆구리로 옮겨서 들고 오른손으로 머리를 긁적인다. 뒤쪽에서 발소리가 들렸다.

"부장."

돌아선다. 눈앞에 나타난 녀석은 유우도 마토이도 아닌 쿠로세였다.

무슨 일이냐, 웃어주기보다 빨리. 약하디약한 목소리와 함께 머리가 아래로 내려갔다.

"죄송합니다."

"무슨 소리지……. 어째서."

"죄송, 죄송합니다……!"

깊숙이 숙인 머리는 올라오지 않는다. 물기를 띤 목소리가 점점 갈라진다. 딱딱한 바닥에 한 방울, 마르지 않는 물방울이 떨어졌다. 에사카는 잠시나마 눈이 휘둥그레졌다가 곧 웃음 지었다.

"왜 사과를 하지. 넌 분명 최선을 다했잖나."

"그딴 게……. 그딴 게 무슨 상관입니까……. 결과가……. 결과가, 전부인데……!"

얼굴이 올라온다. 안경 안쪽으로 흐르는 눈물을 닦지 않은 채 쿠로세는 오열을 어떻게든 참기 위하여 이를 악물고 있었다.

"제가, 졌기 때문에, 진 겁니다……!"

"아니다. 너는 잘못하지 않았다. ……타키모토는 강하지. 너는, 잘 싸웠다."

"그러니까! 그딴 건 필요 없다고 말했잖아요!"

어깨를 토닥여주기 위해서 뻗은 손을 쳐내며 쿠로세는 부르짖었다.

이렇게 울고 부르짖는 남자의 모습을 보고 있으려니까 문득 기시감이 들었다.

"무승부로, 충분했는데. 그럼 이겼을 텐데! 제가 상격 머리를 날리지만 않았어도, 무승부로……. 부장은, 슈스이를 이겼을 텐데. ……나는, 못 했습니다. 슌은, 해냈는데도. 나는 못 했다고요! ……멍청이니까. ……나도, 분명히 해낼 수, 있었는데."

이 남자는 스스로 깨닫지 못한 것이다.

최후의 상격 머리는 틀림없이 타키모토와 대등했다는 것을.

"알고 있었어. ……알고 있었는데. 머리, 좀 숙이면, 되는 건데……. 그런데……!"

"괜찮다……."

"나의, 시답잖은 고집이, 부장의 꿈을, 부순 겁니다!"

"정말 괜찮다."

"나 때문이야. ……나 때문에, 다들……!"

거듭 쳐내도 에사카는 어깨를 토닥여주며 고개를 흔들었다.

어떻게 감히 이 남자를 탓할 수 있을까.

영리한 선택지는 물론 알고 있었겠지. 긍지를 버리고 누군가의 손을 빌리는 길도 선택할 수 있었겠지.

그것을 알지 못할 녀석이 아니었다.

그럼에도 단 하나의 고집을 관철하기 위해서 똑같은 길을 선택해준 이 남자가 사랑스러웠다.

어리석은 인간의 성화(聖火)는 이어지는 법이다.

과거가 겹겹이 쌓인 등을 보여주면서. 이렇게, 다음 남자의 미래와 함께.

"어째서……. 어째서 웃고 있는 겁니까……."

"글쎄다……."

아, 이런 뜻이었구나. 에사카는 또 웃음 지었다. 이제야 답을 찾아냈다.

"너도, 언젠가 알 거다."

큭, 이를 악물며 쿠로세가 달려서 떠나간다. 기특한 후배의 등을 끝까지 지켜봐줬다.

분명 앞으로 진흙탕을 기게 되리라. 그럼에도 분명 부러지지 않고 구부러지지 않으며 전진하리라는 확신이 들었다.

가슴속 불꽃이 평온하게 가라앉는다.

그런 마음을 알아본 것처럼 뒤에서 말을 건네는 목소리가 있었다.

"이봐."

돌아선다. 앞에는 하시쿠라가, 뒤에는 온화하게 팔짱을 끼고 지켜보며 타키모토가 서 있었다.

"뭐지?"

"쳇……. 이딴 짓거린 전혀 성미에 안 맞는데 말이지."

짙은 갈색의 머리카락을 오른손으로 벅벅 긁더니 하시쿠라가 한쪽 눈을 감고 무척이나 싫은 티를 내면서 말했다.

"진짜 강했다. ……너희들."

"그래……. 당연하지."

과거에는 못 견디게 미워했었던 남자에게 웃는 얼굴로 답해준다.

그러자 녀석은 오른쪽 주먹을 꽉 쥐어 내밀어줬다.

결코 무리를 짓지 않는 남자가, 너도 내밀라며.

"우리 시합을 잘 봐라. 가장 높은 곳까지 올라갈 테니."

불타오르는 전우의 웃는 얼굴 너머에서 주마등처럼 과거를 본다.

『저딴 잡것들은 박살 내는 게 당연한 거다!』

2년의 세월을 거쳐서 지금 막. 저 말은 꽃다발이 되었다.

"너희한테 이겼잖냐. 다른 놈 누구한테 질 수 있겠냐?"

"그래……."

주먹에서 주먹으로, 다음 남자에게 등불을 넘겨준다. 에사카 진의 싸움은 이곳에서 끝났다.

"그 말을 들었으니, 안심하고 끝낼 수 있겠군—."

웃는 얼굴에 한 가닥 투명한 눈물이 흘러내렸다.

BEYOND THE SWORD

끝 꽃다발을 너에게

2주일 전과 같은 장소에 가면 분명히 같은 뒷모습이 있을 것 같다는 예감이 들었다.

까마귀 우는 소리를 들으며 유우가 걸어갔더니 역시 있었다. 체육관의 2층 옥외, 벽의 난간에 두 손을 얹고 카이세이가 멍하니 석양을 바라보고 있다.

기척을 숨긴 채 슬금슬금 다가가서 손쉽게 등 뒤에 섰다. 이대로 죽도 주머니를 내려놓은 채 암살하는 것은 거뜬하겠지만, 역시 때리려면 정정당당한 것이 좋았다.

톡, 오른쪽 어깨를 두드리고 왼편으로 돌아들었다.

"안녕하시냐, 전직 최강."

오른쪽으로 한 번 카이세이의 얼굴이 향했다가 곧이어 이쪽으로 다시 돌아온다. 변함없이 순진한 반응을 보여주는 친구 녀석이었는데 이쪽을 향한 얼굴은 평소와 달리 언짢아하며 구름이 끼어 있었다.

"뭐 하러 온 거야……?"

"하하, 네 얼굴을 보러 와줬지."

옆쪽에 서서 난간에 두 팔을 올려놓고 히죽히죽하며 카이세이의 얼굴을 본다.

"**우승**, 축하한다."

"넌 혹시 나한테 미움받고 싶어……?"

카이세이가 혀 차는 소리라니 처음으로 듣는다. 목소리를 내지 않은 채 키득키득 웃고 고개를 흔들었다.

"이제 와서 뭘. 미움받을 짓은 이미 전부 다 했잖아."

감히 용서받겠다는 생각은 없었다. 솔직하게, 말을 안 해주는 정도로 끝나면 감지덕지다.

그런 생각을 하던 때 카이세이는 한숨 쉬더니 이쪽을 빤히 쳐다봤다. 눈빛이 싸늘하다.

"이것저것 냉정하게 고민해봤는데 말이야. 다른 사람한테 들은 말도 좀 있고. 그래서 생각을 좀 했거든?"

"어, 어어……."

"나 이제 유우한테 좀 많이 화내도 되지 않아?"

무기질적인 웃음을 띤 얼굴을 보고 멈칫거렸다. 그리고 카이세이에게 이러한 틈을 내보이면 사망 확정인 법이었다.

"너무하잖아. 혼자 휙 검도를 그만두질 않나. 여태껏 쭉 기다리게 만들질 않나. 게다가 여동생이랑 데이트하질 않나."

"여, 여동생이랑 놀았던 게 별로였나……?"

"별로야. 게다가 자유 대련에서 시한폭탄을 설치하고 갔지? 모른다는 말은 안 들어줄 거야."

"뭐라 할 말이 없네……."

객관적인 사실을 쭉 늘어놓아보니까 진짜 너무하다. 인품에 문제가 있다.

유우는 고개 숙였다. 머리카락도 축 늘어져서 입술을 깨문다.

절교당하려나, 미어지는 심장 부근을 꽉 부여잡았다.

"그런데 말야~ 전혀 화낼 생각이 안 들거든. 혹시 내가 이상한 건가?"

휙, 저절로 얼굴이 들려 올라갔다. 카이세이는 쓴웃음 지은 채 고개를 갸웃거리고 있을 뿐이었다.

딱히 억지로 참는 기색도 없다. 유우는 얼결에 태양을 똑바로 쳐다보게 된 사람처럼 한쪽 손으로 얼굴을 가렸다.

"그러게……. 너는 좀 이상해. ……눈부셔서, 울고 싶어……."

"어? 그, 그렇게 많이 이상해?! ……하지만, 나는 이게 보통이니까 어쩔 수 없어."

난간에 기대 놓았던 몸을 떼고 카이세이는 똑바로 서서 이쪽을 봤다.

"졌어도 난 나야. 아무리 생각해봐도 달라질 게 없어."

"그래……."

"결국 져버린 사람 잘못이지. 정말 강했다면 어떤 잔수작에 당했어도 지지 않았을 테니까."

"그러게……. 나도 사실은 그게 맞다고 생각해."

유우도 난간에서 몸을 떼고 반듯하게 섰다.

거울에 비춘 듯한 쓴웃음을 돌려준 뒤 카이세이는 먼 하늘을 바라봤다.

"너희는 나를 이기기 위해 뭐든지 다 했어. 그러니까 나는 너희에게 지지 않기 위해서 뭐든지 다 하는 게 맞았던 거야."

"그래……."

"있잖아. 시합 끝나고 많이 울었지."

말없이 고개를 끄덕여주고 유우도 또한 나란히 먼 하늘을 본다. 눈을 감자 지금도 무력함으로 가슴이 아팠다.

"인생에서 처음으로 지고 울었어."

"나는 그때 인생에서 처음으로 이기고 울었어……."

카이세이는 자신의 죽도 주머니를 꽉 쥐고 이쪽을 본다.

"하지만 나는 만약에 너희에게 졌어도 울진 않았을 거야. ……나는, 네 마음을 모르겠어. 부족한 게 있다더라고."

"그래……."

"그러니까 나는 앞으로 너보다 훨씬 더 많이 강해질 거야."

죽도 주머니를 척 내밀며 그저 한 명의 도전자로 돌아간 숙적은 당당하게 웃었다. 정말이지 멋진 녀석이라는 생각을 했다.

"이제 아무한테도 안 져. 물론 유우, 너한테도."

"아니……? 전국 대회에서 나한테 질 텐데?"

인정사정없는 한 손 찌름이 발 디딤과 함께 죽도 주머니에서 날아간다. 그것을 커다랗게 고개를 왼쪽으로 기울여 훌쩍 피했다.

"약해 빠졌네. 이러니까 부장한테 맞고 나가떨어졌지."

"젠장……. 역시 오늘 콱 날려버리고 싶었는데, 이 자식!"

두 손을 얼굴 옆으로 쭉 벌려서 혀를 내밀어 놀려주고 웃는다. 부끄러운 마음을 숨기기 위해. 그렇게 하며 조금씩 표정도 자연스러워질 테니까. 자신의 모자란 부분을 고쳐서 누구보다도 높이 올라가기 위하여. 그리고 이번에는 누군가를 꼭 같이 데려가기 위하여.

"좋아, 좀 기운이 나네. 슬슬 사과하러 가야겠다. 또 보자, 카이세이."

"엥, 어디 가려고……? 같이 안 돌아가?"

"혼자 돌아가라~. 얼른 여자 선배를 만나러 가야 하니까."

자, 돌아가기 전에 한 방 먹여주자. 상대의 약점을 찌르는 것은 기본이다.

"난 친구가 딱히 너만 있는 게 아니잖아. 부럽냐? 엄청 귀엽거든, 우리 선배들."

"끄, 으응……."

효과가 있다. 주로 앞부분이. 죽도 주머니를 어깨에 걸치고 카이세이는 삐쳐서 대꾸했다.

"나도 좀 힘내서 여친을 만들어보는 게 좋을까?"

"네가~? 관둬라, 관둬. 힘내자는 말이 나오는 시점에서 이미 망했어."

"그런 소리 늘어놓으면 더 힘내고 싶어지잖아……."

역시나 미나카미 유우의 절친. 마음에 들었으니까 마무리는 조금이나마 상냥하게 끝내줘야겠다.

"너라면 그런 짓 안 해도 언젠가 여자애가 먼저 다가올 거야."

"실적이 있는 사람의 말이니까……. 믿어줄게."

잘 이해가 되지 않아서 고개를 갸웃거린다. 그리고 웃는 얼굴로 손을 흔들었다.

"또 보자, 카이세이."

"응. 또 봐, 유우."

자, 가자. 큰소리 뻥뻥 쳤는데 약속을 깨뜨렸잖은가. 어떤 엄벌이든 받아주겠다.

걸어가며 석양에 물든 소나기구름을 올려다보고 깊숙이 숨을 뱉었다.

"오……?"

곧 바늘 같은 가랑비가 뺨을 때렸다. 타오르는 듯한 주홍빛 하늘에서 떨어지는 물방울은 마치 소원을 이루어 흘리는 눈물 같았기에. 유우는 재미있어하며 하늘을 향해 웃었다.

"여우가, 시집가려나."

× × ×

특별히 말을 주고받아 약속을 한 것은 아니었다.

그럼에도 에사카는 마토이가 어디에 있는지 신기하게도 알아버렸다.

체육관 뒤편, 벤치와 자판기와 철제 시계밖에 없는 황량한 휴게 공간의 한가운데에 마토이가 서 있었다. 호구 주머니와 죽도 주머니를 옆에 놓아두고 자신보다 키가 큰 여자아이의 두 어깨에 손을 얹은 모습이다.

다가서다가 겨우 깨달았다. 후카세 시오리와 이야기하고 있음을.

그리고 후배 여자아이는 자신의 접근을 알아차린 뒤 마토이에게 뭐라고 귓속말을 하더니 긴 머리카락을 나부끼며 반대편으로 달려서 떠나가버렸다.

"방해를 했나?"

"아냐……. 내가 할 일은 지금 끝났어."

고개 돌리자 보인 마토이의 웃음은 무척 온화했기에 내려간 어깨가 가녀리다는 생각을 했다. 살짝 나이를 먹은 것 같아 보이기도 했다. 걷어차일 테니까 말은 안 하겠지만, 이유도 대강 알 수 있었다.

"너는 할 일 끝냈어?"

"아니……. 아직 하나가, 남아 있군. 너한테 꼭 해야 할 말이 있으니까."

그렇게 말하자 마토이는 눈이 동그래지며 갑자기 교복의 매무새를 가다듬기 시작했다. 호들갑스레 괜히 헛기침을 한다.

"뭐, 뭔데?"

"음. ……3년간, 고마웠다. 신세를 졌군."

머리는 숙이지 않고 그저 솔직한 마음을 전했다. 그러자 마토이는 우뚝 굳더니 눈을 감았다가 거하게 한숨을 쉰 다음에 그야말로 실소라는 표현이 잘 어울리도록 웃었다.

"다 아는 얘기네. ……뭐야, 이제 와서 갑자기. 그런 말 한다고 설마 내가 울 것 같았어?"

"어째서 울리는 게 전제인지……. 네가 우는 모습은 보기 싫다만."

웃어주면 좋겠다. 줄곧 옆에서, 당돌하게.

성격에 문제가 있다. 언동에 문제가 있다. 그따위 것은 이미 넘치도록 잘 알지만, 역시 타치바나 마토이는 타치바나 마토이면 좋겠다. 누구에게도 알랑거리지 않고 실력 하나로 살아가는 그 타오르는 듯한 기개를 자랑해주면 좋겠다.

아무것도 없는 장소에서, 가혹한 환경에서 혼자 용케 애써왔다고 다들 말한다.

그러나 다들 알지 못한다.

그런 장소였기에 비로소 만날 수 있었던 강하고 아름답게 피는 꽃도 있었다는 것을.

“후지노미야를, 선택하길 잘했다. 네가 있어준 덕에, 마지막에 이겼다. ……고맙다.”

눈을 보면서, 똑바로. 쭉 휘둘러왔던 죽도처럼 말을 전한다.

그러자 마토이도 같이 눈을 보면서 팔짱을 끼고 미소를 지어주었다.

“이제 머리는 안 숙이는구나.”

“그래. 남자의 자존심이 있으니까.”

호구 주머니를 놓아두고, 죽도 주머니를 놓아두고. 오래도록 줄곧 마주 봐왔던 거울처럼 팔짱을 낀다.

“누가 뭐라고 말하든 간에 오늘은 내가 세상에서 가장 멋있는 놈이니까 말이지!”

자, 독설을 내뱉어라. 걷어차봐라. 이번에야말로 죽도를 냅다 휘둘러봐라.

세상에서 가장 강한 남자가 전부 받아주겠다—.

"응."

그러나 여우 같은 여자는 언제나 약삭빠르게 자신의 의도를 읽고 회피한다.

타치바나 마토이는 팔짱을 낀 양팔을 풀어내고 짊어졌던 모든 짐을 내려놓은 뒤 허리에 손을 가져다 대고 웃었다.

그저 한 명의 순수한 소녀로서, 반짝반짝 빛나며.

"꼴좋더라! 역시 네가 세상에서 제일 멋있는 녀석이야!"

"그래……. 그렇구나……."

사랑스러운 불꽃이 일렁이는 웃음 띤 얼굴은 어떤 타격보다도 예리하게 포근하게 가슴을 뒤흔들어서.

"정말, 둔하군. ……깨닫기까지, 대체 얼마나 긴 시간을 써야 직성이 풀리는 건가."

깨닫지 못한 이유는 과연 무엇일까. 바보라서인가. 줄곧 곁에 있어서인가. 아니면 다른 목표를 일심불란으로 좇아왔었기 때문인가. 다만 이제 와서 그런 건 아무래도 좋았다.

마지막에 이기면 그만이니까.

"그나저나, 타치바나. 내기 이야기는 기억하고 있겠지?"

"끙……. 기억하고 있어……. 여자는 두말하지 않아!"

휙, 다리를 벌려 당당히 서고 허리에 가져갔던 오른손을 뻗어서 집게손가락을 척 들이댄다.

"이, 이긴 사람은 네가 맞으니까…… 마음대로 해!"

정말 끝까지, 남자처럼 당돌한 녀석이었다.

"앗, 잠깐만. 역시 야한 짓은 안 돼. 야한 짓은 안 된다?!"

"그건 곤란한데……."

"으엥?!"

그리고 살짝 귀여운 구석이 있는 녀석이었다.

"거짓말이다."

사랑스러운 사람에게 목청껏 웃음을 들려준다.

몇 번을 싸움했던가. 몇 번 자신을 긍정해줬던가. 몇 번, 도움을 받았던가.

쭉 함께 걸어왔던 3년간. 결국 이 여자는 이렇게나 어리석고 우직한 남자를 내팽개치지 않았다.

이 녀석과는 언제나 마주 노려보며 힘껏 죽도를 내리 휘두를 수 있는 사이였다.

그러니까 지금 이 말을 받아들여 줄지는 별개로 치고, 감사의 뜻을 곁들여서.

"너를 좋아한다. 나와 사귀어다오."

마지막 정도는 아래에서 살며시 웃는 얼굴로 꽃다발을 바치고 싶다는 생각을 했다.

불사른 불꽃을 치유하듯이 하늘에서 아름다운 비가 내린다.

핑계를 빰에다가 곱게 바른 앙큼한 여우는 세상에서 가장 아름다운 신부 같았다.

× × ×

잠시간 내린 비가 그칠 무렵에 유우는 목적지로 도착했다. 2주일 전 자신이 앉아 있었던 벤치. 그곳에 한 여자가 앉아 있었다. 들키지 않게 뒤쪽에 짐을 내려놓고 몰래 다가간다.

"누구~게!"

"앗, 호완 냄새가 나네~. 미나카미 군이구나."

카이세이의 공세 따위는 코웃음을 쳐도 될 만큼 예리한 말이 유우의 마음에 일격을 박아 넣었다.

눈물을 글썽이며 손을 떼어 내자 마도카는 휙 일어나 생긋 웃으며 돌아섰다.

짧게 자른 머리카락은 이제 나부끼지 않는다. 그리고 똑같이 시합을 치른 후.

그런데도 마도카에게서는 변함없이 푸근하고 좋은 향기가 났다.

"냄새난다는 말, 하지 마요……. 진짜로 상처받아……."

"엥~? 그치만 미나카미 군, 아픈 거 좋아하잖니?"

"조, 좋아하지 않아요! 어디서 나온 정보죠, 대체?!"

"하지만 에사카 군 머리 치기 받아줄 때 아~ 아프다~ 이거야, 이거, 이 감각이야~ 라는 표정 지었는걸?"

"그건……! 부장이! 실력 좋아졌으니까!"

일순간 망설였을 때 이미 망한 셈이었다. 마도카가 손으로 입술을 살짝 가리고 깔깔 웃는다.

"미나카미 군은 아프지 않은 검도가 있어도 안 할 것 같거든. 내 생각에."

"그런 건 검도가 아니니까……."

"아하하. 옛날 어르신 같은 소리를 하네~."

두 번째 타격이 가슴에 쿡 박힌 기분이었다. 카이세이는커녕 타계한 조부 이상으로 이길 자신이 안 든다.

아무 대꾸도 못 하고 가만있었더니 마도카는 사이에 있는 벤치를 옆으로 돌아들어서 정면에 섰다.

가느다란 집게손가락으로 심장을 톡 찌른다.

"너는 아픈 걸 좋아하니까. 그러니까 포상은 이게 끝이야."

"엥……?"

"혼나러 온 거잖아? 약속 깨뜨려서 미안하다고."

생글거리며 웃는 마도카의 얼굴에서 얼결에 눈을 돌렸다. 너무 멋없어서 휙 사라져버리고 싶었다.

"네……. 저는—."

"응. 다음에 또 힘내렴! 난 혼내주지 않을 테니까!"

말을 가로막는 큰 목소리에 놀라서 유우는 마도카를 쳐다봤다.

마도카는 어딘가의 건방진 같은 학년 친구처럼 양쪽 허리에 손을 가져다 대고 이를 내보이며 당돌하게 웃고 있었다.

"욕해주면 좋겠지? 편해지고 싶지? 그치만 그런 건 절대로 안 해줄 거야."

"뭐를요……."

"약속, 지켜줘. 설마 중간에 관둘 거야? 이렇게 약한 나도 마지막까지 안 그만두고 계속했는데."

풀 죽은 얼굴을 때려주듯이 강한 여자가 반짝반짝 웃는 얼굴로 말을 건넨다. 계속하라고.

"이번에는 잘 안됐지만. 그래도 마지막에는 꼭 전부 이뤄줘. 너한테는 아직 기회가 또 있잖아."

"엄격하네요……. 선배는."

"아하하, 당연한 소리를 하네. 여기가 뭐 하는 부인지 잊어버렸니?"

검도부, **전대** 여자 부부장, 유키무라 마도카는 악마처럼 히죽 웃었다.

"네 형기는 아직 1년이나 남았어. 더 많이 고생해줘야 나도 재미있잖니."

결국 유우는 쓴웃음을 지었다. 내려놓았던 검과 갑옷을 손에 들고서.

"어휴. 옛날 어르신이 대체 누구예요."

"아하하. 상관없네요~. 어르신 좋아. 난 이미 다 끝냈으니까!"

"그동안 고생 많으셨습니다……."

깊이, 깊숙이, 머리 숙였다. 앞으로 계속 지켜봐달라고, 누구보다도 멋있는 얼굴을 만들기 위해.

"열심히 하렴. 나는 계속 마지막까지 구경할 테니까."

"네……."

"절대, 도망치지 마. 약한 남자는 싫어!"

"네……!"

얼굴을 든다. 이 사람의 취향에 과연 맞을지는 지금은 잘 모르겠지만.

이 사람이 보여줬던 엄격한 다정함에 결국에는 어울리는 남자가 되어 보이고 싶다.

"꼭 지켜봐주세요. 반드시 마지막에는 이길 테니까."

"응……."

웃어준다. 그것이 이 사람에게서 이어받은 강인함임을 가슴에 새겨 넣으며.

"저도 **마도카** 선배처럼 꼭 강해질게요. 기대하면서 지켜봐주세요."

"으응……."

마도카가 얼굴을 숙인다. 그대로 양쪽 어깨를 붙잡아서 반대 방향으로 돌려놓는다.

네가 다음으로 가야 할 곳은 이미 정해져 있지 않냐면서 등을 밀어주기 위하여.

"알았으니까. ……얼른, 다녀와!"

찰싹, 등을 얻어맞으며 유우는 힘차게 앞으로 나아갔다.

타오르는 듯한 석양을 등에 지고 기다리고 있을 누구보다도 높이 우러러본 남자의 곁으로…….

결의를 다지기 위해 두 눈을 감자 해산하기 전 다섯 명이서 체육관 앞쪽 석양이 비치는 광장에 모였던 광경이 뇌리에 떠

오른다.

다섯이 동그랗게 모여서 전원 있음을 확인한 뒤 아무 예고도 없이 에사카는 말했다.

『다음 부장— 캡틴은 미나카미다.』

『예?!』

말도 안 된다, 무심코 소리 질렀다.

이렇게나 문제가 많은 인간이 에사카처럼 다른 부원들의 위에 선다는 것은 너무나 이상하다.

어서 너희도 반대해라, 재촉하고자 주위를 둘러본다.

『불만 없습다.』

그러자 가장 먼저 자신을 거북하게 여기고 있을 야시로가 말을 꺼냈다.

『미나카미 선배가 아님 말도 안 되죠.』

『무슨, 소리를 하는 거야……. 야시로.』

『무슨 소리냐고 오히려 묻고 싶은데. 진짜 몰라서 하는 말임까?』

물어뜯지도 않고 야시로가 온화하게 웃었다. 그 옆에서 이번에는 키노사키가 움직였다.

머리띠를 떼서 꾸밈없는 자신을 드러내며. 또 머리를 숙이고 말한다.

『부탁한다, 유우. ……우리는 말이야, 역시 네가 좋거들랑.』

『그, 그러니까 이유가 뭔데?! 난 전혀, 슌스케처럼 다른 녀석들이랑 잘 지내지 못해!』

『그럼 그런 건 내가 맡아주면 되잖냐. 거절할 이유는 안 되는군?』

『부장.』

웃는 얼굴의 키노사키에게 기가 꺾였을 때 쿠로세가 똑바로 왼손을 들어 올렸다.

안경알 안쪽의 눈은 더 이상 탁하지 않고 칼날처럼 예리하게 미래를 내다보고 있었다.

『부부장 자리는 제게 주십쇼.』

『알겠다……. 너 아닌 적임자는 없지.』

다들 말없이 고개를 끄덕거린다. 그리고 쿠로세는 이쪽을 보며 살짝이나마 웃었다.

『귀찮은 일거리는 내가 전부 처리해주마. 너보다 내가 더 머리는 잘 돌아가니까.』

『쿠로…….』

『또 나중에야 쫓아올 셈인가? 지고 싶지 않다면 지금 결정해라.』

들어 올린 왼손으로 주먹을 만들어서 심장 앞쪽으로 강하게 쥐며 쿠로세가 노려본다.

『나는, 도망치지 않는다. 계속 수치를 무릅쓰겠다. 이렇게 끝날 바에야 차라리 죽는 게 나아.』

그 말에 유우도 이를 꽉 깨물었다. 똑같이 주먹을 강하게 쥔다.

『미나카미. 넌 혹시 네가 가장 강하다는 이유로 지목한 게 아닌가 생각하고 있지는 않나?』

의지를 담은 침묵은 곧 대답이 된다. 그러나 에사카는 쓴웃음 짓고 고개를 흔들었다.

『말도 안 되는군. 이 부는 나의 모든 것이다. 단지 강하기만 한 녀석에게 이 자리를 맡길 리 없잖나.』

『그럼, 어째서…….』

『네가 가장 부장에 어울리는 녀석이다.』

에사카는 더는 머리를 숙이지 않고 단지 오른쪽 주먹을 앞에 내밀었다. 이어받아라, 라고 타이르는 것처럼.

『가장 강한 녀석이 부장을 맡는 게 아니다. 가장 부원들을 위해 피를 흘릴 수 있는 녀석이 부장을 맡아야 하지. ……너는, 피를 흘렸다. 네 등을 모두가 보고 있었다.』

전원이 지켜보는 와중에 에사카가 눈앞으로 다가왔다.

『미나카미.』

잘 부탁한다는 말도, 맡아주겠냐는 말도 아니고. 단 한마디, 에사카는 말한다.

『짊어져라.』

『알겠습니다…….』

강하게, 다정하게 웃는 이 남자에게 진심을 담아 머리 숙였다.

계속 마주하도록 하자. 자기 자신과. 모두와. 검도와.

언젠가 거울에 비친 자신의 얼굴이 이 사람처럼 멋있어질 때까지.

거울에 비치지 않은 자신의 등이 이 사람처럼 다른 부원들에게 든든하게 보일 때까지.

『내가, 다음 부장을 맡죠.』

절대 도망치지 않겠다, 부러지지 않겠다, 구부러지지 않겠다. 이 길을 쭉 걸어 나아가겠다고 다짐한다.

깊숙이 숨을 들이마시고 닫았던 눈을 떴다.

맹세와 함께 마도카가 전해준 등의 아픔이 온몸 가득히 투기를 들끓게 한다.

예리하게 세운 눈으로 앞을 주시했다.

언제나, 얻어맞은 등이 아프다. 그 이유는 짊어진 것 없는 자신의 등이 얄팍하기 때문이다.

그러니까 이제부터 자신은 쭉 짊어져야 한다. 굴욕을. 약속을. 그리고 전우들의 의지를…….

유우가 결의를 담아 내디딘 곳에서 넓고 두꺼워 강철 같은 남자의 등이 나타났다.

이글이글 빛나는 성화와 같은 주홍빛을 등에 지고 남자는 말없이 자기 자리에 쭉 서 있었다.

오른편에 호구 주머니를 내려놓고, 왼쪽 손바닥으로 비스듬히 땅에 꽂아 둔 죽도 주머니가 남자의 역할은 끝났음을 알려준다. 다만 저 남자의 가슴속에는 아직껏 분명 열화의 태세가 불타오르고 있다.

저 남자가 마음속에 걸어 둔 등불의 너머에서 아직껏 갑옷을 두른 채 검을 쥔 검사의 뒷모습이 환상처럼 어른거렸다.

유우는 멈춰 섰다. 저 어깨를 강하게 말로 두드렸다.

"진 선배."

더는 부장이라고 부르지 않는다.

그 이름을, 등불을 이어받은 자가 이곳에 있노라고 결의와 경의를 말로 표현해서 건넸다.

"유우."

남자가 대답한다. 고개 돌리지 않고.

타오르는 등은 성화를 물려주며 미래를 밝게 비춘다.

"믿는다."

"네……!"

아득히 먼 주홍빛 하늘의 저편에 약속이 울려 퍼지도록.

꿈을 보여주겠노라고 지금 맹세했다.

끝

■작가 후기

여러분, 오랜만입니다. 시부야 미즈나리입니다.

2권, 어떻게 읽으셨는지요. 땀내 나는 이야기였지요. 죄송합니다?

다만 머리는 숙여도 반성은 전혀 안 합니다. 혀를 내밀며 웃고 있습니다.

무척 재미있게 쓸 수 있었기에 최고였습니다.

어리석은 녀석들이 각각 내걸어 놓은 성화(聖火)의 이야기, 아무쪼록 여러분께서도 즐겁게 읽어주셨다면 기쁘겠습니다.

자, 이야기를 바꾸기로 하죠.

저는 이 소설, 『검의 저편』으로 데뷔했습니다. 라이트 노벨 작가가 되면서 이런저런 변화를 겪었습니다만 가장 충격이었던 것, 의식하게 된 것이 있습니다.

그것은 10대 아이들이 제가 쓴 책을 읽는다는 사실입니다. 라이트 노벨의 주요 구매층은 10대 아이들이니까 생각해보면 당연합니다. 하지만 그런 책을 어른이 된 제가 써서 어른들 틈에 둘러싸여서 막상 보내드리는 쪽에 서 있게 되니 자꾸만 잊어버리게 되는 것 같습니다.

10대 무렵에 읽는 책은 특별합니다. 평가와 관계없이 마음에 새겨지게 되는 법이죠.

제가 쓴 책이 여러분께도 그렇게 새겨질지는 장담할 수 없습니다만 이 책을 10대의 아이들이, 나아가서는 젊은 사람들이 읽는다고 생각했을 때 전해지면 좋겠다고 생각한 바가 있었습니다.

그것은『중요한 것은 스스로 선택해라』라는 마음가짐입니다.

앞으로 살아가며 여러분은 이래저래 선택을 압박당하는 상황이 늘어날 것입니다. 그만둔다거나 계속한다거나 이것저것 많겠죠. 게다가 무엇을 선택해도 괴로움을 겪게 되는 처지도 흔한 데다가 맞는지 틀렸는지는 마지막까지 알 수 없습니다. 이게 잘하는 행동일까 거듭 고민하게 되겠죠.

그렇게 부러질 것 같은 상황에서 자신을 가장 힘껏 받쳐주는 것은 경험상 타인이 아니었습니다.

그 길을 선택하기로 맨 처음 결정했던 자신이 몇 번이고 자기 자신을 일으켜 세워주었습니다.

많은 사람들의 의견을 들어도 좋고, 망설여도 좋습니다. 다만 마지막에는 반드시 스스로 결정해주십시오. 그렇게 하면 어떠한 결과를 맞이하더라도 후회는 남지 않습니다.

괜찮아요, 어른은 재미있습니다. 그러니까 안심하고 선택해서 전진하며 멋진 어른이 되어주십시오.

아래에는 광고와 감사의 말을 전합니다.

현재 카쿠요무라는 사이트에 각 캐릭터가 주역을 맡은 단편

집이 게재되어 있습니다. 같은 사이트에 이번 권에서 대활약을 해준 하시쿠라 타카히토의 과거 편 『잿빛으로 울다』도 게재되어 있사오니 모쪼록 읽어주시면 좋겠습니다. 검 1.5권 같아서 재미있을 겁니다.

그리고 담당 편집자 키요세 님, 후나츠 님, 일러스트를 맡아주신 이토 소이치 선생님. 이번 권에서도 신세를 졌습니다. 전격 문고 25기 동기 중 무라타니 유카리 님, 후유츠키 이로리 님, 노미야 유우 군. 밤중에 테마파크 설정 브레인스토밍을 도와줘서 고마워요. 굿즈 수익이 들어오면 스시롤 살게.

그럼 여러분, 인연이 있다면 또 만납시다.

검의 저편 2

초판 1쇄 발행 2023년 2월 10일

지은이_ Mizunari Shibuya
일러스트_ Souichi Itou
옮긴이_ 김성래

발행인_ 신현호
편집장_ 김승신
편집진행_ 권세라 · 최혁수 · 김경민 · 최정민
편집디자인_ 양우연
관리 · 영업_ 김민원

펴낸곳_ (주)디앤씨미디어
등록_ 2002년 4월 25일 제20-260호
주소_ 서울시 구로구 디지털로 26길 111 JnK디지털타워 503호
전화_ 02-333-2513(대표)
팩시밀리_ 02-333-2514
이메일_ lnovellove@naver.com
L노벨 공식 카페_ http://cafe.naver.com/lnovel11

TSURUGI NO KANATA Vol.2

Edited by 전격 문고
First published in Japan in 2019 by KADOKAWA CORPORATION, Tokyo.
Korean translation rights arranged with KADOKAWA CORPORATION, Tokyo
through Korea Copyright Center Inc.

ISBN 979-11-278-6709-6 04830
ISBN 979-11-278-5967-1 (세트)

값 8,500원